重庆市巴南区重点扶持作品

让我报答你

刘学兵 著

哈尔滨出版社
HARBIN PUBLISHING HOUSE

图书在版编目（CIP）数据

让我报答你 / 刘学兵著． — 哈尔滨：哈尔滨出版社，2021.6
ISBN 978-7-5484-5829-6

Ⅰ．①让⋯ Ⅱ．①刘⋯ Ⅲ．①短篇小说－小说集－中国－当代 Ⅳ．① I247.7

中国版本图书馆 CIP 数据核字（2021）第 016092 号

书　　名：让我报答你
　　　　　RANG WO BAODA NI

作　　者：刘学兵　著
责任编辑：赵宏佳　王　健
责任审校：李　战
特约编辑：李　路　韩玉龙
装帧设计：刘昌凤

出版发行：哈尔滨出版社（Harbin Publishing House）
社　　址：哈尔滨市香坊区泰山路 82-9 号　邮编：150090
经　　销：全国新华书店
印　　刷：北京东君印刷有限公司
网　　址：www.hrbcbs.com　www.mifengniao.com
E-mail：hrbcbs@yeah.net
编辑版权热线：（0451）87900271　87900272
销售热线：（0451）87900202　87900203

开　　本：880mm×1230mm　1/32　印张：7.875　字数：170 千字
版　　次：2021 年 6 月第 1 版
印　　次：2021 年 6 月第 1 次印刷
书　　号：ISBN 978-7-5484-5829-6
定　　价：69.80 元

凡购本社图书发现印装错误，请与本社印制部联系调换。
服务热线：（0451）87900278

序

温情弥漫的讲述

何炬学 / 文

认识刘学兵,缘于几年前重庆市作协安排的一个活动。小伙子精干,两眼柔和而明亮,不怎么说话,只是笑。通过简单的交谈得知,他是个农民,目前受聘于重庆市某区交通执法大队,很早开始写作,其余则无更多的了解了。后来读到他发我邮箱里的几个短篇小说,我发出了一声惊叫,很轻,如同一声叹息。我没有想到,重庆青年作家中,还有人写出了这样火候精准的好小说。

上个月,学兵在邮箱中留言,说他要出版一部短篇小说集《让我报答你》,是他的第一部作品集,希望我能给他写个序。我不怎么看邮箱,一个星期后才看到了他的留言。心想,这个学兵啊,怎么不在电话中说一声,或者发个短信告知?转念一想,他是个谦虚的人,怀揣着一份小心翼翼,一份怕打扰人的忐忑。如果收件人没看到,也就罢了。问题是,我迟滞一个星期后,看到了他的留言。

我很纠结,因为给别人的书作序,于我实在是个陌生的事情。想推辞吧,又怕将学兵那份本来就小心翼翼的念头给刺破了,让他生出低徊的失望;接受吧,我实在是不胜此托之重。纠结了两天,我在邮箱中回

1

复说：望能另请高明，以便能配第一部作品之相。如一定坚持，烦请将作品发来，我慢慢看。大意如是。

我的意思是，学兵要是因为时间紧，没看到我的回复的话，此事也就算是个交代了。哪知他几个小时候就回复过来，说一切以我的时间为宜。同时发来了他的十三篇作品。

我顿时头皮一紧，好一阵惶恐不安。放松下来后，我知道自己该干什么了。

那么，就让我试着谈谈学兵的这个作品集吧。

十三篇小说，每篇篇幅都比较均衡，六七千到一万字左右的样子，该说的都能说。不散漫，更不急促。我想到了苏轼的那句名言：行于所当行，止于所当止。这是一个作家成熟起来的标志。我倒不是说，一个界于如此字数篇幅的短篇小说，就一定符合"行于所当行，止于所当止"的要求。我说的是，学兵的每篇作品，刚好在这个篇幅中，实现了这个要求。扎实、饱满。密处，不透风；疏处，可跑马。每篇作品在沉甸甸的同时，让人能够感受到持手的好。比如一根油亮的、分量适中的好木条，你把玩时，它的形制和重量，都是那样的恰当。而我们常见的是，不少作品，或者大而不当，空洞无物；或者紧而不张，干索寡然。滋润的、丰盈的、有意蕴的、得体的作品，总是显得稀少了点。

我一路读下来，为学兵的关注点所感动。他的目光注视着城郊接合部，注视着城镇化过程中的"新农村"，注视着在这样的空间里生存着的普通百姓，注视着进城务工的农民工。他就像是朱小雨、王国明、赶生、柄根等人的邻居，当然，他更像是"三叔"的侄儿。他充满了好奇、感慨、同情和理解。他打望着这些人物，亲切地、委婉地讲述他们的悲喜故事，间或也有那么一点点批评和嘲讽。可更多的、更主要的是，他对每一个人物，付出的是最大的温情。他没有居高临下，更没有鄙视。鄙视是最恶劣的情感，特别是一个作家，如果他用鄙视来对待他的人物的话。而这样的作家和作品，在当下的文学刊物上，可并不少见呀。

这样的温情，成全了学兵的作品。正是温情，让他能够深入到人物的内心中去，发现所有人物的行为、动机和思想的合理性。他那么有耐心，那么有分寸，又那么雍容，因而每个人物都能够在他的笔下恰当地走到我们面前来。鲜明而生动，带着不易挑剔的生活真实与艺术真实。

这样的温情，也让我们感受到了文学之所以是文学的好。金刚怒目式的社会批判要不要？或许在激烈的社会变革时期，这样的文学作品的存在是必要的。但在我看来，生活总归是一天一天慢慢过下来的，温情是天地间一切物种最需要、最适合的情感。有了温情，善念才会出现，爱也才会发生，美也才会得到更好的彰显。生活中的龃龉，大多自然是由于缺乏温情所致。而艺术作品的面目可憎和格调不高，不少也是因为作者没有赋予作品以伟大的温情。

当一根筋为了报复"三叔"而紧邻三叔开店时，双方暗中的较量是有温情的；朱小雨没有上告王国明，反而在王国明受伤后去医院照顾他；沉鱼和赶生的爱与怼……学兵每篇作品，里面都是温情的浓稠果酱在散发出迷人的芳香。是的，不仅故事是温情的，更为重要的是，作者是温情的，作者的心怀和书写是温情的。

让温情照亮吧。照亮作品和我们的生活。

学兵作品的好，还并非只有温情。他的叙述是讲究的，有时劈空而来，故事陡地发生；有时迂回婉曲，暗处生花。他总是拿捏得那么恰当，该到的地方一定走到,不去的地方一定略过。他的作品"不隔",强烈而真实的生活气息扑面而来,让人在阅读的过程中生出"如鱼得水"之快意来。

读完学兵的作品,我一度惶恐不安的心终于松弛了下来。这件"勉为其难"的事,让我得到了很多享受。在此,我愿意说出上面的这些心里话,供学兵和有缘读到他这部作品的朋友们分享。

2021年3月12日于重庆枇杷山

何炬学,苗族,重庆作家协会副主席,重庆市艺术创作中心主任。出版有《苍岭》《村庄的声音》《摩围寨》等作品。先后获得重庆市首届少数民族文学奖,第三届重庆文学奖,第十届中国少数民族文学骏马奖。

目录

温暖袭人	001
远离稼穑	020
放　生	034
让我报答你	050
伤心土地	068
那怎么行	079
三叔那些事	096
船过码头	116
风花树	135
在路上	157
长　福	179
我们做点什么	203
走遍天下	224

目录

温暖袭人

依晶晶居然离婚了。

依晶晶自己都没有想到,对于离婚,她会如此坚决和果断。在结婚的那一刻,谁都不会想在以后的某一天离婚。依晶晶更没有那么想,甚至在她婚后的三五年里,每当看到别人分手或离婚,在共同的生活里各自转身,渐行渐远,她都认为他们背叛了自己的过去,简言之,就是对自己的承诺进行否定和背叛。有一段时间,依晶晶认为离婚就是一种罪过。

依晶晶起床打开了窗户。这是凌晨两点,失眠已经成了习惯。正是夏秋之交,曙色已在东方的天际蠢蠢欲动,但四周依然流淌着寒意。依晶晶裹了裹睡衣,任由窗户大大地开着。一年四季,花开花落,冷热交替,这样的生活依晶晶感受了近四十年,对她来说,这一点点的寒意,让她感觉到的只是丝丝的凉,而非寒冷。

窗外的高楼在黑暗中静立着,有几个窗户还亮着光。那些大楼仿佛是黑暗的天宇,而那些灯光,恰似天宇间的星星。黑暗向依晶晶压过来,挤压到她的眼前,挤压到她的胸口,把她凌乱的长发挤压得向身后长长地飘了起来。

这个时候,依晶晶看上去更有女人的魅力。

依晶晶刚进学校那阵儿活泼开朗,说起话来都是一长溜的,真诚得让人感动,遇到同学,口未开先把笑容挂在脸上,然后才甜甜地问候,声音悦耳动听。现在在单位,依晶晶都是以领导的形象出现的。她着装严谨,走路时身姿挺拔,步履稳健,目不斜视,面色严峻,一副时刻都在思考问题的样子。在别人的眼里,那就是高贵。好在无论是做事、做人,依晶晶都低调得不能再低调了,因此她和同事们相处得还不错。但是,回到家里就有些麻烦,尽管依晶晶小心翼翼,满脸堆笑,那笑呢,差不多快到了谦卑的地步,偶尔趁女儿不在时还和老公撒个娇,每当这时候老公就会推开她说:"在单位都是领导了,要注意形象。""可是这是在家里呀。""在家里也一样,这样才更能够在单位把领导的形象体现出来。"于是家庭成了单位的翻版,打上了单位的烙印。女儿和老公把她当作领导,当作全家之主,大事小事都要依晶晶拍板。就连过年回乡下走亲戚,哪天去,先走哪家,红包里包多少钱,也是依晶晶说了算。

"日子过得真他妈别扭!"办公室没有人的时候,依晶晶就会自己来这么一句。这句话从嘴里说出来后,连依晶晶自己也吓了一跳,这是我说的话吗?

早已过了午夜,算是今天了。

算上今天,依晶晶离婚刚好一周年。一年前的今天,依晶晶和丈夫刘东胜用了两个小时的时间确定是不是离婚，又用两个小时的时间进行财产分割，然后花了不到二十分钟的时间去民政局办理离婚证。总共用了不到五个小时，就结束了他们长达十四年的婚姻。没有喜，也没有忧，更没有痛哭流涕和死去活来的挽留。一切都很平静，水到渠成的感觉。从民政局出来后，他们各自转身，像平时从家里出门一样，到自己的单位上班。这是平静而繁忙的一天，也是简单重复昨天的一天。到了晚上，依晶晶回到家里，刘东胜也回来了。依然是刘东胜到厨房里忙碌，依晶晶慵懒地躺在沙发里看综艺节目，好像一天的工作把她身上所有的热情都搜刮走了。饭菜端上来，他们在同一张桌子上吃了相同的饭菜，然后睡到了不同的床上。半年后，刘东胜买了房子就搬出去了。连同刘东胜一起搬出去的，还有他们十一岁的女儿欢欢。刘东胜答应离婚的唯一条件，就是女儿归他。

依晶晶感觉得出来，女儿欢欢对刘东胜要比对自己亲热得多、依赖得多，甚至可以说女儿有些不喜欢自己。这和自己小时候不喜欢母亲何其相似啊，冥冥之中仿佛天注定一般。坦率地说，依晶晶喜欢女儿，是发自内心的喜欢。依晶晶当年不喜欢母亲是因为母亲重男轻女的思想严重。依晶晶还记得自己小的时候吃饭从来没有上过桌子，家里有什么好吃的东西，母亲也都给弟弟留着，等她出门了才拿出来，偷偷给弟弟吃。就是现在，母亲依然公开对依晶晶说，她的东西要留给弟弟，依晶晶想也别想。小时候依晶晶和弟弟常常吵闹，弟弟不敌，就找母亲哭诉。母亲总是不分青红皂白，抓住依晶晶的长发原地旋圈儿，直到把依晶晶的头发完全缠在自己手掌上，转得依晶晶头昏眼花，痛得眼泪横飞。有时候母亲和父亲赌气，也把气撒在依晶晶身上，抓住依晶晶的耳朵使劲儿往上提,痛得依晶晶咧嘴龇牙,好半天才哭出声来。父亲是个惧内的男人,他默默地看着依晶晶在母亲手下无力地挣扎,却不敢说一句话。读中学那阵儿,每到周末同学们都争相回家和父母团聚。但是依晶晶却怕回家,怕见到母亲那张愤怒的脸。有好多个周末的夜晚,依晶晶独自徘徊在学校的操场上,望着教师宿舍的窗户透出的灯光,想象那窗内其乐融融的景象,泪水便不知不觉地爬满了她的面颊。她无数次想到那个卖火柴的小女孩,觉得自己比那个卖火柴的小女孩还要苦。有一次,母亲不知道为什么事情生气了,照旧伸手去抓她的长发。依晶晶实在忍不住了,她一把抓住母亲的手,用力捏着,眼睛死死地盯住母亲的眼睛恶狠狠地说:"要是你再打我,我就杀了你!"母亲没料到,刚读初一的女儿会说出这样的话来,她惊恐地睁大眼睛,然后哇的一声哭了起来,依晶晶也被自己的话吓哭了。

从此母亲再也没有抓过依晶晶的长发,也没有揪过依晶晶的耳朵了。但是,母亲的目光里时刻对依晶晶充满了敌意。到现在依然如此。

依晶晶的母亲不喜欢女儿,但是依晶晶喜欢女儿。离婚的时候,她本来想要女儿欢欢的监护权,可是欢欢放弃了她,放弃了自己的母亲。

时间过得真快啊,眨眼就是一年。离婚一年,依晶晶没有一丝后悔。她总是想,刘东胜是否也和自己一样,感觉离婚是一种解脱?

依晶晶的呼吸有些凝重,突然想找个人一起吃点东西。她打开了客厅里的一盏小灯,灯光昏暗而暧昧。依晶晶找出一只高脚玻璃杯,想了想,又拿出一只。她想象着,自己和一个男人端起杯子,轻轻碰一下,"叮"的一声脆响。她倒了两杯红酒,那猩红的液体在高脚杯里沿着杯壁荡了几圈儿,停下来,充满了奢侈的诱惑。遗憾的是没有什么可口的菜。没离婚之前，冰箱里是从来不缺菜的。不用依晶晶操心，也不用她念叨，刘东胜总是按时把菜从市场上买回来，荤菜、素菜、生食、熟食，分门别类地放到冰箱里，到了做饭的时候，刘东胜再把菜从冰箱里取出来，到厨房里操练锅碗瓢盆，演习柴米油盐。而且，刘东胜把这些操练和演习做到了极致。但是，这恰恰是依晶晶不满意刘东胜的地方。

每当吃饭的时候依晶晶都会说："这就是你一辈子的追求吗？"

刘东胜笑："不好吗？"

依晶晶说："这叫没有追求！"

这一年来，依晶晶没有什么不习惯的地方，如果说真的要找一点不习惯的感觉的话，无非就是冰箱里经常没有东西，生食、熟食、荤菜、素菜，整个冰箱空空如也，除了一个躯壳，就剩下运行时嗡嗡的电流声。冰箱里没有食品，就没有了生气，也就成了一种摆设。但这对依晶晶来说，也不算什么事。如今商场里什么吃的都有，更何况依晶晶怕胖。不知为什么，三十岁一过，身上的肉就越来越多。吃饭也开始怕油腻，怕那些油脂一夜之间就爬到肚皮上去。身体这东西就是怪，想胖的时候胖不起来，一旦胖起来，喝水都会可劲儿地长肉，怎么都收不住。很多时候，依晶晶晚上只吃一点点水果。女人，尤其是快四十岁的女人，保持体形正常似乎成了她们唯一的愿望。

继续找吃的。

依晶晶找了一会儿，还好，没有让她失望，找到小半包五香瓜子。那是女儿一周前来看她时留下的。都受潮了，失去了它应有的香脆，像他们的家一样，失去了从前的温馨。

没有人陪，自斟自饮也不错。五香瓜子下红酒，这种吃法不多，依晶晶也是生平第一次。瓜子不香，红酒更是有一股难言的苦涩。依晶晶居然喝了两杯，并且意犹未尽。

依晶晶不是没有反思过自己和刘东胜的婚姻，而是她时常思考，怎么就离婚了呢？难道就非要离婚不可吗？为什么不能凑合着把日子过下去？到最后依晶晶都会说服自己，这个婚，该离。因为依晶晶认为和刘东胜的日子，不是自己想过的那种日子。你想要家的温馨，他要给你讲形象；你想要撒娇，他还要给你讲形象；你想要小鸟依人，他继续给你讲形象。依晶晶就不明白了，女人在家里，在老公面前，把形象降低那么一点点，又怎么了？这过日子又不是形象工程。这不是依晶晶想要的生活。既然不是想要的，凑合也没有用，难道这不是离婚最充分的理由吗？

当然啰，说起依晶晶离婚，就不得不说到刘东胜。

刘东胜这个人，用依晶晶的话来说，那绝对是一个好人。

刘东胜个子不高，有些瘦。如果依晶晶穿高跟鞋，他甚至看上去比依晶晶还要矮一些。小眼睛，高鼻梁，戴一副近视眼镜，不爱说话，看上去文质彬彬的。刘东胜在一家事业单位做会计，工作很枯燥，因此，他这个人也很平淡。工作勤勤恳恳，本本分分，不喜欢和人接触，和人家搭话不超过三句，他就保持沉默。他除了工作、钓鱼和下厨，实在找不出其他爱好。他热爱自己的本职工作，做账从来都是一丝不苟，极少有差错，钓鱼技术也是一流。差不多每周末他都要去钓鱼，自己开车，有时候带着女儿，有时候孤军深入，有时候头顶烈日，有时候独钓寒江，每每归来，必是一派丰收的景象，带着充满阳光的笑容。刘东胜钓鱼的瘾很大，开车出门钓鱼，最远的时候，他竟然带着女儿驱车三百多公里，在一个看上去水库不像水库，鱼塘不像鱼塘的山谷里钓了一天的鱼。刘东胜说："这鱼，才是纯天然无污染的。"郁闷的是，他们钓的鱼没带回家。不是被人家没收了他们的劳动成果，而是他们根本就忘记把鱼拿上车。收起渔具，父女俩像做贼似的，开着车一溜烟就回了家，钓的鱼还在水里。这和他工作时的谨慎、心细有很大的差异。三百多公里的路程，依晶晶怎么也弄不明白，女儿宁愿跟随父亲舟车劳顿，也不愿陪在自己这个母亲身边。

刘东胜还弄得一手好菜。

这个手艺在他们谈恋爱的时候是个加分项。那时候，依晶晶觉得刘东胜很了不起，自己嫁给他，有一辈子享不尽的口福了。现在呢，刘东胜的这一手好菜对于依晶晶来说就成了耻辱。一个男人，应该去广阔的天地打拼，一味窝在老婆身边、窝在厨房里有什么出息！

依晶晶出生在农村，早上起床煮饭，吃完饭自己去上学，中午还要回家生火煮饭。农村烧的都是干枯的杂草，满屋柴烟汹涌，要是遇到夏天，煮一顿饭，就是在灶间坐一顿饭的时间，流一顿饭的汗水。母亲对她不怎么好，从来没拿好脸色给依晶晶看过，动辄抓头发，揪耳朵。好在依晶晶读书很争气，从小学一路读到大学毕业，好像没有在读书上遇到过什么难题，遭受过什么挫折。大学毕业后，依晶晶做了教师，分到了一所乡村小学教书。那所乡村小学很偏远，从县城乘坐早班车要近两个小时。那个时候依晶晶和刘东胜刚结婚，就住在县城刘东胜父母留下的房子里。每天早上，刘东胜四点就起床给依晶晶煮早饭，顺带还为依晶晶准备一份午餐。学校中午没有饭吃，只能自己带。到了晚上放学，依晶晶再坐末班车回县城。他们家离车站还有一段距离，每天早上，依晶晶吃完饭后刘东胜都要打着手电,把她送到汽车站,坐六点钟的早班车去学校。每次刘东胜都等依晶晶坐上车,才把手中的饭盒递给她叮嘱着:"记着中午要热热再吃,不能吃冷的,对胃不好。"刘东胜趴在依晶晶座位边的车窗上,直到汽车缓缓开动,他还忍不住朝前走两步,一副难舍难分的样子。每到这个时候,依晶晶的心里都是满满的感动,眼泪也在眼眶里打转,这个男人是多么好啊。直到汽车消失在县城昏暗的灯光尽头,刘东胜才回家,脱衣上床,再睡一个回笼觉。春夏秋冬,寒来暑往,刘东胜天天如此,从未懈怠。哪怕生病了,他也坚持把依晶晶送到车站,然后一路咳嗽着回家。看着刘东胜打着手电一晃一晃地向家里走去,依晶晶知道,刘东胜的一生都会在自己心里走来走去,永远走不出去了。

依晶晶在那个学校教了五年书,刘东胜每天起床给她做早餐,准备午餐,然后送她去汽车站,这样整整坚持了五年。直到依晶晶调回县城的小学,那段艰辛的岁月才算结束。

此后,依晶晶凭着卓越的才能,拥有了属于自己的事业。她从普通教师做起,然后是教研组长,教导主任,再到学校办公室主任,到现在学校重点培养的中高层干部,这一路走来,依晶晶做得洒脱,做得游刃有余,做得令人心服口服。依晶晶变得越来越沉着,越来越老练,遇到各种突发事件都能处变不惊,在各种应酬上也是从容不迫,哪怕喝酒喝得找不着北,也不会乱了方寸,有失礼节。依晶晶长袖善舞,运筹帷幄,事业上风光无限。

刘东胜是一个孝顺的男人,不仅对自己的父母孝顺,对依晶晶的父母也孝顺,他的一手好菜更是让依晶晶的父母吃得心花怒放。每次和依晶晶回家,父母都像过节一样,从自家地里选回优质的蔬菜,再到镇上买许多肉类食品。把菜洗干净切好,单等刘东胜回家下锅。在做菜这个环节里,刘东胜最引以为荣的,就是对食盐的配用。哪种菜该放多少盐,在什么时候放盐,放生盐还是放调味盐,都是有讲究的,一点也马虎不得。盐没有配用好,会废掉一道好菜。刘东胜对于盐的用法很是独到:如果包括冷盘在内有十个菜,那么第一个菜的盐放得最重,换句话说,第一个菜最咸,以后的菜,盐的用量逐渐减少,到最后一个小菜汤,根本不用放盐,而桌子上所有的菜,味道最美最鲜的,就是这最后一个小菜汤。简单地说,这实际上就是一个味觉的适应过程。刘东胜边做边给两位老人讲,听得两位老人连连点头,不停地说有道理有道理。

菜说完了,刘东胜又对两位老人嘘寒问暖。如此一番过后,刘东胜又给他们推荐专题片,说某某台的养生专题片不错,老少皆宜,抽空可以看看。现在日子过好了,要多注意身体,有什么不适的情况,一定要及时和他们联系去看医生。刘东胜念叨起来就没完没了,好像两位老人不是依晶晶的父母,反倒是刘东胜的父母一样。

依晶晶的母亲面若桃花,笑得眼睛都眯成了一条缝。她偷偷地看着依晶晶,不停地挤眉弄眼。想必她是想起了多年以前依晶晶对她说的狠话吧,话里话外能透露出一点弦外之音来。"这女儿啊,嫁出去,就是泼出去的水哟,女婿儿女婿儿,好歹也是半个儿子呢。"那意思分明就是说依晶晶这个女儿,还不如刘东胜这个女婿。

有一段时间,区里打造文化品牌,提出的口号是"文化让全区走得更远"。依晶晶老家这个镇选择了书法,全镇无论男女老少,都掀起了一股书法热。依晶晶的父亲也喜欢起书法来。刘东胜不仅给老丈人买了好多宣纸和字帖，还买了一支价格不菲的毛笔。老人也不客气，一一笑纳。摆上桌子，挥毫泼墨，写了几个简单的字，平躺着看还有模有样，往墙壁上一挂，就完全走了形。老人说刘东胜要是能喝点酒就更好了。刘东胜不喝酒，依晶晶的父亲却喜欢喝酒，刘东胜不能陪他推杯换盏，言下之意，这也许是他认为刘东胜美中不足的地方。

　　周末，刘东胜要么驱车几百公里不辞辛劳去钓几条所谓的原生态鱼，要么就待在家里，寸步不移。早上吃早餐的时候，就打开电视，手里拿着遥控器，一路搜寻下来，遇到好看的就逗留一会儿，遇到不好看的就一闪而过。什么是好看的，什么是不好看的，在刘东胜那里好像也不怎么好区分。有时候一部经典电影他一闪即过，有时候一个养生专题片，他也会看上半天。按年龄算，刘东胜也还没有到看养生专题片的时候。有时候刘东胜手里会拿一本书，不是女儿看的童话作文书，就是依晶晶看的妇女生活类杂志，匆匆翻几页，眼睛又盯着电视。很难说清楚他是在看电视，还是在看书。偶尔刘东胜也倚在沙发上打一个小盹，或者，本来就是在打瞌睡。当依晶晶把屋里清洁工作做完，用手撑着腰，抬起头问有没有遗漏的地方时，刘东胜嘴里答非所问地吐出两个字："不错。"依晶晶发现刘东胜说这话的时候连眼皮都没有抬一下。依晶晶走到他身边，一连叫了几声刘东胜，刘东胜这才恍然醒悟似的："我去买菜了。"然后，把皮鞋当拖鞋，趿着走出门，关上门后，再蹲下来将皮鞋的后跟拉上，大步流星地向菜市场走去。

　　那五年的农村小学教学生涯成了依晶晶这一生中最美好的回忆。有多少个夜晚，依晶晶和刘东胜在滨江路上并肩散步，说到动情之处，依晶晶都会抓住刘东胜的手，说，这辈子她可以对不起父母，可以对不起女儿，甚至可以对不起领导，对不起学生，也绝不能对不起他。刘东胜面无表情，轻轻地掰开依晶晶的手说："大街上，拉拉扯扯的，也不怕人家笑话。"

依晶晶说："我是你老婆，又不是小三，谁会笑话？"

"你看你自己还有没有一点领导的形象？"

刘东胜面露愠色，丢下依晶晶扬长而去。

其实，依晶晶是一个比较传统的女人，从衣着到言行，依晶晶都表现出极高的素养，她大度而不傲慢，为人谦逊但绝不妄自菲薄，工作虽然繁忙，却处理得井井有条，从容不迫。对于这个道德底线日趋沦丧的社会，她有自己的看法和见解，从不随声附和。可是，她就是不明白，两口子，在大街上拉拉手，那是再普通再平常不过了，难道这也有伤风化？

刘东胜怎么会这样呢？

结婚十年，依晶晶终于对自己提出了这样一个问题。

情窦初开的年纪，依晶晶开始憧憬自己另一半的模样：高大英俊自不必说，待人随和、具有亲和力、能言善辩。令依晶晶失落的是，结婚十多年了，自己心目中的男人始终和现在的刘东胜无法重叠在一起。

依晶晶猛然发现，这不是她想要的生活，刘东胜也不是她想象中另一半的样子。

十四年了，依晶晶如梦初醒。

有一件事情依晶晶记得很清楚。女儿欢欢小学毕业准备升初中，挑学校挑了好多所，就是没有一所她满意的，整天嘟着小嘴对谁都不满意。原来，欢欢非要去九十四中不可，还说好多同学都盯着九十四中，非九十四中不读。身在教育系统,依晶晶哪能不知道九十四中?欢欢还真会挑学校。九十四中是全市重点中学,实力雄厚,师资力量强大,在全市是大名鼎鼎的,据说现任市长的中学时代就是在九十四中度过的,还出了好几个中科院院士呢。但是,越是这样的学校,越不好进,即便是考了高分也未必能进去。依晶晶在学校教了这么多年书,哪能不知道这里面的子丑寅卯?

依晶晶对欢欢说:"宝贝儿,九十四中不好进哟,以你现在的成绩,可不行呢。"

欢欢说:"我不管,我就要去九十四中!"

依晶晶说:"确定吗?"

欢欢说:"非它不可。"

依晶晶不得不四处托关系让欢欢进九十四中。最后,依晶晶在自己的同学中找到一个叫方亦然的,方亦然又找到他中学时的同学,说了不少好话,总算是把这件事情解决了。为了对方亦然表达感激之情,依晶晶在酒店摆了一桌酒席,宴请方亦然,当然,也包括方亦然那个同学。不想临到吃饭那天,市里偏偏对依晶晶所在的学校进行安全大检查,安全重于泰山,她这个办公室主任自然是全程作陪。依晶晶只好叮嘱刘东胜先陪着客人吃饭,自己这边结束后就赶过去。当晚上七点多依晶晶风尘仆仆地赶到酒店时,刘东胜和其他两个人正围着大圆桌,三个人六只眼,刘东胜的两只眼对着手机只顾聊天,另外四只眼相对来说比较随便一点,低声交流着什么。一大桌子菜,谁也没有动过一筷子。依晶晶差点没有气昏过去,不停地道歉,同时自罚三杯,以示自己道歉的诚意。最气人的是,方亦然的同学说了一句话:"依老师,你这么豁达,让人佩服，可不像你老公这个样子哦。"这话是当着刘东胜的面说的，无疑是在抽刘东胜的耳光。可是刘东胜仿佛没听见，脸上始终挂着不咸不淡的笑容。依晶晶心里有说不出的难受，但她依然面带笑容，不停地道歉。整个席间，气氛也像刘东胜的笑容一样不咸不淡，总感觉怪怪的。回到家里，依晶晶发现，刘东胜居然没有打领带，皮鞋也根本就没有擦。

女儿欢欢听说读九十四中已经有希望，一下子搂住刘东胜的脖子，不停地说："谢谢爸爸，谢谢爸爸。"

刘东胜也不说话，接受女儿欢欢的几个谢谢，夺走了依晶晶所有的努力和功劳。依晶晶再也没有忍住，她尖叫一声："刘东胜！你怎么可以这样？"

女儿欢欢从来没有看见过妈妈这样愤怒，她吓坏了。

依晶晶感到前所未有的绝望和恐惧。天哪！自己居然和这样的男人生活了十四年，仔细想想，还真是后怕。想到自己还要和刘东胜生活一辈子，那种绝望和恐惧就越来越强烈。她一下子失去了生活下去的信心，好像生活失去了方向。依晶晶倚在七楼的阳台上，看着阳光静静地从小区的一端流向另一端，葱绿的树叶在阳光中泛着迷人的光芒，几个孩子在草地上追逐，还有几个老年男女聚在一起，看上去很兴奋，个个眉飞色舞，也许又在探讨广场舞的某个动作吧。依晶晶的眼睛一闭，头脑里一片空白，整个人倾斜着，一头向栏杆外栽去……

刘东胜在那一瞬间抱住了依晶晶。

依晶晶睁开眼，淡淡地说："刘东胜，我们离婚吧。"不等刘东胜回答，她又说："离了婚，我才能活下去。"

刘东胜说："为了欢欢，能不能不离婚？"

依晶晶说:"不能。"

刘东胜说:"你在外面无论做什么事情,我不管你,我只要这个家完整。"

"无论做什么?"依晶晶怔怔地看着刘东胜,"所有?"

刘东胜点点头。

依晶晶说:"一切?"

这一回刘东胜没有点头,但是依晶晶已经明白了刘东胜的意思,在家庭和一个男人的尊严之间作选择,刘东胜打算放弃一个男人的尊严。

依晶晶很痛心。

"还是离了吧。"依晶晶最后说。她提出了一个条件,离婚的事情不能让双方的父母知道,更不能让双方的同事知道。

刘东胜答应了。

依晶晶和刘东胜离婚的事情没有几个人知道。在知道的几个人当中,有一个是方亦然。

方亦然是依晶晶的大学同学,现在是市宣传部文艺处的处长。他对依晶晶的离婚没有表露出丝毫的兴趣,这个社会,离婚的事情司空见惯,每天有多少人结婚,又有多少人离婚,还有多少人悬而未决,谁也说不清楚。人们更多的是冲着钱忙碌,谁会在乎一个学校办公室主任的离婚结婚呢?再说了,这个年代也不是嫁鸡随鸡,嫁狗随狗,从一而终的时代了,有必要对离婚这件事情大惊小怪,津津乐道吗?话虽如此,但依晶晶还是一再叮嘱方亦然不要把自己离婚的事情往外传。

方亦然笑道:"怕啊,怕就不离嘛。"

依晶晶说:"毕竟是学校的领导,还是要注意一点影响,注意形象。"

说完这话，依晶晶惊了一下。怎么这么像刘东胜说的话？

依晶晶就是这么个人，她不怕死亡，但是她怕自己离婚后带给学校，带给领导的负面影响。她之所以不张扬离婚的事情，主要还是想给刘东胜一个机会，要是刘东胜改掉他那些不良习惯，依晶晶还是可以和刘东胜复婚的。当然，前提是刘东胜不再娶，而她依晶晶依然单身。

方亦然对依晶晶安慰一番后，话锋一转，不再谈离婚的事情："我听说你的文学功底不错，还在晚报上发表了几首诗歌，要不要加入市作协啊。"依晶晶从方亦然的眼睛里看出了一种渴望，正期待着答复。但是，依晶晶从方亦然的眼睛里还看到了另外一种渴望，这种渴望令依晶晶不安。这也许就是刘东胜说的"无论什么事情"所包含在内的事情吧。

读大学的时候，方亦然就对依晶晶展开过追求，不过那时依晶晶一心放在学业上，对男女之事总是一笑而过。后来方亦然索性把事情公开，依晶晶就接受了他的一次约会，表明了自己的态度，彻底断了他的念头。方亦然是一个十分精明的人，他的精明也表现在绝不在一棵树上吊死。依晶晶态度明确，他立马转身锁定了下一个目标。

这么多年过去了，他还没有放下。

依晶晶没有答应方亦然。她笑了笑说："进作协的事情就放一放吧，那几行字，也叫诗啊，去作协滥竽充数，很没有面子的，到时说起是你介绍我进的，岂不拖累了你？"

方亦然一笑而过。

今天，依晶晶将和刘东胜复婚。离婚一年，依晶晶答应和前夫刘东胜复婚。当时她只是随口说了一个去登记的日子，但是，谁都没有想到，从去年离婚算到今天去登记复婚，刚好一年。生活有时候真的像是在开玩笑，又像是在玩游戏。玩到最后，大家都觉得玩累了，玩不起了。

复婚是依晶晶无奈之下被迫答应的，也算是对自己的屈服。不管怎么说，有一个家，总比没有强。

依晶晶和刘东胜离婚的事情最终还是被双方的父母知道了。两个家庭，四个老人轮番上门游说，尤其是依晶晶的父亲母亲，每次来都杀气腾腾的，逼着依晶晶和刘东胜复婚。

"现在这个社会，像东胜这么好的男人有几个？你还要人家怎么样？"父亲从来没有这么指责过依晶晶，这次也站出来，说依晶晶书读多了，知识越多想法越多。

母亲更直接："我看她就是个疯子。"

"我就希望他像个男人。"依晶晶也拧。

"刘东胜不是男人吗？"父亲拍着桌子，喘着气，差点没背过气去。直到父亲把那颗花白的头在墙壁上砸出了血，依晶晶才含泪答应了和刘东胜复婚。

欢欢一直盯着依晶晶，神情怪异。依晶晶从女儿的目光里看到一种漠然。

复婚后的一个月，依晶晶和刘东胜进行了一次面对未来的实质性的谈话，具体如下：

依晶晶说："这一年，我没有做对不起你的事情。"

离婚后，为了不被周围的亲戚朋友和同事识破，他们走得很近，看上去完全是一对恩爱夫妻。他们都善于伪装，把工作愉快，家庭和睦的一面在世人面前展示得淋漓尽致，在他们各自的生活里，一言一行，所作所为，也几乎都没有离开过对方的视线。

所以刘东胜说:"我知道。"

依晶晶说:"今后有什么打算?"

刘东胜说:"还没有想过。"

依晶晶说:"你今后工作相对来说轻松一些,就是挣钱养家。"

刘东胜说:"现在不是很好吗?你有工作,我有工作,周末还可以出去散散心,你还想怎么样呢?"

短暂的沉默。

依晶晶说:"我想开一个家政公司,由你来打理,因为和我比起来,你的时间相对要充裕一些。"

刘东胜说:"我不想打理公司。"

依晶晶说:"那你想做什么?"

刘东胜说:"以后工作轻松了,白天在办公室打个瞌睡,晚上我去开出租车。"

依晶晶略显意外:"怎么想到去开出租车?"

刘东胜说:"我没那么多精力再去打拼,都四十岁了,没意思。再说开车是我的手艺,不用,可惜了。"

依晶晶说:"才四十岁,正是年富力强的时候啊,你有没有想过超出自己能力以外的一点追求?比如,有挑战性的,存在风险的,但是又极有可能挣大钱的。"

刘东胜说:"没想过。"

依晶晶心里很是失落。

复婚三个月后,依晶晶再次选择离婚。

不过这次没有第一次离婚那么顺利。

在他们去办理离婚手续的前几天，依晶晶感冒了，很严重，住了好几天院。本来依晶晶想叫自己的妈妈来照顾一下，刘东胜不同意，他知道依晶晶和她妈妈心里都有一个结，这个结，也许她们母女俩一辈子都打不开了。刘东胜到单位请了假，在医院里照顾依晶晶。

　　平时两个人各自上班，白天很少在一起，有很多话都没有时间说。有时候商量一件事情都放到晚上睡觉的时候。而且大多都是依晶晶刚开口，刘东胜一句"你是领导，这个家你说了算"就堵回来了。依晶晶再想说什么，刘东胜已经打起了呼噜，也不知道他是不是真的睡着了。住院的这几天，倒让刘东胜和依晶晶白天夜晚都在一起。可开口闭口都是离婚的事情，闹得大家也没有了说话的兴趣。有时候两个人就这么大眼对小眼，然后就奇怪地笑起来。依晶晶为什么要笑，刘东胜不知道，刘东胜笑什么，依晶晶也不清楚。笑对于他们来说，已经成了相处的一种形式。不管怎么说，笑起来，就会缓和气氛，笑，总比横眉冷对好，笑，更比哭好。

　　依晶晶依然惦记着离婚的事。她说："我还是想离婚。"

　　刘东胜还是那句话："你说了算。"

　　依晶晶一阵咳嗽，挣扎着坐起来尖叫："刘东胜！你会不会说'不'？"

　　刘东胜就笑了。

　　然后，依晶晶也笑了。

　　有一天，依晶晶从睡梦中醒来，她刚睁开眼睛，发现刘东胜正蹑手蹑脚地向床边走来。她不知道刘东胜要做什么，赶忙将眼睛闭上，想弄个明白。刘东胜来到了床边，将依晶晶在被子外的胳膊轻轻抬起来，再轻轻地放进被窝，然后将被子掖了掖，稍微用力按严实，然后又蹑手蹑脚地向门外走去。到了门口，他突然停住脚步，又走了回来，悄悄地来到床的另一边，看了看，确定依晶晶的另一只手在被窝里之后，才静静地向门口走去，然后轻轻带上门。

在冬天的夜晚，依晶晶睡觉的时候喜欢把双手放在被子外面，刘东胜就常常数落，说长期这样，年纪大了，两只胳膊就会落下病根。然后把依晶晶的双手放进被窝里，自己一只手环抱过去，搭在依晶晶身体上，顺势盖在她的双手上，防止她再次将手伸出被窝。依晶晶喜欢刘东胜紧紧地抱着自己睡觉，那样很温暖。哪怕在他们离婚这一年的日子里，依晶晶一个人睡觉，她依然感觉刘东胜的温暖无时无刻不存在着。在身体的每个部分，在家里每一个角落，在生活的每一片空气里。

不知道这算不算是自己一直想要的小鸟依人。依晶晶想。总之，她感觉到了温暖。有时候，温暖其实就是这么简单。

那天晚上，刘东胜那个掖被子的动作在依晶晶的梦里反复播放了千百遍。

远离稼穑

农民工汪小凡是这样回的家：那是一个星期天，他费了好大的劲儿才赶到长途汽车站，人太多，他没有办法从车门挤上车，就从车窗外把一个脏兮兮的蛇皮口袋塞了进去。蛇皮口袋"扑"的一声响，正好落到一个座位上。然后，汪小凡跟在人群后面，一边往车上挤，一边放开他那酷似女人的声音大叫："那个座位是我的，那个座位是我的。"汪小凡的声音很有穿透力，透过密密匝匝的人群一直落到了他的蛇皮口袋上，好像这个座位已经就在他的屁股底下了。当汪小凡像在工地上那样，自信地挤到那个座位前的时候，顿时就傻眼了。那个蛇皮口袋可怜巴巴地躺在过道，一副委屈的样子。旁边的座位上坐了一个彪形大汉，屁股大得有些离谱，两个人的座位差不多让他一个人就坐满了，那堆肥肉软瘫在座位上，水一样荡来荡去。彪形大汉玩着手机，看也不看汪小凡一眼。汪小凡不知道自己刚才把蛇皮口袋究竟丢到了哪个座位上，有些发愣。

他四下里看了看,发现每个座位上都坐着人,年老的正准备打瞌睡,年轻的一个个都盯着手机,眼珠子都快滚到手机里面去了。汪小凡费了一番力气却没有坐到座位,心里憋屈,就在旁边骂骂咧咧,唾沫星子满嘴乱飞,一股难闻的口臭味弥漫在汽车狭小的空间里。

汪小凡在车里前后走了一趟,最后还是来到他那个蛇皮口袋旁边,拿一双眼睛把彪形大汉上上下下打量一番。那个彪形大汉的眼睛本来是在手机上的,这时候突然把目光从手机上移开,直直地盯着汪小凡,目光迎着汪小凡的目光就冲了上去。汪小凡没有想到他冷不丁会来这么一下子,吓了一跳,来不及避开对方的目光,嘴边的话就咕咚一声随着口水咽了回去。

汽车"嗤"地吐了一口气,慢慢爬行起来,很快就到了一个车站。彪形大汉身边那个乘客正好下车,汪小凡心不甘情不愿地坐到了他的身边。汪小凡坐下去觉得跟站着差不多,甚至比站着还难受一些。彪形大汉的屁股挤过来,把汪小凡挤得几乎没位置了。

汪小凡侧了侧身,嘴里还在叽叽咕咕地数落坐车的人素质差,明明是自己的座位,个个跟强盗一样,眨眼就抢走了。

彪形大汉眼睛盯着自己的手机屏幕,目不斜视地说:"你的口水飞到我的脸上了。"

汪小凡说:"不会吧,那么远,你当是飞刀啊。"

彪形大汉说:"不信你看看。"

汪小凡说:"我不看,干脆你就往我的脸上吐口水。"

彪形大汉作势张嘴。汪小凡赶忙用胳膊挡住,脸上堆满了笑容说:"打住,打住,开玩笑的开玩笑的。"

彪形大汉鼻子里哼了一声。

汪小凡小声说了一句："无赖。"

彪形大汉眼睛一瞪："你说啥？"

汪小凡说："没说啥。"

彪形大汉说："我听见了，你说哪个是无赖？"

汪小凡说："我说我爹是无赖。"

彪形大汉鼻子里又哼了一声。

汪小凡说他爹就是典型的无赖，典型的流氓地痞，典型的家长作风，硬是要赶他出门去打工。村里开发之前，汪小凡一直在外面打工，填饱肚子后，整天就挖空心思想着怎么能挣到钱。后来村里开发了，汪小凡就待在家里不出门。汪小凡的爹说："年纪轻轻的在家做啥？你以为你是富人家的少爷呀？去打工吧，挣俩钱算俩钱，总比待在家里坐吃山空强。"汪小凡不出门，他爹就整天拿脸色给他看。汪小凡架不住他爹那张老脸，终于答应出门打工。这回出门和从前出门的汪小凡心态完全不一样，从前每走一个地方汪小凡都小心翼翼，生怕把饭碗砸了。现在汪小凡出门，脸上挂着一种蔑视，走路迈着方步。每走一个地方，他都有一种底气，一种阔气。每到一个工地，主管一般会问他能干哪些活儿，汪小凡回答很神气，说自己一是不会做什么什么，二是不会做什么什么，三是不会做什么什么。主管都打断他的话说："行了行了，你不必说四是五是六是，直接说你会做什么。"汪小凡说："我会数钱。"主管说那是出纳的事情。然后，汪小凡就继续走下一个地方，下下一个地方，走得洒脱利落，走得气定神闲。汪小凡在整个城市里装模作样地待了几天，就给他爹打电话，说没有适合自己的工作。汪小凡他爹骂了一句狗东西，就默许他回了家。

就这样，汪小凡和那个彪形大汉一路摇摇晃晃地回了家。

直到汽车停到他们住的小区门口，汪小凡才知道，彪形大汉和自己其实就住在一个小区里面。

这个小区的业主，怎么说呢？姑且就叫业主吧，都是从乡下搬来的农民。

汪小凡是，那个彪形大汉也是。

在没有搬到这个小区之前，汪小凡和这个小区的大多数业主一样，都是农民。进城打工之前，他们就在自己的那片地里忙碌。一年四季，一直就那么忙碌。雨天一身水，晴天一身汗。面朝黄土背朝天。种水稻，种小麦，种玉米，种高粱和大豆，还种蔬菜，南瓜茄子白菜莴笋什么的。甚至还有种烟叶的，叶子毛茸茸的，肥实，阔大，绿得都要滴出汁来。不过不能种来卖钱，政府有规定，不能大量种烟叶。所以只是在房前屋后种几窝，用稻草扎的绳子把烟叶捆起来，挂在屋檐下晒干，再回润，捆成一个中间大两头小的锥形模样，保存好，留着自己慢慢抽。后来有些人出去打工了，男的女的都用各自的方式挣了一些钱。再后来呢，村里就开发了。开发商给了每个人一大笔钱，买走了山，买走了水，买走了地，还买走了每家每户的住房。土墙也好，砖石墙也好，小洋楼也好，开发商统统买了。村里人几乎什么都没有留下，只留下了钱。再再后来，村里人就用这笔钱到镇上买了房子。

从前不是邻居的，现在成了邻居。从前为一点小事而闹矛盾的邻居，本以为从此天各一方，老死不相往来，没想到现在依然是邻居。还有过去在一起打过架的，现在鬼使神差的，也一起住到这个小区里来了，不是冤家不聚头，抬头不见低头见。偶尔遇到，彼此都失去了往日的锐气。一时的新奇与突如其来的富有，让人们产生了一种自发的宽容。总之，从前很少说话的，现在都在一起说两句了，从前陌生的，一年四季难得见一次面的，现在也熟悉起来，来的时候碰了面，点点头，去的时候碰到了，也点点头。虽然不说话，但都打个招呼。从前熟悉的，现在就像树上熟透了的果子，熟得都快掉到地上了。从前交往深厚的，现在更加亲密无间。从前仇深似海的，时过境迁，现在也化干戈为玉帛了。大家心里都明白，从现在开始，一切都要和从前，和乡下，和乡下的那片地，那些犁耙，那些镰刀，那些锄头，那些猪牛羊，那些鸡鸭鹅，以及满是鸡鸭鹅屎、臭得熏人的院子告别了，彻底告别了。

住进这个小区，就是生命中的一个里程碑。

谁说不是呢？

买房子那天，汪小凡他们一家人都去了。刚踏进客厅，汪小凡他爹就兴奋起来，他满脸泛红，不停地用手指指点点，絮絮叨叨地对汪小凡说，你们住那里，我和你妈住这里，春草住最小的那一间，这里可以吃饭，那里可以放一个凳子……他的话还没有说完，春草就大叫着不乐意，说她要最大的一间。汪小凡就说："要得要得，把客厅给春草住。"一家人自顾自地说着，反而把售房部的几个美女冷落了。汪小凡他爹在客厅转了一圈儿，又到每间卧室转几圈儿，本来是挂在嘴上的感叹和惊讶变成了不停地在每间屋子里转圈儿，一句话也说不出来了。售房部的几个美女掩面而笑。汪小凡有些不好意思，拉了拉他爹的衣袖。汪小凡他爹看见几个姑娘笑弯了眉毛，连忙给脚下的转圈画了一个句号。嘴里连声称赞说："宽敞，厕所都是两个呢。"汪小凡打断他爹的话说："还有更宽大的，你只怕没见过。"汪小凡他爹说："要那么宽来做啥子呢？猪没有了，鸡鸭鹅没有了，没有犁耙锄头粪桶扁担，又不堆放谷子麦子，还要那么宽大做啥子啊？"他不等汪小凡再说话，像将军一样果断地挥了挥手说，"就是这里了。"

汪小凡没有想到的是，他爹居然还买了一个门面，就在楼下，一抬头就能看见自家的阳台，除了被防盗网罩着，光秃秃的什么也没有。买门面汪小凡倒是没有什么意见，只是觉得地段不是那么理想，是所有门面中最偏僻的一个。

然而，让人大跌眼镜的是，汪小凡他爹选择的这个门面，后来让所有的人羡慕不已：竟然在小区大门口。

小区的收尾工程完成后，承建方推倒了临时围墙，修了一个气势雄伟的小区大门，这个大门恰好就在汪小凡他爹买的这个门面旁边，所有从小区里进出的行人和车辆，无一不从这个门面旁边经过。这个门面，简直就处在小区的黄金地段。门面还没有装修，就有人用高出原价一倍的价格要求购买。汪小凡他爹摇着头说："不卖不卖，我自己开店。"

汪小凡他爹说到做到，果然开了一个店，就叫小区副食店。

小区副食店开张后，几乎人满为患。起初都是冷坐，话很少，大家屁股落到凳子上，大眼瞪小眼，然后就看缓缓停到站上的汽车，又看汽车远去后扬起的尘土。不知在什么时候，也不知是谁开了一个头，喝起酒了。客人屁股刚落到凳子上，就大大咧咧地叫汪小凡的爹勾二两白酒，白酒一下肚，话匣子就算打开了。首先感叹遇上了好时候："本来以为这一辈子就在庄稼地里摸爬滚打，一身水一身泥，一身汗一身累，最后自己也变成泥土，让自己的子孙在上面种庄稼，哪料到还会离开庄稼地呢,更料不到会住进这高楼大厦里。你抬起头看看,说是三十多层呢,可是数来数去就是数不清,把头都仰到后背上去了也没有数清过。享福啊!"再来二两酒,舌头就在嘴里捋不直了。接着喝酒人的话,大家免不了又要感叹一番。"现在就是好啊,无论多大的露水,出门都不打湿鞋,再晚出门,都有路灯亮着,想走到哪里,就可以走到哪里,想怎么走就怎么走,不像在乡下,天一黑,便真的黑下来,出门得带着手电,深一脚浅一脚的,路边的野草老是来缠脚,不让人走路,没准儿还能从草丛里滑出一条蛇来,直溜溜往远处窜去,吓得你脚都迈不开。"

每天,太阳还没有出来,习惯早起的人们起了床就趴在阳台上朝一排亮过去的路灯望几眼,冷飕飕的风吹到脸上,心里不禁掠过从前某个早晨下地时候的情景,但片刻就消失了,就像在自己生命里消失的土地一样。然后回到屋里,可是,又实在不知道该做什么,在自己家里来回转了几圈,就来到了小区门口,就来到了小区副食店,坐下来,东拉一句西扯一句地闲聊。实在没有话说了,就把昨天听来的再说一遍,有时候,刚要开口,却忘了说什么,就望着不远处生硬泛光的公路发怔,傻了一般。

后来,汪小凡他爹不知道从哪里受了启发,在小店里摆了几张牌桌子。不到半个月,人们的注意力就集中到牌桌子上去了。

回家不到三天,汪小凡就和小区物管的保安吵了一架。

本来小区工程完工,物管进驻,收取物管费,用于小区的日常运转和公共设施维护是天经地义的事情,合情合理合法。可是汪小凡不干了。在农村生活了这么多年,种自己的地,住在自己的家里,前些年还要交乡镇统筹:村提留,现在不但不交了,要是种地,国家还要倒给补贴。

和他说要收什么物管费,汪小凡自然认为是乱收费呀!按汪小凡的理论,"这房子是我们自己花钱买的,一个平方一个平方都是算清楚了的,几十万呢,从来没有听说住在自己买的房子里要交钱给别人的。"

汪小凡他爹也吃不准这钱该收还是不该收,可是他不喜欢儿子一大早就在小区门口吵吵嚷嚷的,就叫汪小凡少说两句。

汪小凡说:"我自己花钱买的楼房,凭什么要交钱给物管公司?"

保安很冷静地给汪小凡解释:"这钱是取之于业主用之于业主,今后小区的路灯坏了,要钱修,对吧?还有花草树木需要人来护理,要钱,对吧?垃圾桶里的垃圾需要拉走,需要钱,对吧?这小区内的清洁需要人来做,扫帚一动,就要钱,对吧?收大家的钱,就用在那上面了,你说是不是取之于业主用之于业主呢?"

汪小凡说:"那个我不管,我只问你们的工资,谁给?"

保安说:"当然是物管公司。"

汪小凡说:"我们的钱交给物管公司,你们到物管公司领工资,说白了,还是领的我们交的钱。"

保安说:"这是我们劳动所得。"

"你们劳动所得?"汪小凡冷笑,"你一天坐在那里,屁股也不挪动一下,你那也叫劳动?上次小区里面的摩托车一夜就不见了两个。还有五单元的,门都让人给撬开了,那个时候你们在哪里劳动?小区去年年底接连两次进了小偷,把人家办喜酒准备的红包钱偷走了,案子至今未破。"这事让汪小凡给端出来,本来理直的保安顿时就没有了言语。汪小凡还得理不饶人,说:"我看啊,小区大门关得好好的,东西丢了,远处强盗近处脚,我看是有内鬼吧。"

汪小凡他爹一看汪小凡越说越得意，气得胡子直发抖。他从店里几步跑出来，冲着汪小凡就是一巴掌："我叫你吵，我叫你吵。"

汪小凡躲避着，大叫："别打了，别打了！"

不想这话被别人听到了，以为是小区保安在打人，一个个都来了精神，片刻就把小区大门口围住了。

夏天的太阳仿佛被小区门口的吵闹吸引了，早早地从远处的山背后跳出来看热闹。汪小凡穿着一条宽大的短裤，两条腿从那少得可怜的布里面伸出来，显得清瘦无比。尽管才四十岁，但身上所有的肌肉已经不再饱满。尤其是那双脚，在看上去许久都没有洗过的拖鞋里显得毫无生气，然而，那双脚却撒开十个脚指头，很有力地戳到那个发胖的保安面前，显得和他一样有力。

人们对小区的失窃本来就心生怨气，听汪小凡这么一说，都站在汪小凡一边，很多人都表示不会再交物管费了。没有交物管费的人听到这些话，心里更加坦然，更加庆幸，好比做生意赚了一大笔钱的人，面对亏了一大笔钱的人，心里既有同情，也有得意，还有炫耀。交了物管费的人不干了，大叫："那我们交了物管费的呢？怎么办？退吗？"有人说只怕是退不了了。汪小凡家里也交了物管费，不过只交了半年，但是他心里依然不舒服。他对保安说："你等着，你等着。"然后就跑回了家。不一会儿，他从楼上跑了下来，手里提了一袋垃圾，他将垃圾往小区门口一摔，说："我的钱不用退，以后我每天就把垃圾丢在这里了，一直到年底，那样我们就两清了。"说完，汪小凡趿着拖鞋，一路踢踢踏踏地消失在众人的视线里。

汪小凡他爹气得跺了一下脚，走过去把汪小凡扔的垃圾扔到了垃圾桶里。

拒交物管费的事情由汪小凡带头，越闹越大，不久就传遍了整个小区。大家一听说不交物管费，就像约好了似的，再也不买物管公司的账。物管公司收不到钱，工作无法开展，小区就管不下去了，只好撤走了保安和清洁工。从那以后，小区的路灯坏了也好，垃圾遍地也罢，再也没有人过问。

汪小凡他爹每天守着小区副食店，而汪小凡每天和几个男人就守着小区副食店的牌桌子。钱嘛，现在已经不是问题。谁家里还没有个几万十几万的？牌桌子上的小打小闹，肯定输不完。玩牌的人都是有瘾的，只要一坐上桌子，差不多就是一天。

最开始，到了吃午饭的时候，汪小凡的老婆打来电话，说是吃饭。尽管是楼上楼下的距离，但是女人也懒得下来，也懒得在阳台吼一嗓子，她坐在沙发上，直接打汪小凡电话。大家手里正好抓了一手牌，来不及打完，都同意先吃饭，于是都把牌往身前扑倒，吃了饭再回到桌子上。

后来大家都嫌吃饭耽搁时间，也不回家吃饭。家里打来电话的时候，就敷衍一句"你们先吃"。再打，还是说"你们吃"。家里继续打来电话，都不耐烦了，就说"已经吃了"。

汪小凡最讨厌女人催吃饭的电话，不由分说，对着手机就是一顿臭骂。后来女人干脆不给他打电话了，任由他在牌桌上输输赢赢。

肚子饿了，汪小凡就冲他爹招手说："每人来一瓶啤酒，要冰的，打开，再要一袋水煮花生，钱算我的。"

过了一会儿，见没有啤酒递过来，汪小凡就又吆喝一声："啤酒来四瓶，水煮花生一袋。"

汪小凡他爹说:"先给钱!"

汪小凡就笑:"爷俩儿的事情,就是左手拿到右手,你的我的都一样,那么较真做啥呢?"说着就拿起桌子上的一叠钱,飞一张到他爹手里。

"先来啤酒,不用找钱。"

啤酒来了,几个人拎起瓶子仰着脖子长长地灌了一气。

每天早上八点钟,汪小凡和一帮男人整齐地坐到桌子上,像上班一样准时。后来,男人们觉得白天时间太短,就延长了工作时间,说这叫加班。

不知什么时候,男人们开始彻夜不归。

这让女人们很恼火,不得不来到小区副食店把男人们押回家。这几乎成了女人们每天必须温习的功课。

女人们很给男人们面子,先是在牌桌周围站着,一会儿这里看看,一会儿那里瞅瞅。但是她们都保持着沉默。沉默有时候能催生一种气氛,紧张的气氛更会助长某些环境下的压力。但是,牌桌上的男人感觉不到压力。快到半夜了,他们依然兴致勃勃。女人们轻言细语地提醒男人们:"收场得啦。"男人们还是兴致勃勃。猛一看女人们脸色严峻,心里不免哆嗦一下,可是又实在舍不得手里的牌,就说:"最后四把。"

打完最后四把,男人们夺路而走。女人们肚子里早就憋满了气,紧紧地跟在后面。

小区大门原来是有两盏很亮的路灯的,把整个小区门口照得一片雪亮。可是,不知什么时候,两盏路灯坏了一盏,使得小区门口显得有些昏暗。几个人不声不响地走着。

远远近近的,居然有蛐蛐儿的叫声。听见脚步声,它们先是小心翼翼地试探了几下，似乎感觉没有什么危险，便索性放开喉咙唱起来，那声音听上去比乡下的蛐蛐儿还要洪亮。它们也把家从乡下搬到城里，住进了小区，成了小区的业主，也兴奋着。夜早已淹没了一切，可是淹没不了它们的勤奋，它们卖力地唱着歌，把四周唱得越发的宁静。这夜的黑暗，想必是它们的繁华了。或许和人一样，生老病死，礼尚往来，或者，偶尔也来一点勾心斗角。

终于有女人忍不住了。

"今晚要是我不来，你们几个只怕又要打到天亮才收场吧？"

声音粗粝，一听就知道是汪小凡的老婆，只有汪小凡的老婆才敢这么对他说话。汪小凡不搭腔。女人更是来了精神，又踹了汪小凡一脚。"钱呢？你赢的钱呢？拿出来看看。"

汪小凡嘟囔着："打牌哪有不输钱的。"

女人说："我就没有看见你赢过。"

汪小凡小心翼翼："我赢的时候你没有看见。"

女人又用脚踢汪小凡："你还有理了，我叫你整天打打打。"

似乎是汪小凡走快了一些，女人的脚踢空了，这更令她愤怒。"汪小凡！你给老娘站住！"

四周显得越发的安静。女人嘴里吐出的每一个字就像钢镚滚落到地上，在小区的每一个角落里乱撞，仿佛不让整个小区的人听见，它就没有停止的意思。

不知谁家的窗户里透出了小孩子的哭声，有女人在哄孩子，可是又明显地压抑不住愤怒，终于有一句骂声从一片黑黝黝的高楼顶上滚落下来。

"妈哟！深更半夜的，叫丧啊！"

也不知道是从哪家窗户里窜出来的。

第二天，几个男人都没有回到牌桌子上，不用说，准是昨晚上吃了女人的亏。磨磨蹭蹭地过了半天，浑身都不自在，连说话都显得有气无力。到了第三天，汪小凡实在憋不住了，出了个主意，说是回老家钓鱼。

在没有搬迁出来之前，汪小凡的老家在一个小岛上，没有桥，没有公路，村里人进出只能乘坐渡船，交通很不方便。后来，小岛开发了，开始修桥，现在听说桥已经修好了，也不知道是不是真的。自从搬出小岛过后，他们还不曾回去看过一次从前那些熟悉的田地，那些树木，那些儿时走过无数回的小路。小的时候，汪小凡他们很少钓鱼，却经常钓青蛙。用一根绳子捆住一丁点金黄色的南瓜花，放在稻田里不停地抖动，青蛙以为是虫子，往前一窜，张嘴便叼住，怎么也舍不得松口，最终成了汪小凡他们的战利品。

现在汪小凡他们不钓青蛙了，准备钓鱼。

汪小凡他们沿着新修的大桥兴致勃勃地往老家赶，有点衣锦荣归的意思。心里不禁在想，这桥一修好，再过些日子，老家的山山水水，只怕自己也要花钱才能来看了。

不过，他们谁都没有从桥上过去。

桥的确修好了，但却是个断头桥。

一个修桥的工人告诉汪小凡，桥长度在计算上出了问题，计算出的长度比实际修建出来的长度少了十米，也就少了十米的钱。这就好比请人吃饭，口袋里揣了请十个人吃饭的钱，没想到来了十五个人吃饭。吃饭好说，大不了少吃一些菜，每个人少喝一瓶酒。修桥却不行。桥是用钱一张一张铺出来的,别说是算错十米,就是算错一米,也不知道用多少钱去铺呢。

汽车过不去,人也过不去。

问怎么办。

那个工人说谁知道呢。

汪小凡悻悻地回到家里,看见他爹请了两个人正在从店里往外搬麻将桌。一问,才知道他爹把麻将桌卖了。

几天以后,汪小凡看见他爹在小区副食店门前的树上挂了两根绳子,绳子分别系在一根木棒两头。有空的时候,他就抓住那根木棒做引体向上。他抓住木棒,双手一用力,身体就缓缓向上,直到将下巴挂在木棒上。一下,两下,三下,他每用一次力,仿佛都是在和衰老斗争,和岁月赛跑。后来,汪小凡他爹买回来一个呼啦圈儿。一有空,他就在门前的空地上玩呼啦圈儿。呼啦圈儿在他的腰上笨拙地转动着,转着转着,扑的一声掉到了地上。老人丝毫不气馁,双手抓起呼啦圈儿继续在腰上旋转。每当这个时候,老人的眼前就会浮现出这样一个画面:在乡间的水田里,自己弯着腰,挥动着手里的镰刀收割稻谷,一片片稻谷向自己的手边倒过来,倒过来,安详地躺在自己的身后。那柔韧的稻草上,每一粒谷子饱满无比,在阳光下闪着金黄的光芒。

老人说:"没有地了,总得干点事吧?守着这个小区副食店,就是守着一片地呢。"

汪小凡他爹说这个小区副食店就是他的地。

放　生

吃罢晚饭，天还没有黑，土根就有些等不及了，他手忙脚乱地帮女人洗起碗来。这是信号。只要土根抢着干活儿，女人就知道他要做什么。看了看山峦上的太阳，女人笑了一下，四十多岁的人了，居然还保持着少女般的羞涩。这使土根更加兴奋。他浑身像一张拉满的弓，就等着奔向战场，把箭射出去。土根抓住女人的手，女人没有挣扎，说："天还没有黑哩，就这事积极。"土根说："怕啥？又不是在偷人。"

女人就依了土根。

女儿在村里念小学的时候，土根很规矩，从不敢轻举妄动，常常在女儿睡熟后和女人亲热，还怕弄大了声音，闹得跟做贼似的。现在女儿到镇上读中学去了，住在学校，土根的胆子就特别大，也更加放肆了。在昏黄的灯光下，土根发现女人表情木然，他拉过被子盖在女人腿上。土根说："咋啦？腰又痛？等有了钱去镇上检查检查。"女人说："啥时候才叫有钱？一元两元也是钱哩，你敢去镇上检查？还是看看眼下吧，明天又是星期六啦。"

人是越来越怕星期六了。星期六一到，女儿就要回家，星期天下午才返校，走的时候要拿下周的生活费。钱不多，就五十元。可是，这五十元女人也承受不了。一个月就是两百哩，相当于去馆子洗半个月的碗。土根向来不管钱，他只是家里的决策者。钱都在女人手里。如果土根决定要做一件事，就会冲女人一伸手："钱！"女人就给钱。当然，事情过于重大，或者，资金数目过于庞大，那还得全家通过才行，其中也包括在读中学的女儿。要是事情没有通过，女人就用沉默来拒绝。如果有两个人认为可行，那女人也得付钱。比如，土根要给女人买一件羽绒服，很长那种，两百多。女人嫌太贵，不要。土根和女儿都坚持要买，女人也只得咬牙掏钱。这叫少数服从多数。每个星期天的下午，土根都会冲女人挥挥手说，给她。于是，女人照例掏出五十元来给女儿。女儿刺花很听话，懂事，她知道家里的钱来得不容易，特别节约，一学期下来居然用节约的钱买了一条连衣裙和一双高跟皮鞋，都是很流行的那种。女孩子都爱美，她宁愿在生活上马虎一点，也要在衣着上讲究一点。女儿这样做，让女人又欢喜又心痛。也就是上个星期吧，女儿返校的时候，女人却拿不出钱了。土根说："钱！给钱！"女人说："没有啦。"土根说："我打零工不是有两百吗？"女人就给他数，电费花了多少多少，肥料花了多少多少，买种子，买盐，村长来家里那天打酒……土根听得耳朵里嗡嗡直响，连眼也忘了眨。他半信半疑："一分都没有啦？"女人说："你算算，你算算。"土根没有心思去算，他到村长那里去借了五十元。女儿接过钱的时候，土根看到她脸上挂着泪水。

明天女儿又要回家了,这使女人心里有些不安,她对土根说:"不读了吧,反正她迟早是外面的人。"土根说:"以后要把刺花嫁出去?"女人的脸上露出不解的神情。土根说:"日后咱俩老了,谁来送终?"女人说:"你要把她留在家里?"土根没有正面回答,只说:"都读到这分上了,还是让她读完吧,书里的东西没准儿以后有大作用哩,丢了可惜。"女人说:"那刺花的生活费咋办?"土根沉思良久说:"卖猪吧。"女人说:"过年呢?素年?"土根说:"素年就素年吧。"

土根是一家之长,所有事情的决策者,是说了算的。他说过素年,女人自然不会说什么。虽然也涉及了钱的问题,但不是把钱往外拿,而是把钱从外面拿回来。然而女人毕竟有些舍不得。嗫嚅着说:"正长膘哩。"过了一会儿又说,"正长膘哩。"隔一会儿又说。

土根不耐烦了,没好气地说:"长膘就长膘。"然后拉过被子把头蒙住,不再理会女人。那一刻,土根觉得做一个男人很累。

不一会儿土根就睡死过去了。然后他便开始接二连三地做梦。土根梦见满地都是钱。太阳在远处闪着耀眼的光。土根站在那儿,惶惶地不知做啥才好。他隐约想起卖猪的事,抬眼一看,四下里全是猪,都咕咕地叫着聚拢过来,一会儿就把土根淹没了。土根手脚并用呼呼地赶着猪,好不容易赶走了猪,他又想起了女儿刺花的生活费。地上到处都是钱,土根想,哪怕捡一张也好啊。可是,一阵风吹过来,把钱都刮走了。后来土根看到了满树的喜鹊,跳上跳下地叫着,怎么也赶不走。他抬头看了看天,明净而高远的天空中,喜鹊不断地飞来,拍打着翅膀落在树上。土根正不知所措,猛然听见有人喊自己,声音很熟悉,但一时又想不起是谁,就抬高声音问:"是哪个在喊?"那个声音说:"是我。"土根说:"你是哪个?"话音未落,土根便觉得有人推了自己一把,怎么也站不住,摔了个四仰八叉。他一下子就醒了。

女人正站在床边,一脸的惶恐和不安。她说:"你病了吗?"土根一骨碌爬起来:"你才有病哩,把我推到地上做啥?"女人说:"你在床上哩。"土根一激灵,可不,自己好好地躺在床上哩。他脑子里一闪,不好!天都大亮了,挨到下市,猪价跌得厉害,会少卖几十元哩……恍然间他记起自己好像做了什么梦,是什么梦呢?又想不起来了。"妈的,都是叫梦给挨的。"土根心里直骂自己贪睡,只顾做梦,不顾做事。他往腿上套着裤子,抽空点了一支昨晚裹的叶子烟。

"猪喂了?"

女人说:"正喂。"

"喂饱点。"

土根弯腰穿鞋,穿好了,抬头看见女人还在原地没动,有些恼火。

"是不是等我去喂猪?"

女人还是没有动,只说:"有人搬了块石头丢在门口。"土根没有听清楚,说:"石头?啥石头?你给猪喂石头?"女人说:"不是喂石头,是有人搬了一块大石头放在咱们家门口。"土根停止了手里的动作。"你说门口有块石头?"女人点点头。土根推开女人说:"我去看看。"从里屋往外走的时候,土根隐隐约约看到大门口黑沉沉的一大块,果然是石头。心想谁这么缺德呀,搬块石头扔在大门口,踢上准得摔倒。猛然想到刚才梦里似乎就摔了一跤,浑身立刻出了一层冷汗。幸亏叫女人发现了。土根暗叫好险,伸手就去搬那块石头。但是,他的手还没有碰到石头,便杀猪般地嚎叫了一声:"这石头有……有脚,是……是活的!"

女人也吓了一大跳,提了一桶猪食远远地站着,心里惴惴不安:"石头是活的?你,你……没看错?"

毕竟是男人,土根的胆子要大一些,他围着那块石头转了两圈儿,再转两圈儿。此时天已经大亮了,周围的一切不再模糊,土根这才看清楚,那不是石头,而是一只乌龟。

乌龟是什么样子,女人是清楚的,给她印象最深的恐怕是那一块硬壳了。乌龟大的能有多大,女人没有见过,但小乌龟是什么样子,女人见过,也就拇指头那么大,也许还有更小的。可是,现在这只乌龟有点可怕——大得有点可怕。多大?就像土根家里那口柴锅一样大。

"是……是乌龟?"

女人禁不住啊了一声,听上去有些恐慌。

那只大乌龟见有人在自己身边走来走去,把头、尾和脚缓缓地缩进黑沉沉的硬壳里。过了一会儿,见外面没有动静了,又缓缓地把头伸出来。土根看见那乌龟的眼里闪着幽幽的光。它抬起头来,正好对上了土根的目光。土根觉得那乌龟的目光中闪烁着一种安详和慈爱。那一刻,土根想起了自己的娘。他恍恍惚惚地记得娘走的时候也是这种目光。她躺在床上,似乎明白自己的时间不长了,便把手抬起来。土根不明白她的意思,把头凑近她,想听听她说什么。可是,她什么也没有说,只是用手在土根的头上抚摸着,抚摸着……然后,就无力地滑了下去。等到土根意识到什么时,娘的眼睛已经闭上了。血色还没有从她的脸上消失,那种安详显得无比的生动,好像睡熟了似的……那是娘对自己最后的关爱呀。眼前的这只乌龟,它就是自己的娘呀,是娘的生命以另一种形式存在着。想到这里,土根的眼眶便有些潮湿了。

这个早晨，土根的娘回来了。

这是一个明媚清新的早晨。但是，这个早晨对于村长来说却不是那么愉快。一来是昨晚打牌输了钱，二来是睡眠严重不足。本来是打算今天上午好好补一觉的，谁料刚倒在床上就被老婆一顿臭骂轰起来了。老婆黑着脸数落了一通后，把锄头扔给他，叫他去铲草。村长揉着充满血丝的双眼，央求老婆手下留情。但说归说，事还得去做。在外面都是别人听村长的，可在家里都是村长听老婆的。有啥办法呢？说起这些，村长就苦笑。这叫卤水点豆腐，一物降一物。道高一尺，魔高一丈。

太阳还没有出来，但热气已经在四处流淌，村长满头大汗地在玉米林里钻来钻去。

村长原来是村里的团支部书记，换届的时候就选上了村长。当时他不过三十出头，豪情壮志。他在大会上拍胸脯说："两年，两年不把经济搞上去，就拍屁股走人，滚蛋。"差不多所有的人都看见村长在大会上拍胸脯，听到村长在大会上的讲话。头两年过去了，人们没有看见村长拍屁股。又过去了两年，人们还是没有看见村长拍屁股。如今都快六年了，村里的经济是啥模样，连点起色也没有，更别说奔小康了。看现在的发展趋势，人们有理由相信，即使再过两年，依然看不到村长拍屁股。

其实村长还是努了力的，比如筹款拉闭路电视，只是价格过高，村民无法接受才搁浅。再比如修一条贯穿全村南北的简易公路，但占地太多，镇里没有批准。还比如他的肉羊养殖场，也是因为缺乏技术才半途而废……近些日子他又想到了办"农家乐"，通过地道的农村生活吸引城里人，吃农家饭，住农家房，睡农家床，让城里人真正体会农家的乐趣，过一种世外桃源般的生活。但村民们都叫苦，说村长你得拿钱呀，不修理修理，我们那样的房，我们那样的床，人家城里人抱着钞票也不敢来呀。看看，看看这帮村民都是什么觉悟嘛。一想到这些村长就生气，就骂人。骂村民觉悟低，骂完村民又骂镇里，骂镇里目光短浅，办事效率低。村长甚至还骂自己，骂自己打牌没有运气，尽输钱，骂自己没有三头六臂，没有通天的本事，办什么事情都有始无终……村长骂完自己，正不知该骂谁的时候，就听见大路上有人在喊村长。

村长头也不抬便粗声粗气地吼："开会开会，又是开会！"对方又重复了一遍，说是"去看乌龟，看大乌龟"。村长还是听走了音。他大怒："又是开大会！"那个喊村长的人也气急败坏，大声吼："不是开会，是去看乌龟，你的耳朵让镇长割去下酒了吗？"这回村长听清了。他笑了笑说："一大把年纪谁还没有看过乌龟，妈的，不是乌龟就是王八。"那个人知道村长在开玩笑，也不计较，急匆匆地走了。村长自言自语："乌龟？乌龟有啥好看的？我吃的比你看的多哩。"抬起头，看见大路上三三两两又来了几个人，还有挎书包的学生，个个行色匆匆，像去救火。又有一些人走过来，其中一个尖嗓门的女人喊："村长，还不去看稀奇？"不用看，村长就知道是水海家的媳妇。水海媳妇说："不开玩笑，土根家来了一只大乌龟，比家里的柴锅还大哪。"旁边的人说："没有一头猪重，也和一只羊差不多。"村长半信半疑："真的有大乌龟？"水海的媳妇说："骗你是王八。"众人都齐声笑起来。村长的兴致来了，说："那我也去看看。"有人立刻递过来一支烟。村长接住塞进嘴里，点燃，背着手向土根家走去。

村长走得很慢，所以他远远地掉在了人群的后面。但是，村长的步伐沉重而有力，这都显示出他的沉着和冷静。当了几年村长，让从前的团支部书记变成熟了。虽然村长也急着想看大乌龟,但他依然保持着一种不紧不慢的姿态向土根家走去。他清楚,一个领导者的威严其实都是在平时生活中的细节上体现出来的。

土根家的院子里早已乱哄哄地挤满了人。谁都在说,可是谁也听不清楚对方在说什么。村里的小学生来了一大半,他们人小,看不见乌龟,就快活地在人群中挤来挤去。对于他们来说,能看到大乌龟当然高兴,但听不到上课铃的声音更令他们兴奋。他们挎着自己的小书包,几个排成一串,锥子一样用力往人群里挤……土根家的院子里有一棵皂荚树,高大粗壮,杂乱的树枝几乎把整个院子都遮盖住了。一个小学生灵机一动,不顾锋利的皂荚刺,噌噌几下就爬上了树。其他的小学生受到了启发,都猴子似的全蹿了上去。只有女生可怜,眼巴巴地望着树上的同学,不停地问:"大不大?大不大?像锅那样大还是像筛子那样大?"男生们在树上居高临下地看大乌龟,快活得很。面对树底下女同学的提问,他们夸张地尖叫着,这更令女生们心急如焚。一种优越感在树上男生们心里蔓延开来。他们像果子一样挂在树上,七嘴八舌地议论着,后来出人意料地争论起来。争论的焦点也出人意料,一方说"树下那东西叫王八",另一方说"不对不对,应该叫乌龟"。他们就这样争执起来,互不相让,就像在课堂上争论一道练习题。不知是谁的书包从树上掉下来砸到一个人的头上,那个人哎哟怪叫一声,然后破口大骂:"哪个王八羔子的书包把老子砸了,拉他下来喂乌龟!"于是,这群像果子一样挂在树上的小学生便乖乖地住了嘴。不过,一个小学生还没有忘记刚才争论的话题,他为找到了证据而得意忘形,悄悄地对持反对意见的伙伴说:"是叫乌龟,大人都叫它乌龟。"对方不想认输,问:"那大人说的王八羔子是什么？"那个小学生想了想说："我不知道。"对方还想说什么，然而，树下有个声音在大叫："下来下来都下来！爬那样高做什么？看什么看？说的就是你们！课不上，跑到这里来凑哪门子热闹？你们的老师呢？"

说话的自然就是村长了。

村长来了。人群自动闪出一条路。村长在乌龟旁边站住了，心里禁不住暗叫一声："我的妈！这哪里是乌龟？分明……分明就是乌龟祖宗嘛！"

这时土根正忙着烧开水。天气很热，人们挤在一起，挥汗如雨。有人就叫："土根你舍得拿大乌龟给我们看，就舍不得一口水吗？"土根心想也是，这么热的天，人家站在你家的院子里水都没有喝一口，实在说不过去，就让女人去烧开水。一个声音说："烧什么呀烧，提一桶凉水来。"土根女人也热，巴不得这句话，真的去提了一桶凉水放在屋檐下。几个人同时跑上去，就着水桶头也不抬地猛灌一气。附近的一家商店见有钱可赚，忙把冰柜里的冰糕拿来卖，居然卖得一支不剩，连啤酒也卖了不少。人们吃着冰糕，喝着啤酒，谈论着这只乌龟，猜测着它的来历。

村长冲土根招了招手。土根诚惶诚恐地来到村长身边。村长问他："这乌龟……哪来的？"土根说："它自己来的。"村长说："对我你还不说实话？"土根说："真的是它自己爬来的。"村长拉长了脸："我家咋就没有爬个大乌龟去？"土根急了："真的……真的是……爬来的，昨晚我做了一个梦，早上它就在门口了。"人群爆发出一阵大笑。又有人说："土根你别那样神秘兮兮的好不好啊！我们只是看看乌龟，听听它的来历，又不割它一块肉走。"附和的人说："就是就是，它是你的，你该怎么处理那是你的事。"土根想说清楚，可他越想说清楚就越说不清楚。人们根本就不相信他的话。

人在不断地增加，里三层外三层地把乌龟围了个水泄不通。外面的说："行行好，让我们也开开眼界。"里面的说："不忙不忙，难得看到一回大乌龟，会增寿哩。"外面的一急，就往里面挤，里面的也不示弱，还是挤。双方一用力，就把土根家门口的小石桥挤垮了。石桥上有一个瓷盆子，咣当一声掉在地上，吓得许多人心里一哆嗦。树上又掉下来一个书包，跟着又是一片叫骂声。水海媳妇脸色发青，汗水把她的头发全打湿了，像刚从水里捞出来的杂草。她嘴里说着："不要挤，不……要挤、挤挤挤挤……"说着说着眼睛往上一翻，人就倒了下去。马上有人惊呼："快点快点，水海屋里发痧啦！"立刻又有人叫："水海水海，你媳妇中暑啦！"水海正喝啤酒，听到喊声脸就变了。将手中的啤酒瓶摔得粉碎，拼命地向媳妇挤去。已经有人在掐水海媳妇的人中，还有的向水桶边跑去，舀水揪痧。院子里顿时乱作一团。

刺花就是在这个时候回来的。她提了两袋洗衣粉，一块肥皂，还有一块看上去不是很新鲜的肉。这些东西都是她用节约下来的钱买的。现在刺花是越来越懂事了，节约下来的钱不再买穿的了，她知道家里不容易，爹娘都咬牙支持自己读书，自己也应该为家里分担点什么，所以常常买些东西回家。盐啦，油呀，甚至还买点廉价的肉。这些虽然不能从根本上解决家里目前的贫困状况，但多少让土根两口子心里得到一点安慰。孩子毕竟长大了。

刺花是一个漂亮的女孩子，正读高三，爱好广泛，博学多才，成绩也不错。老师说如果坚持下去，就有希望。

刺花见自己家的院子里聚集了这么多人，以为家里出了什么事，慌忙往人群里挤，可刚挤进去又被人连拉带拽地挤出来了。幸好水海媳妇中暑，人们都忙着救治，她才挤了进去。看到乌龟，也是吃惊不小。然后她看到了村长。村长正向父亲询问什么，很严肃的样子。而父亲好像一点心理准备也没有，茫然不知所措。

刺花是村里有知识的人，大家见她回来了，自然是要问她一些有关乌龟的问题。刺花告诉大家，说乌龟是一种长得很慢的动物，寿命也很长，书上有千年王八万年龟的说法。这么大的乌龟是很少见的，它没有五百年也有三百年，是稀有动物，应该受到保护。人群立刻响起一片惊叹。"乖乖！比咱的老祖宗岁数还大哩。"正在这时候，那乌龟把头从壳里伸出来，向刺花横竖看了几眼，点点头，好像是对她的赞许。过后，它的头又缩回去了。人们都啧啧地称赞："看！它还有灵气，通人性哩。"

说到乌龟通人性，刺花还给大家讲了这么一个故事。刺花说："一位湖北的农民捉到一只乌龟，在它的背上刻名装环，然后带到岳阳，放入洞庭湖中。想不到那乌龟连续八年，每年都回来一次，而且每年都是农历的五月初一。每一次回来，它都把头高高地抬起来，长时间地望着主人，似乎在静静地聆听主人的教诲，又似乎在向主人诉说自己一年来风风雨雨的经历。"刺花最后强调，"这是报纸上登载的，是真实的事。那只乌龟最后一次爬回主人家是1987年农历五月初一，此后再也没有回来。"

院子里的人不再拥挤，他们都在静静地听刺花讲这个离奇的故事。水海媳妇也醒来了，血色又回到了她的脸上。不知谁伸长了脖子去看那乌龟的背，然后失望地说："没有，没有名字，也没有环。"过后是长时间的安静，人们心里都升起一种莫名的敬畏来，空气中有一种令人窒息的压抑感。

　　一直沉默的村长口气里充满了对刺花的赞赏。他说："刺花到底是有知识的人，懂的多，让大家增长了见识。"随后他冲院子里的人说，"都听见了吧，这是国家的珍稀动物，要保护，还要把它放回大自然。土根你要把它看好啊，我去向有关部门汇报一下情况，这里有什么闪失，追究起来你要负责。"说完，村长便挤开人群扬长而去。

　　土根一脸的沮丧。他本想把这只乌龟弄去卖几个钱给刺花做生活费，村长一席话让他顿时就傻了。刺花讲的故事也给了他一种震慑的力量，他总觉得这不是一般的乌龟。既然刺花故事中的乌龟连续八年回家看望主人以示报答，假如把它卖了，它会不会回来报复自己？想到这些，土根就出了一身冷汗。心里害怕，却又不知怎么办才好。

　　人群渐渐散去了，只有挂在皂荚树上的小学生们还舍不得下来。他们把书包挂在树枝上荡秋千，自己却嬉笑着在树上追逐，好像专门留下来看护这只大乌龟。

　　第二天土根还没有起床就听见院子里有动静，他骂骂咧咧地打开门，一下子就呆住了。院子里不知何时黑压压地站满了人。那些人有的拿着手电筒，有的提着矿泉水，还有的拿着伞。他们见土根开了门，都兴奋起来，不停地往前挤。有人自报家门，他们是从镇上赶来的，听说这里来了百年罕见的大乌龟，老早就起了床，来看是不是真的。土根这才松了一口气，指了指屋檐下的乌龟，说："那不是？"

　　土根没有把大乌龟弄到屋里去，除了嫌麻烦，也是和村长赌气。他想村长凭什么要他守着它,它爱来就来,爱走就走,关他什么事。他又想:"乌龟呀乌龟,你要走就走吧,我不为难你,你走吧,走得越远越好。"可是,大乌龟并没有走,它只是挪了地方,从院子里挪到了屋檐下,依然把头、脚和尾缩到厚厚的壳里,像是睡着了。

人们的目光顺着土根的手看过去,终于看到了大乌龟。马上有人惊叫起来。天哪!那……那是乌龟呀,我还以为是一块石头哩,在上面坐了好一阵……不一会儿,村长来了,书记也来了,还有村里的会计,民兵连长。民兵连长身后不声不响地跟着几个人,他们手里都提着绳子。土根认得他们,是村里基干民兵。每次开选举会或者其他重要会议时,他们都到现场维持秩序。村长和书记口气强硬,谁要是不听话,就把他捆起来。村长身边还有几个人,土根不认识他们,但土根认识他们手里的东西,一个拿的是照相机,一个扛的是摄影机。镇有线电视站的人到村里拍摄水利工程时,土根见过。

四个基干民兵分别站到了乌龟的四周,四双眼睛机警地注视着周围的一切,有点如临大敌的样子。

土根没有注意到事情是怎么发生的,他只是感到人群有些骚动,似乎在争抢着什么。时间不长,终于有一个人站到了大乌龟的旁边,是一位老人,白发苍苍,脸上的皱纹丝毫掩盖不住他喜悦的神情。拿照相机的人不住地摁着快门,雪亮的闪光灯刺得人睁不开双眼。一会儿,老人满意地离开了乌龟。接着又上去了两个年轻人,一男一女,看样子是一对恋人。女的有点害羞,表情和姿态都不是很自然。照相的人不住地给他们指点,可他们的动作总不到位。后面的人等得不耐烦,开始出言不逊。两个年轻人急了,男的更是涨得满脸通红。他们只得随便照了一张,随便得连他们自己也感到无趣。人们秩序井然地向大乌龟走去。照完了相,又井然有序地向村长走去。那个扛摄像机的人四处游走,鬼鬼祟祟的样子,有点像偷树木的贼。

不知怎么回事,村长和镇上来的那些人争执起来。开始是有一句没一句的,像是在聊天,声音也很低,接着声音就大起来。村长的眼睛血红,看来昨晚他又没有睡好。只见他左手叉腰,右手在空中伸出两个指头挥动着,声若洪钟。"二十!"村长大喊,"每人二十!"两个镇上来的人怒气冲冲:"不是说每人五元嘛!"村长扬扬自得。生意如此兴隆,这大大出乎他的意料。他笑了,说:"那是昨晚的事,现在嘛,涨啦!市场经济嘛,完全可以理解。"然而镇上来的人不理解。"你……你你你,你……"村长把眼睛眯成一条线,扫视了一下不远处的乌龟,又扫视了一下那几个忿忿不平的人,把手里的烟屁股狠狠掼在地上,说:"不照?不照拉倒!"镇上来的人眼珠子都气绿了,差点从眼眶里滚出来。他们看了看那几个身强体壮的基干民兵,终于妥协了。

站在一边的土根终于弄明白了,原来他们是在讲一张照片的价格。照相是不贵的,也很普遍。就是彩照,也就二三元的事。可是,现在不一样了。现在有大乌龟,和大乌龟照一张相要二十元!土根明白的事情渐渐多起来了。原来不用卖乌龟也可以赚到钱。把乌龟摆在那儿,别人只是在乌龟旁边站一下,少则十几秒钟,多则几分钟,二十元就到手了。不是五元,也不是十元,是二十元。满满一院子人,就是满满一院子二十元的钞票哩,这比从前的地主老爷在院子里收租还要轻松,还要惬意。可惜,土根明白得太晚了。他的脸色很难看,眉毛差不多一根一根地竖起来了,本来紧闭的嘴唇微微张开,露出了洁白的牙齿,仿佛要咬人。但土根没有去咬人,他只是伸出巴掌把自己的脑袋拍得啪啪作响。还是村长有眼光,不然他怎么是村长呢?如果土根能够想到这些,那土根也就不是土根了。

有人要站到乌龟背上去照相。村长和书记商量了一下。书记问:"你看有没有问题?"村长说:"我看没什么事,那么大一块壳,能受不了一个人?不过,要五十!"听了村长的话,土根又想起了刺花讲的故事。他的心怦怦跳了几下。"造孽呀!"土根嘟囔着想躲开,但村长把他叫住了。村长拍了拍他的肩膀,很爽快地说:"有你一份哩,你往哪里走?"土根眼前仿佛又浮现出了乌龟那慈爱、安详的目光。他浑身哆嗦着说:"我……我不要……"女人狠狠揪了土根一把,土根把后面的话全咽了回去。

……

事情是半个月以后结束的。虽然耽误了地里的活儿,虽然让村长喝了十几天的酒,连那条看家的老狗也成了村长的下酒菜,但好歹也分到了一大笔钱。捧着钱,土根心里慌慌的。女人倒是不怎么在乎。多亏了那只大乌龟呀,给刺花挣了一笔生活费。猪也不用卖了,过素年传出去别人会笑话的。

又过了几天,女人塞给土根两千多元钱。土根问她:"哪来的钱?"她说:"挣的。"原来,镇上的人来照相时没有午饭吃,女人就煮稀饭来卖,每碗加咸菜卖两元。镇上的人说稀饭好吃,咸菜更好吃,都抢着买,每天居然也能挣一笔钱。土根一听就乐了,说:"这钱是干净的。"

后来,村长果然把那只大乌龟放了。

许多天以后,土根在自家的屋后发现了那只大乌龟。但它已经死了,散发出一股恶臭。土根动了恻隐之心，用木料做了一副棺材把它埋了。出葬那天挺热闹，像死了人。然而不到两天，那乌龟就被人从地里挖出来，取走了那块又大又沉的龟甲。听说龟甲能入药，尤其是这样大、时间这样长的龟甲，一定能卖个好价钱……

"妈的！好事都叫人家占去了。"

土根忿忿不平。

让我报答你

一

这天又发工资，会计差不多发完了所有教师的工资，依然不见林超逸老师来领。别人都是见钱眼开，听说发工资，积极得很。"这个林超逸，"会计心里嘀咕着，"怎么领工资都不着急啊。"

会计才调来学校不久，兼着数学教学。他惊讶地发现，差不多每次发工资都是林超逸最后一个来领，有时甚至根本见不到人影，都是旁边的老师代领了给他，而给他代领次数最多的，是范容容。

这回又是。似乎已经成了一种习惯。

会计说："这个林超逸，怎么回事啊？"

范容容签了字，接过一百七十元钱，苦涩地笑了笑。只有她知道林超逸为什么不来领工资。

难受啊！

看着别人千儿八百地领钱，属于自己的那份，仅仅是人家的零头，谁还有心思去领？

二

放学的钟声还没有停下来，孩子们便蜂拥着冲向校门，你推我搡，都争着要抢先挤出去。然而，当他们挤出去以后，并没有像平时那样散去，各自回家吃饭，而是走了几步便站住了，围住了一个满身灰尘的女人。

"又来抓林老师了。"

几个孩子窃窃私语。

这时候，林超逸老师正好抱着教案走出教室。在去办公室的路上，他迎面撞上了那个女人。

"林超逸！"那个女人大叫了一声，语气里充满了愤怒。

"吵架啰，吵架啰！"一个男孩子调皮地嚷起来，眼里闪烁着狡黠的光。他是林超逸老师的邻居，知道底细，看到今天这种阵势，就知道林老师又得挨骂。更多的孩子不知道是怎么回事，扭着那个男孩子追问不休。那个男孩子也不回答，一溜烟跑了。一群孩子穷追不舍，脚步扬起一片尘土，久久不能散去。

林超逸走到女人身边，低声说："桂花，有什么事回家再说，你看……有学生呢，看着不好……"

桂花把手伸出来："工资呢？我要买肥料。"

林超逸脑子里转了好几个弯后，才说："还没领。"

"还没领啊！"桂花心里更不满了，"都过去好几天了，你们学校咋回事啊，也欠薪？"

林超逸陪笑着："这不是忙吗，你看，毕业班的事，又杂又乱，等过几天领了工资，我直接把肥料买回来。"

桂花说："等你把肥料买回家顶屁用！"

林超逸双手推着桂花，说："明天就发工资，你先回去，我明天就把工资带回家。"

"好啊！我等你回家说！"桂花余怒未消，走了两步又站住了，说，"你！和范容容，咋回事？"

"范容容？"林超逸一时语塞。

林超逸向四周看了看，继续推着桂花："几句话跟你说不清楚，我回家给你慢慢说行不行？"

"行啊，有什么不行。"

桂花冷笑一声，抛下这句话，扬长而去。

看着女人的身影在路边的树林中消失后，林超逸才向办公室走去。一边走，他的脑海里一边浮现出一张青春姣好的脸来。

那是范容容。范容容老师。

从范容容走进林超逸那间单身宿舍的那一刻起，林超逸就觉得自己和家里的老婆桂花之间有了距离。不过，到底是什么样的距离，他说不清楚。但是，现在林超逸想清楚了，那并不是自己和桂花之间的距离，那应该是范容容和桂花之间的距离。具体说起来比较复杂，比如年龄的距离，比如容貌的距离，再比如知识层次方面的距离等等。虽然那次林超逸和范容容之间什么事情也没有发生，但林老师觉得自己从此以后便开始堕落了。

三

办公室里只有范容容一个人,林超逸视若无睹,一屁股坐下来就开始发呆。工资早就领了。可是,现在自己身无分文,明天回家拿什么给桂花呢?正当他六神无主的时候,一沓钱摆在了他的办公桌上,还有一双白皙的手。顺着手往上看,林超逸便看到了范容容那张笑脸,那张曾让他头疼不已,却又挥之不去的笑脸。范容容依然是那身打扮,披肩的长发,紧身的牛仔裤,勾勒出女孩子特有的曲线。

"是不是在想我?"范容容眉目含情。

"范容容……范老师……"林超逸心虚地向四下看了看,好在没有其他人。他一脸的严肃,"范老师,正经点儿……这是办公室。"范容容仍旧笑嘻嘻的:"假正经!那天你抓住人家的手怎么不说要正经点儿啊?"一句话噎得林超逸哑口无言,怔怔地看着范容容。

"怎么?不认识啊?"范容容吐气如兰,"不认识的话再仔细看看。"范容容把脸凑到林超逸嘴边。

林超逸赶忙把脸扭到一边。

"不开玩笑,"范容容说,"你是不是为这个愁?"

范容容把钱推到林超逸面前。

林超逸口是心非:"我为什么要为它愁?"

"那,你就是真的在想我。"范容容夸张地耸了耸肩。

"容容!"林超逸粗暴地打断她的话,"你别烦我好不好?"

范容容收敛起笑容:"真生气啦?是不是刚才师母她……"

林老师叹了一口气:"来拿钱回家买肥料。"

范容容把钱塞到林超逸手里。林超逸心中一动:"你借给我?"范容容说:"要还是不要?"林超逸喜出望外,他一连说了好几个"要"。抓过来一数,不多不少,刚好一百七十元,一个月的工资。林超逸心里涌起一种前所未有的感激,他掏出笔来,"人亲,财不亲……"一看范容容正神情专注地凝视着自己,知道说漏了嘴,硬着头皮往下说,"一是一,二是二,算我借的,我出借条。"范容容挥挥手:"不用还。"林超逸有些困惑:"借钱不用还,有这么好的事?"范容容说:"这钱本来就是你的。"林超逸更加意外:"我还有钱吗?"

林超逸清楚地记得,一桌人吃了一百八十四元,自己身上只有一百七十元,不够,还向范容容借了十元,这才付清了账。还多亏了那个姿色不是很出众但心地善良的老板娘。她说她最尊重老师,看在一桌人都是老师的分上,只收一百八十元,那四元就免了,算是优惠,欢迎下次再来……掏钱的时候林超逸的手像是被针刺了一下。这可是自己本学期最后一个月的工资呀,在老板娘面前这么一举,就没了,而且还欠了人家一个人情,一个四元钱的人情。那一刻,地里随风起伏的庄稼和媳妇桂花的脸在他的脑海里闪了一下,就被随后涌上来的醉意淹没了。不过,林超逸还是觉得自己是走出餐厅后才醉倒的,如果没付钱,一桌人怎么能轻而易举地走出餐厅的大门呢?餐厅门口那对石狮子栩栩如生,他至今记忆犹新,因为他当时想到了课本里就有一篇写石狮子的文章。旁边一个老师说了句什么,林超逸没有听清,他只是摸了摸自己的口袋,心想:"这门好气派,可就是好进不好出啊。如今这世道,人们眼里除了钱，差不多什么都没有了。别看那个老板娘笑眯眯的，对谁都那么热情，可那是笑里藏刀哩，心里没准儿还算计着多宰你一百七呐。"

范容容见林超逸一脸的疑惑，有些急了："这钱真是你的工资，不信的话你可以问问朱校长。"林超逸抓着钱的手松开了。范容容说："好好好，算我借给你的行不行？好歹也得拿回家去应付一下师母吧？"林超逸注视着范容容。那种目光让范容容想到了自己的学生时代，那时候林老师的目光总是那样严厉，又是那样殷切。

"你说这钱是我的？"

"千真万确。"范容容不再嬉笑。

林超逸说："怎么会到你手里？"

范容容像是受了很大的委屈："不是你给我的吗？你怎么忘记了？昨天你喝醉了酒，说口袋里有钱，是要买肥料的。我怕你弄丢了，就答应暂时替你收起来，当时你还点了头，亲手掏出来，你真的一点都记不起来了吗？"

"那……昨天吃的……"

林超逸依然认为自己是付了钱才出的门。况且自己身上的钱确实没有了。他似乎还记得老板娘收钱时还有意无意地握了一下自己的手，那手好像很细腻。转身走的时候，还留下了一股香水和油烟混合的味道，很特别，这和媳妇桂花身上的那种泥腥味不一样。所以，林老师印象深刻。

范容容仿佛看穿了林超逸的心思："昨天吃饭的钱嘛，还是老规矩。"

范容容所谓的老规矩，指的是饭一块儿吃，钱各付各的，AA制。但是，林超逸心里还是老大的不痛快。每次到镇上的中心小学去开会，中午饭都到餐厅去吃，大伙儿一哄而上，鸡鸭鱼肉，啤酒饮料，片刻便吃得一干二净，摊到人头上少则一二十元，多则三五十元，正式教师倒是无所谓，可代课教师就惨了，每月不到两百元的工资，老婆的穿戴，孩子的学费，还有那一片地，全都指望着哩，那嘴一张，连气也不吐一口就吃几十元，谁受得了啊？林超逸是全校唯一的代课教师，一坐上桌子，他就像坐上了火山，吃也不是，不吃也不是。

范容容见林超逸脸上露出不悦之色，不知道自己什么地方说错了，有些惶恐不安。

林超逸对范容容说："钱暂时放在你那里，我要好好想一下。"

范容容走后，林超逸把昨天发生的事情像放电影一样在脑海里从头到尾地过滤了一遍，甚至连一个细节都没有放过。

那其实都是数学竞赛惹的祸，连林超逸自己也没有想到，全国数学奥林匹克大赛的金奖会这样好拿，简直是探囊取物。当然，三个孩子都有相当好的基础，平时的成绩也很好，协作能力强，都是品学兼优的学生，拿一个奖也是意料之中的事。问题是其他老师不这么想，他们把功劳都算在林超逸的头上，"没有林老师的正确的辅导和出色的组织，三个孩子是不可能获奖的。"尤其是范容容老师，更是说："林老师功不可没，简直就是前无古人，后无来者。"林超逸笑着说："别给我戴高帽子啦。"范容容正色道："怎么会是戴高帽子呢？我读书的时候，您还指导我在报纸上发表过文章呢。""是吗？有这回事吗？"可林超逸怎么也想不起来了。最后大家都说："这可是全国性的大奖呢，怎么说也得表示一下。"

林超逸向来不善言辞，一看大家都这样说，不表示一下实在说不过去。于是就趁昨天开会学习的机会，领着大家进了镇上一家格调不错的餐厅。气氛很热烈，席间朱校长透露了一条还没有被官方确定的消息。事实上，这个消息后来被证实是林超逸醉酒的直接原因。朱校长是一位快五十岁的女教师，教书三十多年了。两杯酒一下肚，红晕便爬上了她那饱经风霜的脸。她神秘地说："告诉大家一个好消息，最近有可能要调资。"气氛更加活跃了。有年轻老师叫了一声耶，夸张地举起杯，为调资干杯。于是大家就干了一杯。朱校长放下手里的酒杯继续说："具体标准据说是百分之十五，本来是百分之三十的，但考虑到浮动太大，会产生影响，财政部门决定分两次调。"她看了一眼林超逸，最后补充了一句，"也包括代课教师，可能从现在的一百七十元调到三百元。"几个年轻老师禁不住感叹："哇！比我们高那么多个百分点！林老师，你可有出头之日啦。"林超逸苦涩地想："这也叫出头之日吗？"老师们没有注意到他的神情，都说今天这酒该喝。"喝！为三百元，干杯！为出头之日，再干一杯！"也就是这一杯，林超逸喝下去就软了……但他的意识非常清醒，他理直气壮地叫了一声："买单。"老板娘算了算说一百八十四。林超逸胡乱地从口袋里抓出钱来，数着数着就怵了，比看到那一杯酒还怵。差十四元，怎么吃这么多呢？就算人家不收那四元，也差呀。范容容一看林超逸懵了，连忙掏出十元钱，半开玩笑地说："林老师今天你做东，单可是我买的呀。"林超逸挺了挺胸，一脸的酒气，眼珠子直往上翻，"很快就三百了，还……还怕还不起你这十元钱吗？"

钱是付清了的，并且还差范容容十元，事情越来越明朗了。可是，范容容给自己的一百七十元又是从哪里来的呢？想着想着，林超逸又糊涂了。

四

  林超逸是第二天下午回的家。

  放学以后,林超逸不敢逗留,急急忙忙往家里赶。他自知免不了被媳妇桂花数落一通,索性做出一副听天由命的样子。出乎林超逸意料的是,桂花一点也没有发火,和昨天到学校兴师问罪的样子简直判若两人。她把屋里屋外打扫得干干净净,家里平时散乱的东西收拾得井井有条,像是要过年的样子。饭菜早已摆上了桌子,还煮了肉,散发着诱人的香气。林超逸讪讪地笑了一下:"有客?"桂花不咸不淡地说:"没有客就不吃饭?"林超逸讨了个没趣,就想找点什么事做,缓和一下气氛。可该做的事都让桂花做完了,实在找不出还有什么事没有做。

  看来只剩最后一招了。这一招林超逸本来打算放到饭后进行的,看现在这情形,只怕是要提前了。对于林超逸来说,当务之急不是享受眼前的美味佳肴,而是调和夫妻之间的感情。好在女儿在县城读高中,很少回家,家里就自己和桂花,男女之间的事也不必遮遮掩掩。他抱住桂花,伸手去解她的扣子。桂花没有挣扎。林超逸突然想起门没有关,起身去关门。当他再次回到桂花身边时,桂花自己已经把衣服脱了。林超逸一阵兴奋。他亲了一下桂花。那一刻,他发现桂花眼里含着泪水。林超逸吓了一跳:"你……怎么啦?"桂花长长的睫毛一眨,泪水便顺着她清瘦的面颊滑落下来。林超逸慌了:"桂花,买肥料的钱,我……我……"桂花伸手擦了擦泪水:"我们……这日子咋过呀?"林超逸脑子里一嗡,出现一片空白。他伸手理了理桂花的头发。桂花让开了。晚风从墙壁的裂缝中挤进来,掠过桂花的头,林超逸闻到了她的发香。一种局促不安的表情在他的脸上流露出来。他轻轻地说:"范……容容的事?"桂花木然地注视着林超逸。林超逸说:"不是跟你说了吗,我和范容容没那么回事,我大她二十多岁呢,她从前是我的学生,现在只不过和我教一个班,你想想,可能有那么回事吗?"

说这些话的时候,林超逸有些心虚。

范容容是林超逸的学生。

多年以前,范容容还在读小学,家里特别困难,交不起学费,父母说什么也不让她再读书。说女孩子,读那么多书干什么。林超逸觉得这么好一个孩子,不读书实在可惜。就说服了范容容的父母让她继续读书,并且答应为范容容支付一部分学费。后来,范容容读了初中,再后来就考取了县里的中等专业师范学校,彻底跳出了农门。去学校报到那天,范容容一家摆酒祝贺,范容容来到林超逸面前敬酒。林超逸很高兴,说:"范容容你是老师了,比我强哩,我是代课老师,你可是国家的正式老师呀。"范容容的眼泪夺眶而出,举着酒杯朝林超逸深深地鞠了一躬,说:"林老师,没有你就没有我的今天呀……"那一刻,林超逸很感动,觉得过去受的所有苦都值了。

当范容容从师范学校毕业分配到林超逸所在的小学教书的时候,她已是一个亭亭玉立的大姑娘了。

转眼范容容就到了谈婚论嫁的年龄。处了很多对象,有年轻的干部,也有年轻的教师,还有做生意的老板,但范容容都不满意,谁也没有想到她会喜欢上从前教过她的林超逸老师。那时候范容容和林超逸一起教六年级,因为是毕业班,教学任务比较繁重,每天都是他俩最后离开学校。有一天,林超逸正在改试卷,范容容下了课回到办公室,见只有林超逸一人，便趴在林超逸肩上看他改试卷。林超逸诧异地抬起头，她趁机在林超逸的额头上亲了一下。林超逸顿时张大了嘴："范容容，你……你你你……"范容容看着他，一改往日的毕恭毕敬："林超逸，我喜欢你。"林超逸慌了，起身躲到办公桌对面。范容容倒很平静："林超逸，我现在清楚我在做什么，我之所以不叫你林老师，是因为我们俩人在感情上是平等的，在我眼里，从我跨出校门那天起，你就不是老师了，你只是一个男人，从我考上师范学校那天起，我就做了一个决定，要报答你，那时候想到的仅仅是报答，但是现在，我要爱你！"

林超逸冷静下来："容容，你还是个孩子，你不懂。报答是多种多样的，不需要这种极端的方式，我理解你的心情，你可以用好好工作来报答我啊。比如像我当初对你那样去对每一个学生。去关心他们，爱护他们，帮助他们。总之，你不能这样，你还年轻，今后还有自己的爱人，家庭，幸福的生活。"范容容说："我知道你有桂花师母，你也爱她，我报答你，可我从来都没有说过我一定要嫁给你呀。"这是什么理论啊。林老师蒙了，最后落荒而逃。

就在那一天，范容容第一次走进了林超逸的宿舍。

林超逸的宿舍很乱，范容容像整理自己的闺房那样，把房间收拾得干干净净，整整洁洁。

那一天，他们什么事也没有发生。

林超逸不得不承认范容容是一个美丽的姑娘。她青春，有热情，不管是思想上的，还是身体上的，一切少女所具备的特点她都具备。别说年轻人，就是年纪大的人，第一眼看到她也会怦然心动。

在范容容锲而不舍的攻击下，林超逸老师的防线彻底崩溃了。他放弃了自己最后的道德底线。

躺在林超逸的怀里,范容容像一只温顺的羔羊,眼里放出胜利者的光芒,那是幸福的,林超逸看得出来。但林超逸心里还是不安,这毕竟不是一件光彩的事情。他想:"但愿放纵的是自己的身体,而自己的思想应该还是纯洁的,自己的灵魂从来就不曾背叛过。"

林超逸把事情想简单了。

范容容得寸进尺,胆子越来越大。她甚至当着全体老师的面和林超逸亲热。年纪大的老师是过来人,这种事情无论在圈内还是圈外,是从前还是现在,他们接触得太多了,早已见怪不怪。但那几个未婚的青年老师可不依了,摆出一副自己得不到的东西别人也休想得到的架势。他们私下里说:"装什么酷啊,喜欢一个老头儿有什么本事?有本事傍大款去呀!哼!简直是惺惺作态,出风头,扮另类而已。"这话传到范容容耳里,她笑了,说:"我不认为林超逸是一个老头儿,在我眼里,他就是一个值得我付出感情的男人。"

这事传到了领导部门。领导找范容容谈话,说:"范老师你对谁谁谁怎么样我们本无权干涉,但产生的不良后果,作为领导,我们有责任过问。"事后范容容对林超逸说了四个字,她说:"我不后悔。"

范容容的话让林超逸有些无地自容。

林超逸和范容容之间的事情闹得满城风雨,桂花不可能不知道。林超逸不敢主动提出这件事。

几天后,桂花有意无意地提到了范容容。她说:"范容容呢,好像很久没有看见她了。"林超逸说:"她有什么好看的。"桂花说:"她现在还好吧?"林超逸说:"老样子。"然后就没有了下文。隔了好一会儿，桂花补了一句："她只是个孩子，能有啥错啊？"听了桂花这句话，林超逸恨不得地上裂开一道缝，自己好钻进去。

好在桂花后来再没有提这件事。林超逸以为这事就算画上了一个句号，禁不住松了一口气。但事情比他想象的还要糟糕得多，桂花居然提出了离婚。林超逸猝不及防，望着桂花，他的心开始一点一点往下沉，浑身不由自主地哆嗦起来。

如今这社会最怕的是没有钱，最不怕的是离婚。最让林超逸头疼的还是没有钱。说实在的，工资太低了。这几十年来，他的工资由当初的四十多元涨到七十多元，又从七十多元涨到现在的一百七十元，然后就原地踏步，基本不动了。物价一个劲儿地涨呀涨呀，就是不见工资涨。要不是桂花在地里摸爬滚打，只怕连女儿读书的学费也缴不起了。在外面，有人常问林超逸做什么工作，一说是教书，对方就立即流露出羡慕的神情。"是吗？老师啊，现在待遇好，拿高工资哦。"这让林超逸心里很不是滋味。作为老师，他觉得很知足，很自豪，而面对工资，他心里便油然生出一种悲哀。至于说到离婚，林超逸压根儿就没有想过，没有。即使和范容容有了那层关系，他依然没有想过。

林超逸坐下来："如果真是为我和范容容的事离婚，我无话可说。"但桂花明确地告诉林超逸："不是。"林超逸说："就是死罪也得列出罪状来呀，莫名其妙地，脑子一热就要离婚，你以为婚姻是儿戏啊。"

林超逸快跺脚了。

桂花喏嚅了半天才说："你……你不该教书……"

哈！狐狸终于露出了尾巴。林超逸心里一松。这才是女人的目的。她不过是想自己放弃那群孩子而已。可也用不着拿这么沉重的话题啊，看把人家吓的。

　　林超逸语气里充满了无可奈何:"你不让我教书,可我还能做什么呢?我十八岁开始教书,现在都快五十岁了,庄稼不会种,生意不会做,一旦丢了书本,我拿什么来养这个家呀?"

　　桂花的心软了,但口气依然不饶人:"刚结婚那阵就叫你别教书,你就是不听,辛辛苦苦几十年了,才一百多元,如今在哪里打工不挣个一千两千。你看看你,除了墙壁上那些破纸,你还有啥呀?"

　　"那是优秀教师的奖状,荣誉。"林超逸双目泛光。

　　"呸呸呸!还荣誉!那荣誉能当饭吃?荣誉能给女儿缴学费?荣誉能把地里要的肥料扛回家?荣誉能把种子买回来?"

　　这个话题虽然不像离婚那个话题那样沉重,但分明戳到了林超逸的痛处,后面的话明显底气不足。

　　"听说明年要涨工资呢。"

　　桂花说:"做梦吧你!"

　　林超逸说:"真的,涨到三百。"

　　桂花冷笑一声:"涨到三百你就翘尾巴啦,咋不看看人家是多少?"

　　林超逸说:"人家不同,他们是正式教师嘛。"

　　桂花得理不饶人:"对呀,人家是正式教师,你的书教得再好又怎么样?你就是鼓捣学生把全国的奖都抱回来,你还是一个代课教师,代课的……"

　　林超逸一下子就哑火了。

　　长期以来,林超逸都为自己是一个教师而倍感自豪。为此他十分感谢自己的父亲,是他老人家用棍子逼着自己认字算数。原本以为学来没有什么用，不料村里的小学校缺教师，林超逸就以民代师应急。没想到一教就教了三十多年。

媳妇桂花一直都不希望林超逸教书。刚结婚那阵这种愿望不是那么强烈，随着孩子的出生，家庭开支越来越大，桂花受不了。眼看着和林超逸同龄的人都一拨一拨往外跑，打工的，做生意的，没有一个不是空手出去，怀里揣着钱回来的，而林超逸依旧拿着一百多元，站在讲台上吸着粉笔末，自己依旧为孩子的学费愁，为地里的庄稼没钱买肥料愁，为没钱买种子愁。

桂花念叨这些的时候，林超逸就另辟蹊径地问她："你喜欢我吗？"桂花说："废话！不喜欢你我干吗嫁给你啊。"林超逸就说："是啊，我不教书，怎么会认识你呢？"到最后就是以夫妻间的调情告终，调情的最终结果是，桂花忘记了自己和林超逸谈话的目的。

假如林超逸不教书，也许真的就不认识桂花。至少可以这么说，假如林超逸不教书，他的媳妇可能就是荷花菊花什么的，这一点桂花也不否认。他们之间的这段姻缘完全是由一个玩笑促成的。

二十岁那年，林超逸去一个学校监考，学校的一个女老师和他开玩笑，说林老师你要是把糖买给我吃了，甜了我的嘴，我就把我表妹介绍给你。林超逸那时还没有对象，信以为真，二话不说，就去买来了糖。那个女老师想不到林超逸这么大方。话说了，糖吃了，就看她的了。果然，她很快就去找来一张照片。照片上是一个女孩子，年轻漂亮，骑着单车。女老师说："这就是我表妹，现在在深圳打工，地址给你，有没有缘，就看你的本事了。"林超逸一下就喜欢上了照片上的女孩子。那个女孩子就是桂花。林超逸积极行动起来，连夜写信。鸿雁传情，越传越亲热。不到半年的通信就把桂花从深圳叫回来了，然后，桂花就成了林超逸的老婆。

所以说，林超逸说不教书就没有桂花是有一定的道理的。

这三十多年以来，林超逸一直都认为自己是一个地地道道的老师，他有时会产生一种生是教书人，死是教书鬼的想法。是啊，在讲台上站了几十年，就连骨头缝里都填满了粉笔末。

可是，几年以前发生的一件事情，让林超逸有了危机感。

有一天，县教委主任拿着一份文件在会上说，林超逸不属于教师编制，算是临时工。临时工？书都教了三十年了，黑发都变成了白发，还他妈的是临时工？开什么玩笑！难道堂堂一位县教育委员会的主任还弄不清三十年是一个什么概念吗？林超逸接过那份文件，看着看着就觉得自己轻飘飘地飞了起来，脑子里一片空白，跟着汗就冒了出来，好像自己前面几十年的汗水都集中在那一刻流淌出来了。前面几十年的汗水白流了？还是，根本就没有流汗水？

那是省教育委员会关于整顿教师队伍审定教师资格的文件。从林超逸目前的情况来看，他确实只能算临时工，这实际上就意味着他林超逸随时都有卷起铺盖走人的可能。林超逸的牙齿咯地响了一下，嘴唇哆嗦着："这，这……他他他……"林超逸恶狠狠地咽了咽口水，当着领导和许多老师的面把那句话说了出来。

他说："他妈的！"

自教书以来，这是林超逸说过的唯一一句脏话。

老师们都安慰他。现在还有民办校老师转正的文件，说不定还有机会哩。教委主任也表态，说要为林超逸老师全力争取一个民师转正的指标。可是,好几年过去了,教委主任许诺的转正指标连个影子也没有。这让朱校长心里很不安,她多次找林超逸谈话,言下之意是让林超逸不要闹情绪,以免影响教学工作。林超逸说:"不闹不闹,我哪还有情绪闹啊。"

有一次教委主任来学校检查工作,他握住林超逸的手说:"黄老师,你虽然是代课教师,但你为我们的教育事业做出了贡献,是教师队伍中的楷模啊。"朱校长在一边纠正说:"不是黄老师,是林老师,林超逸老师。"可过了一会儿,教委主任又把林超逸叫成了方老师,弄得老师们尴尬不已。林超逸不住地苦笑。如此记性,你还指望他给你一个民师转正的指标吗?回到他的办公室,只怕林超逸是哪个学校的老师,他也会忘得一干二净。这以后,林超逸把转正的事情也看淡了。他想,只要能够教书,管他是长期的还是临时的……

五

林超逸和桂花的争论基本上都是以林超逸的失败告终。这让林超逸很不服气。等涨了工资再说,看她还有什么说的。

那笔钱林超逸也弄清楚了,是范容容的。不管怎么说,他还是挺感激范容容的,要不是她那笔钱,自己回到家里还真不好向桂花交差。

账摆在那儿了。拿什么去还呢?什么时候去还呢?思前想后,林超逸还是决定,等涨了工资再说。账暂时还不上,但话得有一句。暑假开始的时候,林超逸还是决定去见范容容,尽管他十分不愿意见她。他要和她谈谈那笔钱的事,说自己现在没钱,不过他会尽快还。

见到林超逸，范容容先是惊讶，然后是惊喜，接着作势就往林超逸怀里扑。林超逸慌忙闪开了。

林超逸说："我是来和你谈钱的事。"

范容容说："什么钱啊？"

林超逸说："我会还你的。"

范容容说："谁要你还。"

林超逸说："我一定要还。"

范容容的眼里蒙上了一层泪花，说："你当初资助我读书的钱，我什么时候还你？"

林超逸沉默了。

后来他们不约而同谈到了涨工资的事。朱校长当初在酒席上透露的消息对了一半，也错了一半。工资是调了，六月份调的，一次性调百分之三十，从七月份开始执行。不过都是正式教师的。代课教师没有调，依然是一百七十元。

林超逸有些泄气，说："干脆把我放了算了，反正是临时工。"范容容说："工资是不会给你涨的，但也不会放你。一来你有成绩摆在那儿，没有理由放人；二来，如果真要放，按《劳动法》规定，教育部门会对你进行赔偿，假如按你三十年教龄计算，这可是一笔不小的支出，教育部门实在舍不得这笔钱。"林超逸有些生气了："那我自己走得了。"范容容说："那你就是自动离职，净身出门。"

工资没有涨，范容容那笔钱什么时候还呢？更要命的是，没有涨工资，怎么跟桂花说？

林超逸进退两难了。

伤心土地

柄根到秋枝家相亲的第二天,村支书就找上门来了。

那时柄根铲草刚回家。

正是四月尾上,天已经开始变了,阳光突然恶劣起来,一抹一抹往肉里钻,然后从里往外炸。没有风,太阳白亮白亮的,远远近近直打闪。

柄根抱着锄柄,恶狠狠地看着眼前飞舞的苞谷叶子。他的脸上已被割了好些口子,血渗出来,用手一抹,红的红,黑的黑,也不知是血还是泥。柄根心里直骂这鬼天气,没头没脑地旱,都十多天了,天上连颗水星子也没掉过。即使是在清晨,路边的草儿依旧耷拉着,上面连露水的痕迹也没有……柄根看看地,又看看白晃晃的太阳,一下子就没了劲儿。

早上出门时,妹妹柄梅就笑他,说他一时新鲜。他说:"我要让你看看哥是怎么当的。"谁料还不到十点,人就像钻进了蒸笼,热得连气都喘不过来。同样是热,柄根觉得深圳的热显得那样温柔,就像冬天把手伸进快要烧沸的水中。但老家的热就成了真正的热，热得那样粗暴，就像是原子弹爆炸时的辐射，那样可怕，令人心慌意乱。

柄根舔了舔干裂的嘴唇，却舔到了顺着脸颊流下的汗水，咸丝丝的。他停下手里的锄头，说："爹，不铲了吧，太热了，宁可让地吃亏，也别让人吃亏。"

苞谷林深处传来了声音，像被什么东西捂住似的，瓮声瓮气："地吃亏人也吃亏啦！你唬它，它也唬你哟！"不远的苞谷林沙沙地响了一阵，向这边移过来。呼的一声，老头子那张脸便在苞谷林中露了出来，长长的叶子在他面前一闪一闪地摇晃着，像在逗引他。由于热，老头子那张脸扭曲得十分难看，脸膛黑黝黝的，汗水在上面流得急，看不出有血口子，也许全隐到深深的皱纹里边去了。老头子用手抹了一把汗，手上有泥，沾在脸上，就像唱花脸的丑角。

三年前，柄根放下书本去了深圳。这次回家是妹妹柄梅发的电报，说爹病了，很重。回来才知道是和秋枝相亲，而爹也没有再放他出门的意思……

老头子一直看着柄根铲草，见柄根没精打采的，就说："你这也叫劳动？要换在大集体那阵，队长早点名了，干一天连口粮都不够。"柄根不服："这又不是大集体！"老头子说："你还犟！你看你铲的草，像马啃的，要不了三天又长得铺天盖地。"柄根就泄气了。原本以为铲草是农活儿中轻松得不能再轻松的活儿了，哪知根本不是这样，别看是细毛活儿，条条道道儿多着呢。想着家里多如牛毛的农活儿，不知道要花多少时间去学呀，即使学会，这辈子永远也做不完……想到这些，柄根手上的锄头仿佛有了千斤重，怎么抡怎么别扭。咔嚓一声，就铲断了一根苞谷苗子。那苞谷苗子已是一人多高了,早出了天花,高高地伸在空中,腰上的娃娃穿着厚厚的衣服,红的头发白的头发光滑而柔软……

那一锄是铲在老头子的心上了。他顿时变了脸色:"你……你个,你个龟儿子……"柄根说:"这有啥?多一个苞谷也多不到哪里去,少一个也少不到哪里去。"老头子叹了口气:"没经过灾荒年辰的人哪里知道粮食的珍贵哟!"柄根撇撇嘴:"都啥时候了,还提灾荒年辰,好像灾荒年辰是我们这一代人造成似的。"老头子说:"教训总该记着吧。"柄根说:"还是看眼前吧,方树华去深圳才五年,就建小洋楼了,要是我还……"老头子火了:"整天就是方树华方树华,那钱能当饭吃?哼!甭瞒我,你那点心眼能钻到哪里去?老子连水都能看三尺深,还看不出你那点鬼把戏?你也别再想出门啦,是啥虫钻啥木,坐在家里不缺吃不缺穿。不是你根娃子过的日子,就是有座金山,那地还得要人来种。"柄根想顶撞老头子说钱是不能当饭吃,可少一分你能挑回一百斤肥料吗?见老头子已火了,只怕这话是火上浇油,就咽了回去。心想:出门真舒服,太舒服了。

中午,柄根前脚进门,支书后脚就跟进来了。支书四十多岁,腆着大肚子,倒背着双手,嘴里叼着烟,烟头的光溶进了阳光里,显得很暗淡。他老远就喊根娃子。由于叼着烟,那声音压抑而难听,就像一个窒息的人在作垂死的挣扎,但从声音的轮廓里依然听出喊的是根娃子。柄根应了一声,问他啥子事情。支书从嘴里取出烟来夹在指缝里,拖长声音说:"我给你送官来了。"柄根摸不着头脑:"官?给我送官?"支书说:"轻松得很的官。"柄根说:"啥子官?"支书说:"团支部书记。"柄根说:"不是方树华吗?"支书说:"我把他免了。"柄根说:

"他犯了错误？"支书说："一言难尽。"柄根想到重新去深圳的事，就说："我不想当这个官。"支书有些急："你就当吧，听说镇里要在农村招聘一批干部，到时候我和村长都推荐你。"

镇里要招聘一批年轻干部的风声吹了好久了，柄根也听了好多回。他有些动心了。村长和支书都超了龄，是不可能去镇里了。如果自己真能招到镇里，每月领固定工资不说，而且风吹不到雨淋不着，那比去深圳打工要划算得多。于是就说：那我试试看。支书有些高兴，心里却直骂方树华："狗日的！自己去深圳不说，还要领走一大批年轻人，村里剩下的全是三八（妇女）六一（儿童）九九（老人）'部队'，都是吃得做不得，做起来要不得，走路气哼气哼的人……地就荒了。"

送走支书，柄根走进屋时，老头子正在讲他铲草的事，说他铲的草是花架子，中看，其实尽是猫盖屎，铲掉的草盖在没铲的草上面，快得你想追都追不上。妹妹柄梅没读高中，已有了三年农活儿的经验，知道铲草猫盖屎是怎么回事，嗤嗤地笑弯了腰。她想起当初自己学农活时也是这个样子，还嫌妈的速度太慢，结果自己铲过的地妈又去铲了一遍，跟返工差不多。柄根说："一回生二回熟，有啥好笑的？"柄梅不跟他争，张罗着吃饭。

柄根端起碗，嘶嘶地吹着一碗冒热气的稀饭，边吹边喝。刚喝下去，汗就出来了，像一张毯子，把浑身上下裹得紧紧的，闷闷的，难受极了。

柄根喝完两碗稀饭就钻到自己屋里。屋里又热又闷，让人心里直发慌，坐也不是，站也不是，磨皮擦痒。他打开电扇，呼呼的风吹过来，像是水蒸气往脸上喷。他又心绪烦乱地打开电视机，却是没完没了的饲料广告。"妈的！净骗农民的钱！"随手就关了，就势躺在床上，伸了伸脚，三下两下蹬了长裤，剩下裤头，双手枕着头，望着帐顶喘着气……柄根迷迷糊糊地睡了一觉，然后就醒了。不知啥时候停电了，电扇一动不动地对着他，仿佛在嘲笑他那粗野的睡态。浑身的汗水在席子上留下了一个人影，张牙舞爪的，很丑陋。

隔天柄根还是去找了方树华。他思前想后，觉得自己还是出门挣钱有把握些。招干的事自己可能沾不上边，官场上的事总是风云突变，谁也说不清它的发展方向，还是现实一点好。那时一帮年轻人聚在方树华的家里，七嘴八舌地要他讲出门的逸闻趣事。方树华推不掉，就讲广州的耗子，说广州的耗子又大又肥，白天都能听到它们在洞里磨牙的声音，阴森森的……那里的蚊子也多，四处乱飞，去一拨又来一拨，叮一口就是拳头大的疙瘩……有人听得索然无味，催促地说讲别的吧讲别的吧。

柄根就是这个时候走进来的。

屋里七零八落地坐了一些人，柄根大多不认识。方树华叫了声"根娃子"，就抛过来一支烟，让他自己找座位。旁边一个人让了让说："这儿坐这儿坐。"柄根扫了他一眼，认出是邻村的团支部书记，叫李杰。柄根说："你们这是……"李杰说："家里种地没劲儿，想出门见识见识，你也出过门，给我们引见引见，搭个桥，怎么样？"方树华笑了笑："李杰你还指望他呀，他自己都去不了啦。"柄根说："没那话，不信走着瞧。"

七嘴八舌又闲聊了一阵，话题又转到去深圳的事上。柄根这才晓得这帮人是邻村的，打算跟方树华一块儿出门。

有人怀疑深圳那地方是不是真的能找到钱。方树华说："会找钱的人一弯腰就可能成为百万富翁，不会找钱的人累死累活也不会出人头地。"这帮人听得有些动心,又听说老板正雇人,就急不可耐地打听方树华何时走,有哪些人一起走,大约要带多少钱。他们的双眼流露出兴奋的光彩,好像到了深圳那个地方真的一弯腰就有千儿八百的钱飞来,把所有的口袋都填得满满的。

年纪小一点的心里都合计着,找了钱就可以抽好烟了,还可以穿好一点,就不必再面朝黄土背朝天了,还可以盖小洋楼。年纪大一点还没有成家的也寻思,反正是单身一人,在家帮不了人,出门牵扯不了人,还不如出去见见世面。要真能找到钱,索性干个三年五载再回来,买些家什,把不像样的家弄得像个家的样子,说不定还能搭上爱情的末班车呢。还有的想,出门不说每月一千两千,就是三百五百也行,那家里的化肥不用担心没钱买了,也不必愁没钱买苞谷种子、水稻种子和蚕种了。

正说着,有人说秋枝来了。于是有人同柄根开玩笑:"根娃子,尝了鲜没有?"柄根一边还嘴一边往外走,心里出奇地舒畅。虽然他至今还没有碰过秋枝,甚至连秋枝的手也没有拉过,见了面只是一些"来啦""走吧""忙不忙啊"之类无关痛痒的话,但他乐意听年轻人那种粗俗的玩笑,而且听来特别受用,仿佛他已经得到了秋枝身上他该得到的一切。秋枝见柄根面带微笑却又呆头呆脑地出来,有些恼怒,加上以为柄根和一帮年轻人在说她什么难听的话,心里更有气,黑着脸说柄根:"正事不做,跑到这里来东家长西家短的,也不怕烂舌头。"柄根憨笑着说:"他们只是开玩笑,在家里待着没意思,我想再去深圳做两年,回来就结婚。"

"啥子?你还想去深圳呀,你晓得你爹为啥骗你回来吗?"秋枝说。柄根说:"我晓得我晓得,还不是为你。"秋枝说:"那是我错啦,连累了你。"柄根说:"我不是这个意思,你别怪。"秋枝说:"我没有怪你。"然后又说,"你不想当团支部书记啦?"柄根没好气地说:"不想当。"秋枝不解:"那镇里招聘的事……"柄根说:"没那么便宜的事,不该招的人招了也不会招到我头上。"

秋枝不言语了,只顾往前走。柄根讪笑着跟在后面。直到听不到方树华屋里的笑声了,秋枝才说:"我爹叫你明天到我家去淋苞谷。"柄根说:"要得。"

然后要分开了。分开的时候,柄根大着胆子拉住了秋枝的手。秋枝不曾想到柄根会这样,吃惊地说:"你……"挣扎了一下,没挣脱,便红了脸任由柄根拉着走了几步,一双眼睛却四处乱看。

回家的路上,柄根想着刚才拉秋枝手时的滋味儿,说不清道不明,只是觉得那手细腻而有些暖意,或许有些颤抖……他又想起李杰他们的话来,想得心里突突乱跳。

空气中依然飘浮着层层热浪,一路上柄根浑浑噩噩地想着出门的事。他懵懵懂懂地跨进院子,看到满地的农具,鸡四处乱窜,鸭公追逐着鸭母,鹅拖着笨重的身子摇摇摆摆地走着,像个怀胎妇人;遍地的鸡屎鸭屎鹅屎在阳光下散发着一股股恶臭。眼不见心不烦,见到这些,柄根心里就像堵了什么,憋得难受。"还是出门好。"柄根想。

这时老头子刚犁了田回来,满脚的稀泥。他见柄根在院子当中发愣,就说:"看你把皮耍脱一层啷个办?"

柄根回过神来,说:"秋枝说明天给她家淋苞谷。"

这话被里屋的妈听去了,不满的声音从门缝里挤了出来:"八字还没一撇呢,就开始拉差了,看不累死你!"

老头子说:"去吧去吧,反正迟早是一家人,先淋后淋都一样。"心里却盘算着怎样才能把柄根留在家里,不让他再出门,更不让柄根去秋枝家上门。

吃晚饭时,柄根愣愣地坐在桌子边。他把手指插进长长的头发里,艰难地闭上双眼。家里活儿杂七杂八的本来就多,如今秋枝那边也指望着让他干活儿,这啥时才能做完呢?咬咬牙还是开了口:"爹,我……我还想出去……做几年,您看……"

老头子吧嗒吧嗒吸着烟,好一会儿才说:"哪个种地?"

柄根心里立刻升起了一丝希望:"您比我会种。"

老头子说:"我都五十八了,还能种几年?"

柄根心里一沉,禁不住咽了一下口水。老头子语重心长:"根娃子啊!两家人的地都指望着你呐!你好意思让它白白地荒着?"

柄根绝望极了:"我要出去,我要出去!死也要出去!"

老头子火了:"老子……老子打死你龟儿!"

柄根站起来:"你打,你打!你打死我好啦!"

老头子随手抄起一条凳子:"老子怕打你吗?"

慌得妈拖住了凳子。

妹妹也劝柄根少说两句。

老头子把凳子扔在一边说:"还是个干部,也不怕把别人带坏了。"

柄根的泪水夺眶而出。

电在这个时候停了。柄根趁机用手抹了一下双眼,抹去了伤心而又无奈的泪水。

黑暗中有蚊虫嗡嗡地飞着,不时撞在脸上。屋外有淡淡的月光,秧田里远远近近的蛙声此起彼伏。

"灯呢?"妹妹柄梅问。

老头子掏出打火机点燃了煤油灯。忽闪忽闪的灯光把老头子的影子投到墙上,怪怪的,像木偶戏。

第二天柄根还是去了秋枝家,那时天刚蒙蒙亮,老人早已出门去了。柄根和秋枝招呼了一声,挑了粪桶就走,也不好意思说自己没吃早饭。

柄根到时老人已铲完了两块地了,他见柄根来了,就说:"淋吧淋吧,趁天凉快,好生点,弄断一根就丢一个苞谷,补也没法补苗子……"柄根应了一声"晓得了",便挑了粪桶钻进苞谷林里哗哗地淋起来。太阳当顶的时候,老人还没有回家的意思。柄根饿得双腿无力,两眼发花。他几次想提出来回家,但话到嘴边又咽了回去。到后来他心里涌起一阵莫名的愤怒。这又是何苦呢?整天在地里摸爬滚打,日子还是和从前一样,说什么勤劳致富奔小康,可小康是什么样子谁又能说清楚呢?看看人家吧,玩的时候玩得天昏地暗,日子过得有滋有味,没听说谁缺钱花,谁缺粮吃……

汗水一茬一茬往外冒,泥土在阳光的炙烤下散发出一阵阵奇怪的焦味。柄根把扁担从左肩移到右肩,又从右肩移到左肩,可两只粪桶依然像两座山一样压在肩上。柄根悔呀!当初怎么就那么爽快地答应了这门亲事呢?花两百元送了礼不说,还把两家的活计全揽到了自己身上。都怪自己啊!当媒人让柄根当着秋枝的面点头应这门亲事时,他来不及想什么,就点了点头。秋枝人不错,漂亮又勤快,他没有理由拒绝。他看见秋枝也红着脸点了点头,事情就这么定了。或许亲事太顺利了,事后柄根不止一次地扪心自问:这事,这么就成啦?心里有些喜,也有些忧。

喜的是平白得到一个漂亮姑娘做老婆，今后在一张桌子上吃饭，一张床上睡觉，还能生儿育女。忧的是自己恐怕再也出不了远门了，也许自己像爹那样过日子的时候到了，他不敢想象自己怎样才能把这一生走完。

太阳红彤彤地挂在天空，好像要把周围的一切点燃才善罢甘休。从中午十二点到一点这一个小时简直不像六十分钟，而是六十年，漫长又漫长……

终于，老人问柄根几点了。

柄根说一点了。

老人说今天的太阳没有昨天毒，多淋几窝是几窝，淋一窝总要少一窝。

柄根心里哆嗦了一下，禁不住暗暗叫苦，肚子跟着又咕地叫了一声，好像有人在里面狠狠踹了一脚。老人满意地看着柄根的背影，心想：无论如何也得让秋枝把根娃子拉过来当上门女婿，那样种地就不愁少人手了。

正在这时候，秋枝站在对面的山梁上喊吃饭了。柄根心里一松，高兴得险些叫出声来。老人恋恋不舍地走了几步，说："不晓得这苞谷啥时候才能淋完哩！"便和柄根一前一后下了山梁。

吃饭的时候，老人倒了两杯酒，递一杯给柄根，说："喝了腰不痛。"柄根心里烦着爹不让出门，也烦着总有干不完的活儿，也没推辞，就喝了一杯。老人又倒了一杯，柄根也喝了。老人接过柄根递回来的空杯子说：晚上再喝吧，下午要做事，喝多了不稳当。柄根接过秋枝添的饭狠狠往嘴里填的时候，没有忘记点头说"要得"，只是闷声闷气的。

晚上柄根喝了很多酒，那话就斩不断理还乱了。他说方树华钱挣得多，说话的口气都跟从前不一样，说自己无论如何也想再出去混几年，说在家没意思，穷事多，看着啥都烦，家里烦，地里也烦，然后又骂村支书，骂他平白地把团支部书记给自己当，骂完了就叹气，叹了气又说，还是刚才那些话，翻过来倒过去，总说不完，听得老人直皱眉头。

秋枝："你喝多了。"

柄根："没有。"

秋枝："你咋乱说。"

柄根："我没有。"

然后站起来要回家。

秋枝："就在这儿歇吧。"

柄根冲她古怪地笑了一下说："不。"然后就摇摇晃晃地出了门。

柄根在灯光下那古怪的笑容令秋枝浑身一阵发热，脸上也火辣辣的。她倚在门边，看着柄根消失在黑暗里。

那怎么行

赶生决定偷沉鱼的鱼了。

事情是因为有人给赶生介绍对象引起的。女方不是别人,正是沉鱼。

沉鱼和赶生是邻居,一屋住两头,庄稼各种各。赶生对沉鱼,沉鱼对赶生,都是知根知底的。沉鱼家里要是换个灯泡什么的,她就在屋里喊赶生,闷声闷气地说"来帮个忙",赶生就跑到沉鱼家里,一阵忙乎,然后啪啪地拍着身上的灰尘出来。有时还会闹点小笑话。比如赶生站在梯子上给沉鱼接电灯保险丝,一时没忍住,放了一个屁,把站在地上扶梯子的沉鱼吓了一跳,后退一步,用手掌扇着鼻子,说:"狗屁,好臭。"然后两个人就笑,把眼泪都笑出来了。赶生呢,要是遇到没菜的时候就端着饭碗跑到沉鱼家夹几筷子菜,凑合着对付一顿。

沉鱼比赶生年长整整七岁,沉鱼结婚嫁到村里的时候,赶生还在读书。赶生结婚的时候,沉鱼的女儿已经读初中了。俗话说,女大三,抱金砖，女大七算什么呢？赶生说不出来，总感觉怪怪的，有点离谱。赶生想也没想就一口回绝了。

人家说，怎么不行？沉鱼没男人，你没老婆，这就行。说话的人是个急性子。反正你们是邻居，东西不用搬得太远，干脆现在就动手，要不就是她搬到你家，要不就是你搬到她家，两家合一家，既经济又实惠，既节约了柴禾，又节约了工夫，冬天还有人捂脚呢，百利而无一弊，何乐而不为？

赶生又说了一句，那怎么行？

消息传到沉鱼耳里，沉鱼哼了一声，说："别以为自己是精品，有啥了不起的？他不肯，我还不愿意呢。"从此遇到赶生也不说话，虎着脸侧身而过。好像赶生借了她的米却还了糠。

沉鱼要卖鱼了，就用网来拉鱼。请了很多人来帮忙拉网，就是不请赶生去拉网。她宁肯叫女人，叫年纪稍大的男人，也不叫隔壁的赶生。拉完后，沉鱼每人给了一条鱼，说"辛苦了，尝尝鲜"。她也不给赶生鱼尝鲜。

沉鱼卖鱼，人人都去买。唯独赶生去买鱼，沉鱼冷冷地撇下一句："不卖！"弄得赶生尴尬地怔在那里。

赶生自然不知道沉鱼在为自己说的话生气，还追着沉鱼问原因。沉鱼说："那怎么行。"再问，沉鱼依然说："那怎么行。"赶生觉得这话有些熟悉，好像在哪里听到过，有来头，指桑骂槐，含沙射影，还挺有深意。他跟着念了两遍，才想起这话原来是自己说过的。虽然没有当着沉鱼的面说，可就是针对沉鱼说的。赶生明白，这话传到沉鱼的耳朵里，沉鱼上心了。先不说是不是对自己上心了，可以肯定的是，沉鱼对这句话上心了。

赶生有些愧疚。话说得真是过了。两家合一家这件事情，无论是沉鱼本人的意思也好，还是好心人撮合也好，甭管乐不乐意，好好说就是了，干吗那么硬气呢？成就成，不成就说缘分没到，日子不照样过吗，又不会掉一根汗毛，委婉一点不好吗？那怎么行？听听这话，感觉就是硬邦邦、恶狠狠的。你以为沉鱼非要黏着你不放？你以为沉鱼非要哭着闹着嫁给你才能过日子？这么想着，赶生心里就有些悔：一个单身女人，真是不容易呢。

沉鱼的老公在城里打工，不小心从三十多层的楼顶掉下去了。从此家里就再也没有男人。可是沉鱼很能干，她一个人撑着，硬是把女儿送进了大学。现在，她依然是一个人，平时种地，没事的时候，她就承包了村里的一口池塘来养鱼。几年下来，渐渐成了气候。池塘里的鱼肥大，味道也鲜美。沉鱼原来的名字叫杨成玉，由于她鱼养得好，人呢，也长得脸是脸，嘴是嘴，什么器官摆在什么地方，好像是被她妈和她爸商量着摆的，匀称得很，大家都亲热地叫她成玉，叫着叫着就叫成了沉鱼。沉鱼就沉鱼吧，取沉鱼落雁、羞花闭月之意，倒也合适。

人家养鱼都用饲料，或者用一些不知名的药物来催肥，加速鱼苗生长，缩短鱼上市的周期。沉鱼不。沉鱼养鱼不用饲料，不用药物。她只给鱼喂青草，所以她养的鱼被镇上的人叫健康食品，原生态的。尽管价钱贵一些，但买的人特别多。自从尝到养鱼的甜头后，沉鱼就放弃了种地，一门心思放在池塘里。她每天拿着镰刀，满山遍野地割青草，然后把青草一担一担挑回家，撒到池塘里，让鱼儿来吃。

沉鱼喜欢站在池塘边，看水清草绿，蓝天掩映。一大群鱼在水里游来游去，青色的脊背不时划过水面。沉鱼抱着青草向水里撒去，青草自天而降，吓得鱼群四散奔逃。但是，不一会儿，浮在水面上的青草四周便聚满了大大小小的鱼。那些鱼儿欢快地游过来游过去，你拉一根，我拉一根，有时还两条争着拉一根草，一嘴一嘴地往肚里吞，吞到最后两张嘴一碰，仿佛是受了惊，吐出嘴里的青草，各自逃开，在池塘里溅起片片水花……沉鱼喜欢青草，就像喜欢地里生长的庄稼。她甚至把人家遗弃了不再耕种的土地也种上了青草，春天的时候绿油油一片，好看得很。据说，沉鱼池塘里的鱼一年能卖很多钱，甚至还超过了有些进城打工的人。沉鱼常常说，在外打工，还不如在家养鱼。

和赶生一起过日子，沉鱼还真没有想过。

热心人说："都这么多年了，你一个人扛着也不是办法，人既然活着，就得好好地活，得让死去的人放心，让他放心你没有受苦，还是走一步吧。"再走一步就是改嫁的意思。沉鱼想想也是，人家说得在理，人活着，就得往前看。"可是，上哪里去找称心的人呀？"人家冲赶生那边努努嘴："远在天边，近在眼前，你看赶生如何？"沉鱼说："没想过。""没想过就要想呀，现在想也不晚。"沉鱼担心赶生会拒绝："我比他大好几岁呢，他要不答应，咋办？"热心人说："你又不知道赶生的心思，咋知道赶生不答应？"

果然赶生没有答应。

沉鱼也生气了。"哼！你不答应，我还不稀罕呢！"

可是，沉鱼越是这么想，赶生就越是往她心里钻。她总觉得周围到处都是赶生的影子，当她抬头四处寻找的时候，却什么也看不见。从前没有想到赶生的好，也感觉不到赶生的好，现在突然发现赶生确实不错，会种地，在工地上也是干活的好手，不管在城里还是乡下，他都有自己的位置，找得到自己能干的活儿。他那么年轻，老婆秋兰走的时候，他还不到三十岁，这么多年了，他竟然也没有"再走一步"，也算得上是个有情有义的男人，这样的男人已经不多了。沉鱼心里放不下赶生了。早上起床到院子里，她先偷偷瞥一眼赶生这边开门没有，要是没有开门，就说明赶生还在睡觉，她做事情就轻手轻脚的，生怕把赶生惊醒。要是赶生的门开着，她就故意粗声粗气地和那条叫来福的狗说话，引起赶生的注意，把赶生引到院子里来，好借机看他几眼。如果赶生的门一整天关着，看不见赶生的人影，沉鱼又要担心，怕赶生病了，躺在床上起不来。有一天，赶生的门从早到晚都关着，沉鱼实在不放心，就走过去，把鼻子贴在玻璃窗上，看赶生到底是不是在家，想不到赶生从地里回来，刚好碰上沉鱼。赶生一双眼睛上上下下把沉鱼打量一番："咋啦？想偷东西？"沉鱼心里虽然慌乱，但嘴却不服软："谁偷东西了？"赶生得理还不饶人："那你贼眉贼眼往我屋里看啥？""我……我找来福。"说着就喔喔喔地唤来福。赶生一指沉鱼脚边："来福就在你脚边呀。"沉鱼恼怒地踢了来福一脚。来福哀叫一声就逃开了。赶生笑，沉鱼不依了。她噘着嘴，虎着脸，齐耳的短发都快要一根一根竖起来了。"郭赶生！"她直呼赶生大名，"你脑子有病啊。"赶生不说话，依旧嘿嘿地笑。沉鱼眼里就含了委屈的泪花。

赶生没有答应和沉鱼在一起的事情，还有一个原因，那就是，赶生认为沉鱼有男人。

不止一次，赶生路过沉鱼窗前的时候，都听到沉鱼屋里传来嘤嘤嗡嗡的说话声，到底说什么，听不清楚，有时甚至还有女人的呻吟。那种呻吟叫得人心跳,吓得他不敢停留,匆匆地离开了。

赶生一直没有发现沉鱼的男人。"这个女人,居然瞒得紧紧的。"赶生心里一直这样想。

村里有个老兽医姓马,年轻时走村串户给全公社的家禽医治疾病,没事的时候就"不务正业",给村里的年轻人做媒,成功了不少,老兽医对此一直很有成就感,后来他退休了,可是,这个爱好却没有丢下。他七十岁那天大摆宴席,赶生和沉鱼也去了。老兽医几杯酒一下肚,满脸红光,兴奋异常地说了从前做媒的逸闻趣事。他一心想撮合赶生和沉鱼,说着说着就把沉鱼和赶生拧到了一块儿,说:"今天到我这里喝酒,啥时候到你们那里喝酒啊?"小院子里满满当当摆了好几十桌呢,大家都等着赶生和沉鱼表态。

赶生喝了点酒,借着酒劲儿就冒了一句:"那怎么行啊?"

这是赶生又一次针对沉鱼说这句话。之前是背着沉鱼说,这一次不仅仅当着沉鱼说,还当着满院子的宾客说。

这下沉鱼脸上挂不住了。她噌地从凳子上站起来,双手叉腰:"郭赶生!现在就算我这个老寡妇喜欢你,看上你,想赖着你,我晓得我人老珠黄配不上你,你不答应,但你总得说个原因啊,你这样,会让我死不瞑目,你让我死个明白好不好?"

大伙儿一看不好,事情要闹大。有的开始劝:"算啦,开玩笑的。"但有的喝了酒,正憋着劲儿呢,偏要像沉鱼一样弄个明白:"是啊,人家沉鱼人不错,又有钱,你不中意,总得有个原因呀。"

赶生一挺胸,他豁出去了:"沉鱼有男人。"

沉鱼说:"我男人死了好多年了,哪来的男人?"

赶生说:"不是死了的那个。"

沉鱼的脸刷地白了:"你说还有哪个?"

赶生支吾着:"我……我……我……"

"你你你个屁!你的意思就是说我,"沉鱼用手点着自己的胸脯,"说我杨成玉偷人?"

话还没说完,一双筷子就奔赶生飞过去了:"狗日的郭赶生!你给老娘说清楚,我一个寡妇人家,碍着你哪里了,非要这么损我?我偷人?你看见啦?捉贼捉赃,捉奸拿双,你没有捉到我,凭什么说我偷人?我死男人找男人,笑人吗?要找我会正大光明,亮亮堂堂地找男人,我有必要去偷男人吗?今天你不把那个男人给我找出来,我跟你没完!"说着,沉鱼就伸手去抓饭碗。人们只见眼前白光闪过,饭碗已经向赶生飞了过去。赶生慌忙躲闪,只听两声脆响,饭碗摔在地上成了碎片。

赶生嗫嚅着:"没看到男人,我听到声音了。"

"什么声音?"大家齐声问,都来了兴趣。

于是,赶生就学着听到的声音呻吟起来,再加上喝了二两酒,有了一点醉意,逗得所有的客人都笑弯了腰,拍着桌子直叫要岔气了要岔气了。

沉鱼的眼睛忽然瞪大了,眼珠子仿佛要从眼眶里掉出来,脸上一阵红,一阵白:"你……好你个郭赶生!"

说完就跌坐在地上,蹬着双腿无助地哭起来。

赶生把玩笑开大了。好多人都说赶生不对,老兽医更是挥舞着拐杖把赶生赶出了宴席。

赶生莫名其妙被老兽医从宴席上赶走,蒙受不白之冤,还丢了面子,心里愤愤不平。思前想后，他认为这事情是由沉鱼引起的，归根结底，还得从她身上解决。解决问题的关键就是沉鱼到底有没有男人。但这还得用事实说话。换句话来说，也就是沉鱼说的，拿贼拿赃，捉奸捉双。

以后的日子赶生就显得特别留心，从早上起床到晚上关灯睡觉，他时刻都竖着耳朵听沉鱼那边的动静。

功夫不负有心人，还真叫他撞上了。

有一天他从庄稼地里被雨淋回了家，刚跨进小院子的门，一阵熟悉的声音就传进了他的耳朵。赶生心里一阵兴奋，放下手里的家伙，踮着脚尖便来到沉鱼家的窗户下。但是，还没仔细听，赶生便知道沉鱼在里面做什么了。没错！沉鱼在看黄色录像！赶生呆呆地站在窗子下，一时间心情变得很复杂，不知道是喜，是忧，还是幸灾乐祸。他正愣在那里不知道该怎么办，眼前突然飞过一道长长的白光，又似乎迎面吹来一阵冷风，赶生只觉得浑身一凉，顷刻就成了一只落汤鸡。赶生捉奸不成，反被沉鱼泼了一盆水，弄得狼狈不堪，顿时火冒三丈。他指着沉鱼的大门口又咬牙，又跺脚。"好你个杨成玉！你等着！你你你等着。"沉鱼站在那儿哈哈大笑，很解气的样子。可是，笑着笑着，沉鱼却哭了。

"郭赶生，我杨成玉没男人，想男人，有错吗？"

这话让赶生停住了脚步。他看了一眼沉鱼，心里就软了。自己要是把这事张扬出去，只怕比让她去死还难受，更不用说在村里待下去了。

可是，自己被老兽医赶出酒宴这口恶气怎么出？今天被沉鱼泼了一盆水，也不知道是不是脏水，要是脏水，这个亏就吃大了。这口恶气，又到哪里去出？思前想后，赶生决定两件事情都不去计较了，也没必要去追究。"唉！一个女人，也不容易啊。干脆，数罪并罚，到她池塘里钓一条鱼，这事情就算过去了。"

其实，说去沉鱼池塘里偷一条鱼，赶生心理上更平衡，要不怎么能解心头之恨呢。"偷鱼，就是要偷她杨成玉的鱼。"赶生咬着牙，狠狠地想。

当然，秋兰也喜欢吃鱼。

赶生的心里不由得涌起一阵柔情。秋兰是赶生的老婆。他们是中间人介绍认识的，后来彼此见了几次面，都觉得不错，能找到感觉，就约会了。他们第一次约会是在一个小餐馆里，赶生问秋兰想吃什么。秋兰想也不想就说："鱼，麻辣鱼。"秋兰吃鱼胆大而心细，把鱼夹到嘴里，嘴唇嚅动，鱼刺就从嘴角姗姗而出，刺上不沾丁点儿的鱼肉，看得赶生张口结舌，连称开眼界了。吃了饭出来往家里走，在没人的地方，赶生就拉了秋兰的手。秋兰没有挣扎，任由他拉着。走了几步，赶生说："我想抱你。"秋兰没有异议。赶生得寸进尺，"我还想亲一口。"秋兰就说："是不是早了一点啊？"赶生便不敢轻举妄动了。很多年后，赶生在秋兰面前炫耀，说秋兰这个人简单，一条鱼就能哄到手。秋兰就笑："亏得是你赶生，要是换别人，就是一条金子做的鱼也未必能把姑奶奶哄到手。"赶生说秋兰："你就是一条鱼呢，一条好看的金鱼呢，在透明的玻璃缸里游来游去，游来游去，让人越看越爱啊。"

赶生想起他们第一次吃饭的情形，就忍不住笑了一下。秋兰问他笑什么，赶生就把她吃鱼的样子说了。用了一句话，很恰当，说秋兰谈到吃鱼两眼就会放出光彩，连头发也会像来了风似的飘起来，就像猫闻到了鱼腥味儿，眼睛贼亮，抽着鼻子四处寻找。秋兰没憋住，咯咯咯地笑了个前仰后合。赶生说："现在吃鱼很容易啊，你想天天吃鱼，我就天天给你鱼吃。"

秋兰在村里算不上最漂亮的,但秋兰就像村里最漂亮的女人那样讨人喜欢。秋兰的嘴甜,碰到谁都喜欢打招呼,喜欢叫人。和赶生刚认识的时候,来赶生家里玩儿,才跨进村,便一路走,一路叫。爷爷奶奶,叔叔婶婶,弟弟妹妹,一叫一个笑脸,惹得你不答应不行,不笑都不行。他们结婚的时候,全村的人都说赶生好福气,讨的老婆又漂亮又贤惠。赶生也高兴,别人说自己的老婆好,那是真的好,他脸上有光呢。嘴里虽然谦虚,可心里也跟着把秋兰夸了不知多少回。

赶生进城打工的时候,秋兰怀孕了。他一走,家里就剩下母亲和秋兰。他对秋兰说:"预产期一到就回来。"秋兰羞涩地点点头,抱着赶生久久地舍不得放开。

赶生在工地连做带学,是工地上干活儿的能手,一个人能顶两个人,工头舍不得放他。赶生要请假回家伺候秋兰坐月子,工头满口答应。正当大家和赶生嬉笑打闹的时候,赶生接到了邻居的电话,说他老婆挺着大肚子去江边洗衣服,不小心滑进江里。赶生冲着电话大声吼:"人起来没有?"打电话的人说:"起来了,就是,就是后来没有了。"接完电话,赶生咚的一声倒在地上,不省人事……

秋兰就这么走了,带着未出生的孩子。

从那以后赶生就变了一个人。不言,不语,不笑,不怒,不悲,不喜。秋兰从他的生活里消失了,从此杳无音讯,只有赶生去寻她,去看她,去想她,她却从来不曾想过赶生。赶生失去了男人的光彩,失去了男人的伟岸,他头发很长,沉默寡言,吃完饭总是把碗筷丢到水里泡着,等到干净的碗筷都用完了,再集中清洗,如此周而复始。有时为了赶农活儿，没有干净碗筷了，就临时洗两个碗应急。吃饭的桌子也是好久不曾擦过，手指在桌面上划着就能写出字来……他的衣服很长时间不换，洗衣服也是放到水里泡几天，然后捞起来晾干了事。动不动就发怒，有时嘴里叽叽咕咕地念叨着，也不知道说些什么。他对出门打工也失去了兴趣，成天待在家里，盯着电视机，半天不说一句话。可是，一到地里，他就像变了一个人，目光闪烁，浑身充满了力量。他把庄稼打理得郁郁葱葱、生机勃勃，好像在等着秋兰回来和他一起收割。

秋兰还在的时候，总是亲自煮麻辣鱼。秋兰煮的麻辣鱼麻而不烈，辣而不燥，入口细嫩，堪称一绝。赶生不会煮麻辣鱼，秋兰要教他。赶生说："你会就行了，全家都有口福。"秋兰就说："想吃你煮的麻辣鱼，只怕是没指望了。"赶生说："谁叫你会煮呢。"现在，赶生学会煮麻辣鱼了，技术简直可以和秋兰媲美了。可是，她却再也吃不到了。有一次，赶生煮了一大盆麻辣鱼，他把鱼端到桌子上，在热气腾腾中闻着麻辣鱼的香味儿，想起了秋兰吃鱼的样子，想着想着，就静静地流下泪来。

早些时候，沉鱼还没有养鱼，秋兰要吃鱼，赶生就跑到镇上去给秋兰买鱼。后来沉鱼养鱼了，秋兰要吃鱼，赶生就不去镇上，到沉鱼那里买。沉鱼就给赶生一根鱼竿，让他自己去钓，然后过秤，付钱。沉鱼说："一条鱼的事情，不用网，要是用网拉，弄得满塘的鱼不得安宁，不划算。"秋兰特别喜欢吃沉鱼养的鱼，说沉鱼的鱼有营养，又健康。

沉鱼的鱼竿很简陋。一根竹竿，上面有鱼线，有一枚鱼钩和一颗坠子，没有鱼漂。沉鱼说："用不着鱼漂，你只要看见鱼线绷直了，就成了，你只管取鱼就是啦。"赶生试过几回，果然不错。后来，赶生也做了一根鱼竿，比沉鱼的鱼竿还要简陋，不用竹竿，就是一根鱼线，一枚鱼钩，一颗坠子。在鱼钩上挂上鱼饵，抛出去，鱼线的另一头攥在手里。等手上的鱼线绷直了，企图挣脱手掌的时候，鱼就上钩了。

今晚他决定试一试。

赶生的运气很好，刚抛下鱼饵，就有鱼咬钩了。手上传来一股轻微的、向外拽的力量，沉甸甸的，带着某种企图，又分明带着一种绝望。赶生心里有一种很实在的感觉，似乎感觉到了秋兰正调皮地抽动着鼻子呼呼地闻着麻辣鱼的香味儿。他稳稳地抓住鱼线，不慌不忙地收着鱼线，任由鱼在水里挣扎。鱼顺着鱼线在水里划了几圈儿，仿佛是累了，被拽上岸后乖乖地躺在了草丛里。赶生满心欢喜，"一条鱼就足够了。"要是被沉鱼人赃俱获，为了秋兰，他认了，大不了给她钱，"不就是条鱼嘛。"赶生想。他正弯腰去抓那条不幸的鱼，突然听见有人轻轻地咳嗽了一声。他吓了一跳，连忙蹲下来。循声望去，在朦胧的月光下，只见沉鱼从一棵大树背后走出来，一边提裤子，一边东张西望。赶生心里一紧，连大气也不敢出。毕竟是邻居，抬头不见低头见的，万一让沉鱼发现自己偷她的鱼，这脸就没地方搁了。赶生一动不动蹲在那里，心里巴不得沉鱼提着裤子往家里走。可是，事与愿违，沉鱼偏偏向鱼塘边走来，看样子是要来给塘里的鱼喂草。沉鱼虽然喜欢草，地里和房前屋后巴不得天天都长出新鲜的青草来，但鱼塘周围的草却被她清理得干干净净，连个躲身的地方都没有，站在鱼塘一角，鱼塘周围的情况尽收眼底。那女人，真是聪明。赶生感觉鱼塘边不是久留之地，也顾不得那条到手的鱼，悄悄地向后退去。等到了沉鱼看不见的地方，他撒腿就跑。

赶生不敢往家里跑，万一沉鱼知道有人偷她的鱼，回去要是凑巧撞上，难免她会怀疑。赶生向村里的学校跑去。说是学校，其实早没有学生在那读书了。为了教学方便,村里的学校被合并到了镇中心小学。现在的学校其实就是几间破瓦房,只有墙壁上已经剥落的黑板和操场上一些简陋的健身器材能证明这里曾经是孩子们的天堂。赶生在学校破烂的屋檐下站了一会儿,估摸着沉鱼回家了,小心翼翼往家里走。经过这么一番折腾,赶生也没有了钓鱼的兴致,即使是逮着一条鱼回家,即使是为了秋兰,他也没有享受美味佳肴的心情了。

月光似乎比先前明亮了一些,远远近近的物体变得更加清晰。正是秋季,村里刚刚收割完稻谷,人们把稻草有谷粒的这边用一小束稻草捆住,立在田里让秋阳晒着。到了冬季,稻草就可以用来引火煮饭或者做喂牛的饲料。稻草还可以用来铺床,比床垫暖和多了。那一个一个的稻草立在稻田里,就像站着一个一个的人。蛙声此起彼伏,几只萤火虫在不远处闪烁着。赶生走着走着,脚步慢慢地停下来了。他发现在前面不远处有一个人。不错!是一个人在坟头上蹲着,穿着一件灰白色的衣服。赶生心里怦怦跳了几下,他揉了揉眼睛,感觉那蹲着的人仿佛站了一下,又迅速地蹲了下去。然后又一动不动地蹲在那里。赶生想:"是有人想偷东西吧。偷谁的呢?偷什么呢?难道是和我一样,去偷沉鱼家的鱼?哼!偷了活该!谁叫她不卖给我!一塘的鱼偷完也不干我的事!"赶生有点幸灾乐祸。正想着,冷不防那个人好像往这边瞄了一下,正对着赶生,眼珠子一动不动,嘴角似乎还透出一丝冷冷的笑。赶生心里一惊,身上的汗不知不觉就下来了。

赶生记得很清楚,那个坟里埋的是沉鱼的老公。那是好多年前的事情,远得在赶生的记忆里已经模糊了。可是,赶生记得很清楚,刚才他去学校的时候,坟头上是没有人的,肯定没有。谁在那里干什么啊?没事跑到别人家坟头上去干吗呀？赶生的心里有些发虚，甚至比沉鱼出现在鱼塘边时更惊慌。

赶生不敢从沉鱼男人的坟边过去。他的心开始收紧，不由得向后退了一步。哪里知道后面是个土坑，这一退就没有站稳，重重地摔倒在地。赶生从地上爬起来，心里产生了一种恐怖的感觉。他感觉刚才似乎是有人把自己推倒的。他嘴里叫了一声，也不知道叫的是什么，然后撒腿就跑。又一脚踢到一块石头上，一个狗啃泥。赶生顾不得痛，爬起来没命地奔跑。月光下他听见自己的脚步声响着，一步接一步，仿佛身后也传来了一阵阵脚步声。这时候的赶生是多么渴望近处有一盏灯啊，哪怕在更远的地方有一两声狗叫，他也会镇定下来。但是什么没有，连一只虫子的叫声也没有，仿佛都死绝了。赶生很狼狈，头也不敢回，一口气跑了老远。

赶生绕了一个很大的圈子，在经过沉鱼家门口的时候，那只叫来福的黑狗摇着尾巴，热情地迎上来，用嘴不住地蹭着赶生，还不时把两只沾满泥土的脚搭在赶生的腰上，嘴里呜呜地叫着。赶生站住，弯下腰去抚摸着来福的头。狗东西！刚才跑哪里去了？月光朦胧，草丛里有不知名的虫儿在鸣叫，也许它们还在扑打着翅膀伸懒腰吧，远处偶尔传来一两声狗叫。赶生往回走了两步，来福跟着走了两步，似乎有些不舍，一双眼睛在朦胧的月光下，充满了留恋。

赶生有些失落，有些沮丧。算到今天，秋兰走了整整五年了。这一千多个日日夜夜，赶生无时无刻不在想着她，无时无刻不梦到她。梦到她的笑容，梦到她吃鱼时嘴唇嚅动，鱼刺吐出嘴边的样子。"她一定想吃鱼了。"赶生想。可是，那条到手的鱼，不知道还在不在水边的草丛里。

　　他又来到了沉鱼的鱼塘边。沉鱼还没有回家,她正抱着青草往鱼塘里丢呢!边丢还边和鱼说话。赶生呆呆地注视着沉鱼。这女人,咋就这么喜欢和鱼打交道呢?你不答应,看她那说话的样子,就像在和情人说情话。赶生又想起秋兰来,想起她的嘴在自己的耳边吐着热气,不断地说着让人浑身发软的话儿。正在愣神,只听哗的一声,站在岸边丢青草的沉鱼不见了。

　　时间不长,赶生看见在隐约的月光下,鱼塘里有一个人在拼命地挣扎。赶生回过神来,这个沉鱼啊,把自己当成一捆草,一起丢进去喂鱼了。赶生来不及细想,跑到塘里去救沉鱼。幸好水不深,赶生一下就在水里把沉鱼找到了,往怀里一抱,感到沉鱼的身子沉沉的,柔柔的。再一看沉鱼,却发现她正满面含笑望着自己,眼里流露出狡黠的目光。这女人,她会水。她知道赶生在旁边,故意引赶生上钩呢!赶生仿佛受了骗,怒气冲冲地将沉鱼掼到水里,然后挣扎着到了岸上。可是,当他回头时,哪里还有沉鱼的影子?赶生吓了一跳。"喂!"他叫了一声,四周静静的,白月光洒在水面上,水里偶尔荡出一圈鱼儿透气的涟漪。"喂!"赶生听到了自己的心跳。"沉鱼!沉鱼!你在哪里啊?"他把自己的声音压得很低,生怕别人听到了。水面依旧静静地泛着白色的月光。赶生慌了,他再次急匆匆地扑到水里,还好,沉鱼就在原来那个地方。赶生弯腰把她抱起来,刚刚走到岸上,沉鱼的两只胳膊就从他的脖子后面缠了过去。

　　她把嘴放到赶生的耳边,轻轻地说:"和我一起过,就亏了你吗?"
　　赶生静静地看着沉鱼。沉鱼抓住赶生的手,连拉带拽地把赶生往自己家里带,赶生固执地挣扎着。

"不,不去。"赶生心里软了,可是嘴上还硬。沉鱼哪里依他?拉不动就推,推不动就拽。沉鱼不知哪来那么大的力气,硬是把赶生从鱼塘边弄到家里。

来福不知从哪里窜了出来,冲赶生热情地摇着尾巴,嘴里嘘嘘地呜咽着,仿佛在说:"来就来呗,客气什么啊,又不是没来过。"

桌子上有一盆鱼。是赶生最熟悉的麻辣鱼,香气弥漫在整间屋子里。还有一瓶酒。沉鱼说:"我请你们吃鱼。"

赶生不解地看着沉鱼。沉鱼一边摆着碗筷,一边往赶生酒杯里倒酒。

"叫秋兰也一起来吃吧……"沉鱼轻轻地说。

硕大的泪珠顺着赶生的脸颊滑落下来。他用筷子夹起一块鱼放进嘴里,试图像秋兰那样,轻轻嚅动嘴唇,让鱼刺从嘴里利索地吐出来。但是他没有成功,不知怎么弄的,反而还让几根鱼刺粘在嘴角的胡须上,欲掉不能,像在荡秋千。那样子逗得沉鱼忍不住笑了起来,含在眼里的泪水也趁机滚落出来。

赶生没想到沉鱼煮的麻辣鱼也这么好吃。麻而不烈,辣而不燥,入口细嫩,色香味俱全,就像秋兰煮的一样。

沉鱼男人坟头上那个白影子其实是一捆稻草。赶生怎么也弄不明白,明明自己过去的时候没有的,怎么回来的时候坟头上就突然多了一捆稻草呢?赶生怀疑是沉鱼提上去的。沉鱼不承认,说:"不是我,绝对不是。"赶生说:"那稻草就像一个人,我还以为是你男人从坟里面爬出来了呢,吓我一大跳。"沉鱼说:"他哪里是吓你啊,他是叫你照顾我。"

赶生还想说话。沉鱼急忙伸手想去捂他的嘴。她生怕赶生又说一句：那怎么行。但是沉鱼没有捂住赶生的嘴巴。

因为，这回赶生说的是：那就行。

三叔那些事

多年以前的一个凌晨,父亲打来电话,说三叔走了。

我听了电话,心里没有一丝悲戚,也没有某种失落,好像一个完全不相干的人从这个世界消失一样。

父亲在电话里催得很紧,让我们尽快回家。

我看看时间,都快一点半了。我问:"是现在吗?"

父亲说:"就是现在。立即,马上,火速。"

我问:"哪里去找车?"

父亲说:"打出租。"说完便撂下了电话。

放下手机,我怔怔地说不出话来。三叔这个人,怎么说呢?一向,他是很多人眼里的英雄,可是也有人叫他流氓,说他生活作风有问题,道德败坏。总之,三两句话说不完。我和他谈不上有很深的感情,在我没有外出打工之前,为了他那个商店的事情,我和他还吵过一架,还差点动了手。那时他已经快五十岁了，而我还正年轻，我相信他不是我的对手。尽管他是英雄，但英雄迟暮。坦率地说，三叔是我非常敬重的一个人，他独身一人，却养了一大群鸡，一大群鸭，又喂了四头肥猪，他既要张罗他的商店，还要给一个面厂销售挂面，又要种地里的庄稼。他的每一天都是在忙碌中度过的。有时候到了深夜，我还能听见他在唱歌。那些年，我好像从来就没有感觉到他有什么忧愁。即使是他最喜欢的手表，被和他睡觉的女人顺手拿走，他也没有计较，他只是沉默着，任由那女人戴在手上炫耀。他生性豪爽耿直，为朋友不惜两肋插刀，就算东窗事发也不会逃之夭夭。他喜欢喝酒，经常喝得酩酊大醉，倒在路边一直睡到月上树梢，才跌跌撞撞地回家。他的一生经历了无数的女人，却没有一个和他血肉相连，息息相关，也没有一个女人真正属于他自己。

时值寒冬，我和爱人站在大街上等车。爱人浑身直哆嗦，也不知道是因为太冷，还是因为害怕。昏黄的灯光下，我们嘴里哈着气，等着出租车载上我们赶回老家，赶回遥远的乡村，去送三叔在人世间的最后一程。

我的三叔名叫刘志荣，是个了不起的人物。人们不叫他刘志荣，叫他大刘。大刘长大刘短的，后来干脆叫成了大牛。全村的男女老少都这么叫。在家里，爷爷、大伯和父亲也这么叫他。

三叔在全村人的记忆里是以英雄的身份出现的。

在没有成为英雄之前，三叔就是一个不学无术的小混混，好吃懒做，经常和爷爷唱对台戏，爷爷叫他往东，他偏要往西，爷爷要他向上，他偏要往下。一个钉子一个眼，气得爷爷开口闭口都是对他的臭骂。三叔和大队那帮知青打得火热，经常出去偷人家的鸡、鸭、鹅来改善生活。

有时候甚至连狗、猫也偷。

三叔能当英雄，完全是一个偶然。

那天三叔和几个知青偷吃了人家的一条狗，回家的时候已经是后半夜了。那是一个月圆之夜，月光在四周铺了白茫茫的一片，雾气已经开始四散流淌，草丛里的虫儿也叫累了，打着哈欠进入了梦乡，远处偶尔传来一两声狗叫。三叔摸了一下肚子，心里想，叫吧，下一个就是你。然后，三叔打着饱嗝，用指尖在黑暗中剔着牙缝里的狗肉，心满意足地往家里走。他一边走，一边还冥思苦想，如何在爷爷开门的时候编造一个谎言来瞒天过海，逃过爷爷的责骂。经过一片树林的时候，三叔听见了砍树的声音。他悄悄地走过去，发现一个人正紧张地挥动着柴刀砍着一棵柏树，飞舞的木屑落在脚下的草丛里。地上，还静静地倒着几根未除去枝丫的树木。

那一年，三叔二十一岁。

那一年，偷树的秦德才遇到了偷吃狗肉后回家的三叔。虽然都是偷，但是性质不一样，这就注定该秦德才倒霉。三叔年轻气盛，又刚刚补充了粮草，正义的力量遍布全身。他跳出来大吼一声，就和秦德才扭打到了一起。秦德才不是三叔的对手。慌乱中，秦德才的柴刀把三叔的屁股划了一个口子，鲜血直流，三叔的裤子片刻就湿透了。可是，三叔并没有退缩，他像一头受伤的雄狮，疼痛激发了他的斗志和豪情。三叔咬着牙夺下了秦德才的柴刀，把他摁到一个水沟里让他成了落水狗。

三叔从小的理想是当兵。他喜欢唱"再见吧妈妈，再见吧妈妈，军号已吹响，钢枪已擦亮……"常常唱得如痴如醉。他最佩服的英雄就是王成，想象着自己有一天也做一个像王成那样的英雄。有时候三叔做梦都在叫"向我开炮,向我开炮",悲壮而豪迈。可是,三叔的愿望没能够实现。那年大队的新兵名额被精明的大伯抢走了。大伯戴着大红花,昂起头,脸上的笑容比地里的豌豆花还要鲜艳。他胸挺得老高,从三叔身边走过去的时候,明显地带着一股得意。三叔的眼泪再也控制不住,稀里哗啦地流了出来,砸到脚上,打湿了三叔的布鞋。大伯当兵的地方是西藏,他每次在信里都说西藏的山有多么多么高,天空有多么多么蓝,白云有多么多么白,就像地上的羊群,从身边一直铺向远方,眼睛看痛了都看不到边。看着大伯的信,三叔越发懊恼。他发誓说:"这辈子当不了兵,但一定要摸一摸枪。"

现在,三叔终于摸到枪了。

在批斗秦德才的大会上,三叔英姿勃发,风光无限。他的肩上挎着一支步枪。整个大会,只有三叔一个人肩上挎着枪。那支步枪很长,三叔挎着的时候,枪托差点挨到地上。枪的上面还有刺刀。那一天阳光夺目,枪上的刺刀在夺目的阳光下闪着耀眼的光芒。在铺天盖地的口号声中,三叔手里的绳子像蛇一样敏捷地游动着,不一会儿便把秦德才五花大绑起来了。秦德才的头始终低着,头发很长,我看不到他的脸,我只是看见绳子深深地勒进了他手臂的肌肉里。这个样子给我留下了很深的印象,以至于在以后的好多年里,强盗、小偷在我的印象里就是那副长头发、深深地低着头的样子。

秦德才因为偷集体的树木,被判了三年有期徒刑。三叔从此风光起来,比大伯当兵戴大红花的时候还要神气。

每次三叔从外面回来,爷爷都会指着三叔破口大骂一通,把满腔的怒气和一身的酒气撒到三叔身上。但是,三叔在人们的眼里却是英雄,因为他抓住过坏人,还因为他挎过枪。所以全村唯一的商店毫无争议地落到了三叔的手里。大队书记说,一个可以用鲜血和生命保护集体财产的人,他一样可以用鲜血和生命来保护集体的商店。于是,以大队长女儿为首的一帮姑娘不得不打消了念头,只得老老实实下地干活儿。

这是个美差。

首先是轻松,不用下地,不用肩挑背磨,不用日晒雨淋,整天只管坐在商店里,卖多卖少不用管,能不能赚到钱,也可以忽略不计,报酬更是令人垂涎三尺,每天记五个工分,每月补助四元。这个美差像绳子一样拴住了三叔,让他每天都老老实实待在商店里。

三叔的好日子就是从这个时候开始的。

那段时间城里流行一种裤子,叫喇叭裤。按当时人们的说法,穿喇叭裤的人都是流氓。然而三叔却是全大队第一个穿喇叭裤的人,裤脚罩下来,几乎罩住了鞋,走起路来一扫一扫的,扫得地面上尘土飞扬。那个喇叭裤还是花格子,每个格子一种颜色,赤橙黄绿青蓝紫,这在那个时候简直是惊世骇俗。花衣花裤是女人的专利,对于男人来说,那就是异类。人们能够接受三叔是异类,却不容忍别人这么穿。三叔是英雄,为集体流过血,敢于流血的英雄都是与众不同的。于是经常有人看见三叔穿着花花绿绿的裤子和衣服站在商店门口东张西望。后来,三叔告诉我,他是在望秦多多。全大队,三叔还是第一个戴手表的人。这比让所有的人看到他穿花花绿绿的喇叭裤更感到惊讶。那块手表很精致,在手腕上很扎眼,仿佛那只手也显得珍贵起来。我至今记得,那是一块山城牌手表。我常常摘下他的手表,放在耳边听秒针转动时滴答滴答的声音,悦耳极了。他生怕我不小心掉在地上摔坏了,把手表递到我手上的时候,还把我的手连同手表紧紧地握一下，说："拿稳。"我说"拿稳了"。他说："你猜，这手表，多少钱？"

我不知道一块手表到底值多少钱，手表和钱的概念在我的脑海里是模糊的。那时在我的眼里，十元钱就是天文数字了。为了不使三叔失望，我还是尽量往天文数字上靠。

我说："九元吧？"

我的口气一半是猜测，又带了一半的肯定。

三叔哈哈哈地笑，拍了一下我的肩膀。

"少了。"他轻描淡写地说，然后，他走了。两只裤脚在地上扫起一片灰尘。

后来我在父亲那里打听到，三叔那块手表价值六十多元。我感觉到父亲的语气里充满了羡慕。

但我更多的却是不解。不就是时间嘛，早上太阳把大树拉得长长的，中午太阳把大树揉成一团，像揉面团，晚上太阳又把大树拉得长长的，太阳和大树就是时间啊，何苦花六十多元来把时间看得那么清楚呢。

爷爷似乎总是对三叔有成见，见到三叔就会没来由地发火。在爷爷眼中，一个老共产党员的儿子不应该是这个样子的。爷爷的火气很旺，他直拍桌子，眼睛里好像要喷出火来，胡子一根一根地颤抖着。"大牛！刘志荣！再过十年，再过十年我要是不死……再过十年……"

三叔在旁边的时候，爷爷的话都是留着不会说完，等三叔离开后，他才咬着牙把后面的半句话狠狠地吐出来："再过十年，我要是不死，就能看到你还有没有今天风光！"

事实上十年之后三叔依然很风光，而且把生命活出了奇迹般的辉煌。

爷爷没有看到三叔的衰败和落魄，就无奈地去世了，咽气的时候还没有忘记直起身子说最后一句话。

"算你龟儿狠……"

三叔在我眼里是不可思议的，他把自己的房间布置得如天堂般华丽无比。尽管这个房间外表斑驳，甚至刮风时还能从墙缝里透进来丝丝凉意，根本无法和现在的小洋楼同日而语。但是，屋里面的摆设却令人惊讶，令人羡慕，令人流连忘返。我终于知道秦多多为什么走进三叔那间屋子就不肯离开了，那间屋子有魔力呢。有一次，我听见他们在屋里说话，我一头冲进去，发现他们抱在一起，鼻子对鼻子，眼睛对眼睛。原来男人和女人还可以这么抱在一起啊。我说："三叔你抱秦多多啊。"秦多多说："不许乱说。"我说："就是抱了嘛。"三叔说："抱了我也不怕。"我说："我也要抱秦多多。"三叔就笑，说："你抱不动。"秦多多推开三叔，说："让他来抱。"我屁颠屁颠凑过去，秦多多的脸微微有些发红。她俯下身来，我的嘴刚刚凑到她雪白的脖子上，便闻到一股好闻的香味儿。我说："秦多多你好香啊。"这句话让秦多多中途变了卦，她踹了我一脚，愠怒地说："小流氓，滚远点！"

我落荒而逃，边逃边喊："秦多多好香，秦多多好香。"秦多多追出来："小流氓！再叫我撕烂你的嘴！"我生怕她追上来撕烂我的嘴，跑得更快，却不想一头撞在另一个人的怀里。抬头一看，是秦德才，更加惊恐："强……强盗。"我吓得哇的一声大哭起来，哆哆嗦嗦地站在那里，怎么也迈不开腿。

秦多多一看秦德才来了，怯怯地叫了一声，"爸。"

秦德才说："还不滚回去。"

秦多多还想说什么,秦德才又说了一个字:"滚!"他拉着秦多多就走,边走边对三叔说:"男人都死完了,我也不会把多多嫁给你。"三叔靠在那漂亮的写字台边,看着秦德才拉着秦多多急匆匆地走了。微风吹过来,送来秦德才对秦多多的几句怒骂。

全家唯一的一张写字台是属于三叔的,他在上面铺了漂亮的桌布。这在当时的农村来说是想也不敢想的事情,就是放在今天,一个相当富有的农村家庭也未必在写字台上铺桌布,不是铺不起,而是没那个心思,没那么讲究……高柜和写字台都用红漆刷过,闪着光,能照出人影来。写字台上有花瓶,花瓶里插着相当逼真的塑料花,用很透明的薄膜罩着,旁边还有精致的瓷器:奔马、观音菩萨……其中有一尊笑容可掬的弥勒佛尤其令我着迷,我时常把它抱在怀里玩耍。我觉得他的笑容就像三叔的日子那样灿烂。

我不知道三叔哪里来那么多的钱。

多年以后的今天,我用当时的收入情况给三叔算过一笔账。三叔每天五个工分,按当时每个工分七分钱计算,一天才三毛五分钱,一个月也就是十元零五毛,加上三叔每月四元的补助,一个月还不足十五元。三叔家里的那些东西,尤其那块价值六十多元的手表,用今天的话来说,属于巨额财产来历不明。三叔这么有钱,我估计他是在代销店的进货渠道上做了手脚。当时供销社所有的商品价格都是严格控制的,不能随意抬高价格。但他在卖货的时候特别讲究方法。比如有一种叫"经济烟"的香烟,供销社规定,一盒烟卖九分钱,但三叔把它拆散,卖一分钱一支,一盒烟二十支,就可以卖两毛钱,净赚一毛二。三叔把在代销店赚钱的事情做得天衣无缝,不能不说他了不起。

我发现三叔很少洗衣服，后来才明白，原来是有人偷偷帮他洗。来的次数最多的当然要算秦多多，也有其他的年轻女孩。其中还有一个长得特别漂亮的女知青。我一直认为秦多多只是身材好，如果要说漂亮，还得是那个女知青。我不知道那些女孩子为什么要来给三叔洗衣服，还去三叔屋里做清洁。她们把那些塑料花清洗得干干净净，看上去跟真的花一样。她们还把那些陶瓷观音、陶瓷弥勒、陶瓷奔马用湿布抹得一尘不染。她们有时候还争着抢着给三叔洗衣服，到三叔屋里做清洁。看她们的样子，一个个都迫不及待，巴不得三叔今天换了衣服明天又接着换衣服。甚至连结了婚的女人也喜欢站在那里和三叔说一阵子话。她们朱唇轻启，声音婉转，身材更是令人着迷；一个个显山露水，走起路来花摇柳颤。三叔一律来者不拒，不动声色，不表明态度。一时间，女孩子们个个都感觉有希望，可谁又都没有把握，想丢，丢不下，放手又舍不得。三叔脚踩几只船，就在一众女子中穿行自如，迎俏接丽，春风满面。

　　有人找到三叔，说："大牛，给你介绍个对象，要不要？"三叔说："要。"如此这般一说，就谈到了怎么见面的问题。如果是冬天，三叔就穿着红色的秋裤，踩着一双拖鞋去见女孩子，要是遇到夏天，三叔就穿一条短裤，依然踩着一双拖鞋。不管是女孩子，还是女孩子的父母，都被三叔的打扮惊得目瞪口呆。接着奇怪的现象出现了：所有女孩子的父母都不愿意自己的女儿和三叔交往，而所有的女孩子都争着要和三叔一起去看电影，给三叔洗衣服。

　　秦多多长得不算漂亮，可是，脸上的鼻子和眼睛摆放得很匀称，就像她父母商量好了似的，鼻子摆放得好，眼睛再拿去嵌上，就很好看。这也就罢了，偏偏这姑娘嘴儿甜，见着谁都爱打招呼，口一开，笑容也挂在脸上。经她的嘴说出的话，温柔得很，听着特别舒心。总能惹得周围的人一个劲儿地夸奖，说三叔好福气，说秦多多好福气。唯一不足的是，秦多多的嘴巴有些大。这也许是她喜欢叫人的原因。三叔好像不在乎，和秦多多的关系越走越近，有点如胶似漆的意思。

然而三叔和秦多多最终没有走到一起。

事情还得从三叔的干妈说起。

三叔的干妈是我们大队的大队长夫人。虽然没有一官半职，但是那气势跟大队长差不多，精明强悍，一副舍我其谁的样子。干妈对三叔说："大牛你怎么就看上秦多多了呢？你也不想想，她配得上你吗？你看她那张嘴，能把一个人吞到肚子里。女人家，嘴大吃四方，你是养不起的。"

真是十个说客不敌一个夺客。就这一竹竿，把一艘即将驶入港湾的航船撑得老远。一段即将圆满的姻缘，就这样惨遭扼杀，无疾而终。三叔信了干妈的话，和秦多多断绝了关系。后来我还看见秦多多来过几次，她不声不响地洗衣服，不声不响地做屋里的清洁，还主动约三叔一起去看电影。但三叔总是对她不冷不热，有时半天也不吱声。那以后，我再也没有看见过三叔和秦多多抱在一起，鼻子对鼻子，眼睛对眼睛，叽叽咕咕地说话了。

三叔是鼓起极大的勇气才提出分手的。秦多多眼睛里露出的笑容渐渐地凝固了，变成了一种平静残留在她的脸上。她听着三叔的话，沉默着。沉默像冬夜的寒风撕裂着三叔的心。三叔的话还没有说完，额头已经渗出了一层细汗。他感觉和秦多多说这样的话很吃力，很艰难，比他做英雄还要艰难千倍万倍。秦多多没有哭。她始终弄不明白，前天好好的，昨天好好的，很久以前都是好好的，一直这么好过来，为什么今天说分手就分手了。她转身,慢慢地离开。三叔看着秦多多的背影,站了一会儿,也转身走了。突然,秦多多站住,回头。

"大牛。"

三叔站住。

他不敢回头望秦多多。

秦多多跺了一下脚,说:"你混蛋。"

地抖了一下,三叔的心也跟着抖了一下。

三叔果断地和秦多多断了来往,还有一个原因,那就是三叔对三妹有点意思。三妹是三叔干妈的三女儿。干妈想生儿子,却一口气生出四个女儿,为此还差点让三叔的干爹丢了乌纱帽。这四个女儿生得一个比一个水灵。在这四个女孩子中,三叔对三妹有所心动。三妹是高中毕业生,听说大队长正托关系想把她招进县种子公司上班,以后就有可能是国家干部。干妈对这个女儿也是宠爱有加,从小哄着捧着,受不得半点委屈。别的女孩子都有事无事往三叔的身边凑,唯独这个三妹,小公主一样盛气凌人,从来不拿正眼瞧一下三叔。这让三叔多少缺了一点自信。三叔不止一次梦到三妹。梦到她面带微笑,沐浴在清晨的阳光里,踏着挂满露水的青草向自己飞奔而来。梦到三妹和自己手拉着手,行走在县城宽阔的大街上。三妹越是这样不理三叔,三叔对三妹就越发想入非非。不说得到,就是听到三妹的消息,也让三叔感到妙不可言。可是,从梦里醒过来,三叔满脑子都是秦多多长长的辫子,乌黑的大眼睛,还有那张大得有点离谱的嘴。

干妈这么冲出来,明确要求三叔断绝和秦多多的关系,让三叔感觉干妈似乎在暗示什么。后来,干妈的四个女儿陆续出嫁了。三妹是最后出嫁的,她嫁给了县种子公司的一个经理。三叔这才明白,干妈的话里并没有什么弦外之音,更没有什么暗示,是三叔自己想多了。

令三叔失落的是,在最后一次和三叔见面后,秦多多依照父母之命媒妁之言,带着绝望,草草地把自己嫁了出去。

那以后的很多个夜晚,三叔从商店回到家里,张罗他那几头肥猪的时候,我都听见三叔在唱歌:"妹妹找哥泪花流,不见哥哥心忧愁,心忧愁,望穿双眼盼亲人,花开花落几春秋……"尽管有鸭子拖长声音嘎嘎地叫,有鸡咯咯地往圈里拥挤,有猪嗷嗷地打闹,但一切都是忙而不乱,有条不紊。有时哪怕灯火通明,我依然能感觉出一种透彻骨髓的冷清。而三叔唱歌的声音嘶哑,时断时续,总带着一种凄凄惨惨戚戚的情绪。

英雄三叔的光辉岁月到这里似乎该结束了。可是事情往往没有那么简单。秦多多带着绝望,心不甘情不愿地把自己嫁出去了。秦德才心里憋屈,他认为三叔不仅让他蹲了三年监狱,还玩弄了秦多多。不以婚姻为目的的恋爱都是耍流氓。他刘志荣就是一个流氓。秦德才经常在别人面前,满含愤怒地控诉我们一家人,说我爷爷是老流氓,三叔是大流氓,我们是小流氓。

秦多多的父亲秦德才,外号"一根筋"。此人仗着读了几本古书,喜欢谈天说地,更喜欢和人家争长论短。什么事情都认死理,弯道理他都要脸红脖子粗地讲直,不撞南墙不回头,撞到了南墙也不回头。他坚持要为自己出气,为女儿秦多多出气。这事要是换了别人,兴许这一辈子就认了,不去指望了。可是"一根筋"秦德才不。他读过古书,他讲究策略。虽然他成天唯唯诺诺,可那是蓄势待发。"不就是砍两根树嘛,你大牛成就一世英名，我那三年监狱岂可以白蹲？多多还是个黄花闺女呢，岂能让你大牛说玩儿就玩儿，说丢就丢？"

一根筋报复三叔的方法真是出人意料。他居然也开了一个商店。开张那天，他噼里啪啦放了几挂鞭炮，还在店门口摆了几篮鲜花，同时邀请几个亲戚到店里为生意开张庆祝。最妙的是，一根筋的商店就在三叔商店的隔壁。这可真是个为秦多多出气的好办法。三叔商店的生意顿时就垮了一大半。想来，也在情理之中。读书人，读过古书的人，怎能让满脑子的古书白读？

那个时候供销社已是一派日落西山的景象，大队也不叫大队了，改成了行政村。原来供销社在村里的代销店经过一番运作后，变成了三叔的私人商店。仿佛一夜之间，村里冒出了好多家商店，一家比一家气派，货物一家比一家齐全，家底一个比一个殷实。

眼瞅着生意支撑不下去了，三叔拓展了业务范围。他首先帮一家挂面厂销售挂面，然后自己又在家里喂了四头猪，喂了一大群鸡，他没有荒废掉划分给自己的地，春播秋收的时候，总能看见他在自己的地里挥汗如雨地劳作。这期间，三叔传出了一些绯闻，说他睡了村里某某女人，连手表都丢了。这事我想应该是真的，我就看见过一个女人从他屋里走出来，正扣着衣服上的最后一颗纽扣，然后用手整理着有些凌乱的头发，匆匆而去。至于三叔那块精致的手表，我有好久都没见了，已经忘记了秒针走动时悦耳动听的声音了。

再说三叔的生意。

清淡得简直如同一杯白开水。三叔思前想后，觉得还是应该在商店上做文章，以此来改变自己的一切。一个晚上他提了两瓶啤酒，揣了两包好烟,来到隔壁一根筋的商店里。灯光有些昏暗,微微闪烁,仿佛一不留意嗔的一声就会灭掉。一只蝙蝠闯进来,绕着屋子飞了几圈儿,张着丑陋的脸,好像是来看他们的笑话,然后又不知在屋里什么地方转了一圈儿,向门口飞去,一头撞进黑暗里,再也没有飞回来。三叔赔着笑脸,大伯长大伯短的叫着。三叔和秦多多呆了一段时间,别的没有学到,倒是学会了怎么和人打招呼。以前是很难看到他如此卑微地在一个人面前低声下气的。他把一根筋拉到桌子上,撕开一包花生,再递上一支烟。一根筋也不客气,接过来点燃,狠狠吸了几口,然后将烟雾吐出来,再咂咂嘴,仿佛在辨别香烟是不是假冒伪劣产品。两个人都不说话,各自狠狠吸着烟。烟雾在屋里盘旋缭绕,有点像一根筋脸上的皱纹。

三叔终于吐出了一句话:"生意要做死的。"

一根筋说:"我不怕。"

谈判破裂了,关系逐渐紧张起来。

他们开始还一起去镇上提货,一路上彼此之间装腔作势,偶尔还敷衍两句客套话,谈得最多的还是生意难做,钱难挣。后来,话里话外,总归少不了冷嘲热讽阴阳怪气。一根筋说三叔存心和他过不去,让他蹲了大牢不说,还要来玩弄秦多多。三叔也说一根筋下手狠,就那么一刀子,屁股上就多了一条口子,再也合不拢了。最后见面,就横眉冷对,到镇上提货也各走各的了。

一屋两头住,生意各做各。你走你的阳关道,我过我的独木桥。

这其间秦多多回过一次娘家。说来也奇怪,自从秦多多负气远嫁后,村里的姑娘好像约好一样,集体在三叔面前消失了。三叔的衣服没有人来抢着洗了,屋里的清洁也没有人来做了。三叔一会儿在家里喂猪,一会儿到地里抢收，一会儿去挂面厂进货，他的商店也是三天打鱼两天晒网地经营，有时候半天也不见开门。家里的墙角总是堆满了来不及洗的衣服，桌子上不知什么时候已经垫上了一层薄薄的尘土。让三叔最不能接受的是，他猛然间发现自己已经不是二十一岁时的英雄了，他走过了自己的而立之年，不知不觉已经到不惑了。他的锦绣年华，被岁月这把剪刀一点一点、一段一段地剪去了，剪得只剩下一张清瘦的脸，一把枯燥的长发，一双失神的眼睛，一个干瘪的身影了。除了那个差不多只剩下空壳的商店，几头还未长肥的猪，一群满院子扑腾的鸡，一片长势不怎么良好的庄稼之外，三叔什么也没有。尤其是没有女人。在漫长的寒夜，三叔感到了孤独和冷清，一盏灯在他的头顶发着昏黄的光，几只飞蛾围着光不停地飞舞，岁月就这么静静地流过去，再也没有流回来。

秦多多还是和多年前一样，偷偷来到了三叔的家里。她洗完了三叔堆在墙角的脏衣服，又做了屋里的清洁。这间屋里的一切还是和多年前一样，连气息都没有改变。只是少了众多女孩子的身影，多了一些沉淀的灰尘，少了一些喧嚣，多了一些孤独。秦多多的婚姻并不像人们想象的那么美满。她的男人是个酒鬼，整天在外面喝酒，喝完酒就回家发牢骚，然后就骂孩子，打女人。没有酒钱了，他甚至想把秦多多拿去换酒喝。一根筋秦德才说："这是命，一个女人的命，老天早就安排好了的，没有办法。"但不管怎么说，秦多多总算是有一个家，这就是把日子过下去的理由。犹豫再三，秦多多还是走进了三叔的小屋。她曾下定决心，以后再也不走进这间屋子的。这里留下了秦多多太多的记忆，一生难忘。秦多多不紧不慢，把一切收拾得井井有条，打扫得窗明几净，就像在自己的家里一样。

三叔回来了,拖着一身的疲惫。短暂的惊讶后,他张开双臂抱住了秦多多,但是被秦多多轻轻地推开了。虽然无力,但很坚决。

三叔说:"我错了。"这是三叔一生中唯一一次认错。秦多多说:"不怪你,是我没那福气。"远去的秦多多又一次转过身来,就像多年前回头那样。她对三叔说:"你混蛋。"不同的是,这一次秦多多掉泪了。

三叔看到了秦多多有些佝偻的背影。她的头发也没有从前那般柔软光鲜,几缕银丝在有些凌乱的黑发中很打眼。三叔明白,秦多多已不是当年的秦多多了。

有一段时间,一根筋把价格杀得有些厉害。三叔都快支撑不下去了。他狠狠抽完一包烟,坐在店里叹了半天长气。最后一狠心,也把降价的牌子挂了出去。

两个商店一墙之隔,对方进了什么货,什么货脱销,什么货卖得翘,双方都一清二楚,了若指掌。冬季雨水多,三叔看准时机进了一批斗笠和蓑衣。村里的商店从来没有卖过这些东西,尽管价格叫得很响,但买的人很多。一根筋一看能赚钱,也跟着进了一批来降价销售,价格马上就回落下来了。一根筋托熟人进了一批农药,三叔也不示弱,马上通过供销社的老关系进来一批农药。再后来,三叔和一根筋进了很多货,可是买的人却不多了。人们都在观望着,等着三叔和一根筋竞争,把价格降下来……不知不觉,双方都在商品的种类上暗暗较着劲儿。

好戏一般都是在晚上上演。

已经夜深人静了,可是三叔和一根筋谁也不愿意先关门,都怕把最后一个顾客让给了对方。毕竟是年纪大了,精力有限,又是在冬天,一根筋坚持到十一点已经有些昏沉,但他还是舍不得关门,就摇晃着站在门边向三叔这边张望。三叔也一个劲地打哈欠，不时偷偷往一根筋那边看看，脚边全是烟头。

三叔有时候会捉弄一下一根筋。他大大方方地把门关上，听到一根筋那边急匆匆地关上门后，又故意把门弄得吱地一声。一根筋以为三叔在开门，急忙去开门，伸出头去，迷迷糊糊往黑夜里张望了一阵，寒风嘶的一下，就灌进领子里去了，像一根根针，一直钻到骨头里。他两排牙齿咯地一声，相互咬了一下，才顶住了那刺骨的冷。几次以后，一根筋也明白三叔在戏耍自己，自己上当了。他气得站在门边指桑骂槐地骂了一通，才哆嗦着关好门去睡觉，一直到深夜还瞪着明亮的眼睛盯住屋顶睡不着。你打我一拳，我还你一脚，一根筋也依葫芦画瓢，三叔聪明，从不上当。

为了活跃商店的气氛，增加人气，三叔首先在自己的店里摆了麻将桌子，喜欢打牌的年轻人都拥到了三叔店里，玩牌、喝酒、吹牛，每天都塞了满满一屋子的人。人都有个习惯，哪里人多往哪里扎堆。这样一来，三叔的店里一片热火朝天的景象。再看一根筋这边，冷冷清清的没几个人。不时有几只麻雀掠过旁边的水塘，掠过水塘中的青山白云，停在一根筋店门口的香樟树上，歪着脑袋，好奇地看着摇头晃脑打瞌睡的一根筋，看着他长长的口水从嘴角流出来，在泛白的阳光下，亮晶晶的，怎么也不肯掉到地上。

夏天的时候，常常来了几片乌云，狂风卷起被人坐皱的废报纸漫天飞舞，悠悠扬扬地落到地上，又飞起来，然后几个空翻，雷就跟着来了。麻雀们再也没有兴致看一根筋打瞌睡，展开翅膀远远地飞开，叽地一下，声音未落，早已没有了踪影。雷一个接一个，仿佛就在头顶炸开。一根筋被这雷炸醒了,他收起亮晶晶的口水,把店里堆的废旧物品一股脑儿搬开,腾出一片空隙,也摆上了几张麻将桌子。两家商店就这么针尖对麦芒地耗上了。

到了腊月尾声,正是生意兴隆的时候。镇上派出所的人围住了两个商店,亮出了手铐,带走了三叔和一根筋。

三叔和一根筋是春节过后才回来的。回家后,一根筋的商店就关门了,再也没有开过。

三叔呢,继续开他的商店。他养的鸡和鸭,他养的肥猪都很值钱。他把那些钱都投到了商店里。而商店,又是他用来取悦女人的筹码。三叔继续喂鸡喂鸭喂猪挣钱,继续把钱投到商店里,继续用商店来取悦女人。到后来,成了恶性循环。他变得又黑又瘦,整天咳嗽不止,性情也变得喜怒无常。直到有一天他被查出患有肺结核,才恋恋不舍地把商店盘给了我父亲。在签合同的时候,三叔抓着笔,久久不落到纸上。我看见他的手只剩下了一层皮,皮下的骨头仿佛正鼓足了力气,一不小心就会冲破皮肤裸露出来。三叔说:"我的病好了,就把商店还给我。一定要还给我。"

父亲说:"一定还给你。"

事实上,三叔的病从那时起,就再也没有好过。直到他去世前一个月,商店都是我父亲在经营。但是商店已经不在村里了,搬到了镇上。我家在镇上买了一个门面,扩大了规模,品种也更加齐全了。生意呢,不是期待中的那样兴隆,也不是担忧的那样清淡。不咸不淡,时好时坏,吃不饱,也饿不死。没有地种了,有事情做比没事情做好,就当是种地吧。父亲不止一次这样说。父亲还说,是三叔这个商店捆住了他的手脚,要不是这个商店,他早就出门打工挣钱了,日子肯定比现在要过得好。

真的是这样吗?

我说不清楚,相信父亲也说不清楚,三叔也说不清楚。

世事难料。

村里开发了。

开发商给每个村民赔付了一大笔钱。从前村里的一些老光棍都相继娶到了媳妇。也有人开始给三叔张罗娶媳妇的事情了。那一大笔钱,三叔是一辈子也用不完的,得找一个人来和他一起用。可是,三叔不愿意。他担心自己的钱会白白地给人家用了。

秦多多也带着两个孩子住回了娘家。她的男人喝醉了酒,在回家的路上掉到水田里淹死了。一根筋秦德才患了食道癌,动了手术,回到家里。也许三年,也许五年,也许更长的时间,总之,他在等奇迹。

三叔的身体越来越差,走路摇摇晃晃的,说话嘴唇直哆嗦。他想晒太阳,从家门口走到院子里,都要喘好一阵子气。可是,三叔是个争强好胜的人,从来不服输。他咬着牙走到院子里的时候,脸色已经显得很苍白。有人和他开玩笑,大牛,一大笔钱哟,看你那样子,怕是用不完了。三叔就说,就怕不够我用啊。然而语气里却透出一种苦涩来。想必三叔也意识到钱"用不完",而不是担心"不够用"了。

所有的人都搬出了村子,住到了镇上。三叔没有买房子,他只是在镇上租了一间不起眼的房子。凑巧的是,一根筋租的房子和三叔租的房子相隔很近。他俩成了邻居。有一天,三叔挣扎着出门晒太阳,没有站稳,摔倒在院子里。恰好秦多多在洗衣服,跑过去扶他。三叔把脸别到一边,将手从秦多多手里抽出来。太阳也不晒了,独自回到了自己的屋里。另一个邻居想撮合三叔和秦多多。让三叔冷冷地轰出了门。三叔说："我的钱，不给女人用。"

不知不觉就到了冬天，说不出的寒冷。有一天，三叔的邻居告诉大伯："三叔好几天都没有出门了，你们也不去看看？"大伯叫起父亲，一起来到三叔的出租屋里。

三叔用厚厚的被子把自己裹得严严实实，床边有一个火盆，里面早已经没有了火星，透出一股凉气。旁边的凳子上泡了一杯茶，看样子也已凉了很久，就像他的人一样，静静地呆着，一动不动。三叔已经不能说话了，两眼瞪得大大的，目光空洞。在医院里，医生告诉大伯和父亲，三叔是全身器官功能性衰竭，没救了。

一根筋秦德才听说三叔死了，在院子里大骂三叔，说三叔是个没用的东西，还不如他一个癌症病人。骂着骂着，秦德才掉泪了。秦德才说："谁要你的臭钱？谁要你的臭钱？"秦德才一把鼻涕一把泪。"多多，多多，你咋办哟？"

后来我才知道，三叔留下了给自己办葬礼的钱，剩下的钱全给了秦多多。父亲把我急匆匆地叫回来，大伯也匆忙叫回了他的孩子。他们本来以为可以分到三叔一笔钱的，想不到三叔却给了秦多多。尽管三叔已经死了，但是父亲和大伯把三叔抱怨了好久。

冬日的荒野中多了一个新坟。一年后，新坟变成了旧坟，上面野草疯长，仿佛已经过去了好多年。周围开了不少的野花，红的红，黄的黄，紫的紫。它们静静地开放，静静地凋谢。虽然没有什么香味儿，倒也好看。

船过码头

船从朝天门码头出来，顺流而下，停靠的第一个码头照例是唐家沱。从唐家沱码头开出来后，船上的工作人员照例开始检票，在岸上没有来得及买票的乘客，这个时候就得补票了。

卖票的是一个女孩子，二十三四岁的样子，挺清秀的。

当她渐渐走进鲁一周的视线，鲁一周惊讶地发现她跟自己的女儿鲁小燕长得有些像。他冲女孩子笑一笑，点了点头，完全是一种习惯性的表情。几十年来，这个表情在他和女儿鲁小燕之间不知复制了多少遍。他和女儿之间没有太多的语言，冲鲁小燕笑了笑，再点点头，这既传达了作为父亲的威严，也显示出了一个父亲的关怀，这差不多就是他们父女之间的全部。尤其是鲁小燕嫁给城里的老女婿后，鲁一周和女儿之间的对话就更少了，一般情况下都是他瞪大眼睛，横眉冷对。而女儿鲁小燕呢，仗着有妈妈撑腰，总是你说一句，她还三句，左说左对，右说右对，兵来将挡，水来土掩，有恃无恐。

鲁小燕早年就进城打工了。她讨厌农村的生活，更讨厌种地，发誓说哪怕嫁个老头儿，也不会再回到农村去。后来鲁小燕如愿脱离了农村的生活，嫁了一个比她大十多岁的老男人。为此鲁一周把女儿臭骂了一顿，说好的不找，找个半截身子都入土的人，脑子有病。女儿鲁小燕毫不客气地回敬他说："总比你好，你都是土埋到颈子的人了，还说人家。"一句话呛得鲁一周后面的话全吞回了肚子。在鲁小燕绝不种地，绝不喂猪，绝不住农村的房屋，绝不在农村找男人，绝不跟父母住在一起的宣言下，鲁一周所有的金玉良言根本就没有机会说出口，最后只浓缩成了两个字："你滚！"鲁小燕就在她妈妈的哭喊声中"滚"了。当鲁小燕"滚"出去再"滚"回来的时候，已经为人妇，为人母了。生米煮成熟饭。鲁一周彻底崩溃，只能接受现实。

鲁小燕刚结婚那阵，鲁一周心里缓不过劲儿，说什么也不去女儿家。老伴儿的心软一些，先去了女儿家。回来后就给他说城里如何如何，说得鲁一周有点动心，暗想，真该去城里看看。可是，鲁一周是个要面子的人，心里想去，神情上还是显得满不在乎。最后还是老伴儿把他往门外推，外孙子把他往家里拽，好歹把他忽悠到了女儿鲁小燕家。

城里果然好。楼房高，一栋栋直往云层里窜。鲁一周抬起头看楼房，把头都抬痛了。城里汽车也多，一辆辆左右穿梭，把鲁一周的眼都看花了。不光是这样，城里道路也宽，电灯更亮，路边的杆子上一晚都亮着灯，明晃晃的，不像农村，天一黑就像泼了墨，走一路黑一路。鲁一周心里的那口气也就缓过来了，感觉也不错。鲁小燕的家居住环境好，家庭条件嘛，也还说得过去，比上不足比下有余吧。虽说女婿年纪大了点儿，但只要女儿能够幸福，也没有什么不可以。心里想开了，鲁一周也不再给他们脸色看了。脸上多了一分热情，多了几分笑容。

两天过后，鲁一周就坐不住了。

女儿住在三十层。在楼下，鲁一周抬头一望，就有些头晕，走进电梯，也是头晕，走出电梯，还是头晕，在阳台上往下一看，更是头晕。一个人没事就到马路对面的公园去坐一坐，在斑马线边站着，看着疾驰而过的汽车，头更是晕得不得了。在女儿的家里，头晕就是全部。老伴儿说城里如何如何，其实那都是假象，这个城市是女儿的城市，不是自己的城市。

鲁一周闹着要回家了。宁跟要饭的儿子，不跟当官的女儿。女儿再好，那是泼出去的水，女儿家再好，那是外人的家，不能常住的。

鲁一周打定主意要回家。说起回家的原因，也简单，开春了，地里忙。

鲁小燕清楚鲁一周还有点心结没打开，也不挽留，一家人就把鲁一周送到了码头。

早班船已经开始轰鸣了，乘客从四面踏着一级级的石阶梯向客船拥去。鲁小燕指着江边一块展板上的船位消息逐字逐句地念："唐家沱，郭家沱，广阳坝，河口，港机厂，鱼嘴，这里是明月沱。"鲁小燕说："爸，明月沱过了就是木洞，到了木洞你要记着下船哟。"顺着女儿的手，鲁一周找到了那两个字。连起来念，就是那个他再熟悉不过的名字——木洞。

木洞到了，家就到了。

鲁小燕掏出两百元钱递给鲁一周："这是路费。"鲁一周缩了缩手，嘴里分两段蹦出四个字："不要，我有。"鲁一周很倔强，说不要，就一定不会要。都说男人的脾气会变，年轻时脾气坏的男人，年纪大了脾气会变好,年轻时脾气好的男人,年纪大了,脾气就会变坏。鲁一周再过两年就七十了,年纪算大吧,可他年轻时的臭脾气,直到现在也没什么大的变化,还是老样子,做事风风火火的,说干就干,说坐就坐,抬脚就走,端杯就喝。不问原因,不计结果。鲁小燕吃透了他的脾气,知道他喜欢什么。鲁小燕说:"拿着吧,买酒喝。"鲁一周一听买酒,就伸手接了。鲁一周心里就觉得很好,虽然没有儿子,有个女儿也不错,还知道自己喜欢喝酒,心里热烘烘的,好像喝了二两酒一般。

上船的时候,他蹲下身子,用满面的胡须去亲外孙子的脸,外孙子被他的胡须扎得哇哇直叫,不停地挣扎、躲避。

那个卖票的女孩子走到鲁一周身边,鲁一周习惯地让了让。

真像!当女孩子从鲁一周身边走过去的时候,江风吹起她的长发,差不多飘扬到了鲁一周的脸上。他太熟悉那乌黑发亮的长发了,鲁小燕从前在家里的时候,那一头长发就从来没有收拢过,哪怕是在地里,鲁小燕也让它披在肩上,好像没有了长发,鲁小燕就不是鲁小燕了。鲁一周忘不了鲁小燕从玉米地里出来的样子,满脸通红,乌黑的长发上爬满了玉米花粉。可是,现在鲁小燕不会再到玉米地里去了,她住到了城里。在城里那林立的高楼里,其中就有几间是鲁小燕的,那是她的栖息之地,她从此远离了玉米地。

她呢?鲁一周想,那个卖票的女孩子,不知道是不是也像鲁小燕那样,在城里有一片属于自己的天空。

船上挤得不能再挤了。鲁一周在人群里七弯八拐,老半天没有找到座位。站着不动吧,人家嫌他挤着别扭,不是卡着胳膊,就是蹩着腿了,不舒服;使劲儿往前挤吧,磕磕碰碰的,也不舒服。走不是,不走也不是，鲁一周的倔脾气又来了，他索性不走了，就站在原地，操着双手站在那里，瞪着一双大眼，一副要发怒的样子。旁边的几个人果然收敛了，有几个人明明挤到了他的身边，也都自觉地闪开了。也不知是真的怕他发怒，还是尊敬他是个老人。

已经是春天了，但天气比往年冷得多。刚刚来了寒潮，天气预报说邻县还下了雪。鲁一周穿了厚厚的一身衣裤，显得臃肿无比。他站在那里，时间一长，先前那股子劲儿渐渐地泄了。他一副厌倦的样子，引来不少好奇的目光。自己是不是真的就老了呢？鲁一周想，自己年轻的时候可不是这个样子，那个时候争强好胜，什么都想争个输赢。动不动就破口大骂，大打出手。现在老了，什么都让着。让着小孩子，因为是长辈，有关心下一代的责任和义务；让着年轻人，因为是长者，更应该有宽容的姿态；让着老年人，因为都是同龄人，理所应当互相体谅。

女孩子并没有走开。她一边为鲁一周撕票，一边对他说："老人家，您坐好，注意别摔着了。"鲁一周应了一声。女孩子很职业地环顾了一下四周。座位上早已人满为患，空座位不是让一双双的脚占据着，就是让堆积如山的行李盘踞着。女孩子拍了拍一个脚搁在座位上的中年人。中年人头也不抬就说有人。拍拍另一个，也说去厕所了。没有找到座位的人开始在过道里席地而坐。看着鲁一周六神无主的样子，女孩子又拍了拍一个妇女。那个妇女用白眼做了回答。女孩子讪讪地回到鲁一周身边，小声问："老人家，您去哪里？"

"杨柳湾。"

卖票的女孩子不知道杨柳湾。她知道船沿路停靠的码头，她也知道木洞，木洞是江边的一个小镇，也是一个码头。船一天一个来回，每天都要经过木洞,她只知道木洞镇是船要沿江停靠的码头之一,她熟悉上一个码头和下一个码头之间大概要航行多长时间,甚至还知道那一段江面上有多少航标。但是,女孩子没听说过杨柳湾。她的脸上一片茫然。

这个神情,鲁一周没在鲁小燕脸上发现过。鲁小燕好像从来不知道什么叫茫然和犹豫。她从来都是想唱就唱,天黑就睡,饿了就吃,说走就走,丝毫不会拖泥带水,哪怕是妈妈的伤心痛哭,也没有把她留在玉米地里。

现在,鲁小燕在城里一家公司上班。工作嘛,说是叫什么置业顾问。鲁一周不懂什么是置业顾问,甚至这个名字都是问了好几次小外孙才记住的。但是,从鲁小燕整天不断接电话的口气里,鲁一周断定,鲁小燕大约就是卖房子的。卖房子这个工作,需要伶牙俐齿,这倒是没有浪费鲁小燕那张嘴。

鲁小燕的脸在眼前不断晃动,逐渐发生变化,最后定格在那个卖票的女孩子脸上。鲁一周一下子恍悟过来。

"我……我在木洞下船……木洞。"他特意强调了"木洞"两个字。

"船到木洞要两个多小时,要不您买张卧铺票吧。"女孩子感兴趣的是卖了多少张船票,也许她的工资还要从卖票得到的钱里提成。可是,鲁一周还想给她讲一讲木洞,讲一讲木洞的八洞桥,讲一讲木洞的石宝街,还要讲一讲木洞的万天宫。据说万天宫在民国初年还遭到过雷击,幸好没有伤到人……

女孩子的脸上挂着甜甜的笑容。

"老人家,您的票还没有买呢。"

鲁一周这才想起自己还没有买船票,连忙把手伸进怀里掏钱。

女孩子说:"您看,都没座位了,您买张卧铺吧。"

"贵吧?"

"不贵,就多二十元。"女孩子说,"散座到木洞十五,加卧铺票,一共三十五元。"

二十啊,顶三十多个鸡蛋了。可鲁一周转念又一想,管他呢,反正钱有富余的,大不了少喝几斤酒。卧铺就卧铺吧。他把声音抬得很高:"卧铺。"

女孩子直接就把鲁一周领到了二楼。

卧铺舱在二楼,里面十分狭窄。走到门口,首先出现在鲁一周眼前的是一包折耳根。又是折耳根。鲁一周记得,在女儿鲁小燕家里的时候,饭桌子上的菜就有折耳根。好像撒上了很多佐料,有点糖,还有点醋,甜甜的,酸酸的,辣辣的,咸咸的,再融进折耳根自身特有的气息,那味道简直奇妙无比。大龄女婿喜欢吃,外孙子也喜欢吃,女儿鲁小燕呢,好像也不是很讨厌。鲁一周看着他们,心里有些不屑,不就是折耳根嘛,在乡下,就是拿来喂猪的。他对女儿鲁小燕说:"你看他们,吃猪草,像在吃海参。"鲁小燕说:"你现在还不懂。"不就是折耳根吗?还能讲出什么大道理?现在,鲁一周似乎明白什么了。可是,再仔细想一想,还是有些糊涂。

空中和脚边都有床。不过,那些床比家里的床小得多,只能容一个人躺在上面,充其量能挤两个人,要像在自己家的床上那样折腾是万万不能的……床上铺了一层厚厚的棉絮。这么好的棉絮用来铺床,实在是可惜了。鲁一周想,其实用稻草来铺床也是不错的,实在,暖和,家里都铺几十年了,不比棉絮差。

卧铺虽然狭窄，人也不少，但不拥挤。人们都蜷缩在自己的床铺上。有的在低声说话，有的在闭目养神，有的在呼呼酣睡，有的在静静看书，有的在吃东西。还有一对睡在上铺的年轻的情侣在紧紧抱着，不停地亲嘴儿，鲁一周顿生厌恶。他对卖票的女孩子说："还有别的地方吗？"女孩子早已见惯不惊了，她知道鲁一周的意思，便把鲁一周带进了另一个卧铺舱里。这里的情况大致和前面那个卧铺舱差不多，但没有年轻的情侣。卖票的女孩子给鲁一周安排了一个下铺，看鲁一周的样子，想爬到上铺，确实困难。

在鲁一周旁边的一男一女，年纪不小了，看样子是一对夫妻，还抱着一个孩子。男的抱着手机不停地聊着天，来消息的声音不绝于耳。那个女的因为照顾着孩子，显然没有男的那么悠闲。孩子似乎在生病，女的显得很紧张，眼睛时不时往船舱的门口看，仿佛医生不一会儿便会从门口进来，给病中的孩子治疗。还有两个中年人在争论。争论完了，又说什么十八大，什么体制，什么群众路线，什么医改，什么双核，环保，城管执法……有的鲁一周不是很懂，比如双核，再比如体制什么的。鲁一周很沮丧，唉！人一旦老了，就没什么意思了。"没意思。"鲁一周不自觉地说了一句。旁边不知谁听到了，接了一句："这卧铺也不过如此，确实没意思。"

不管怎么说，卧铺就是卧铺。这里吹不到风，比楼下的散座暖和，可以坐，还可以睡，还可以亲嘴儿。这就是多二十元的好处。鲁一周不禁想起楼下的散座来。江面上的冷风撩起船舷两边的帆布，一个劲儿地往里灌，把人吹得瑟瑟发抖。那些狗啊，猫啊，鸡啊，鸭啊的，不停地叫着，屎尿到处都是，臭气熏天。人也很杂乱，谁都在说话，可是又听不清楚都说了些什么。还有的闹中求静,三四个凑一块儿斗地主。这就是区别啊。鲁一周想,还是有钱好。

有钱,什么都可以买。不过鲁一周心里就是不明白,要是谁都不种地,拿着钱又去哪里买粮食呢。人活着,粮食可就是命根子呢。这些年村里的年轻人全都出去打工挣钱了。地都荒着,野草铺天盖地,都看不出地的模样了。鲁一周心痛呐。都到城里去了,都到工厂里去了,都到建筑工地上去了。那工厂里能种出粮食来?高楼盖了一栋又一栋,城里盖完了,没地方盖了,又慢慢盖到村里,都是高楼,那庄稼能种到高楼上去?鲁一周这辈子没学过一门手艺,他唯一的手艺就是种地,他就是为种地生的。鲁一周很满意自己会种地,有地可以种。女儿鲁小燕从前不听话,现在看样子也不是很听话,女婿的年纪也大了点,想想也还是不错,当然,还有个更不错的外孙。他们都叫他搬到城里。先不说有没有诚心,能说出来就让人开心了。但鲁一周就是不愿意去。在村里,年轻的都走完了,年纪大的也走了一些,连孩子都到城里读书去了。早晨空气里炊烟的味道也不浓烈了,弥漫的柴禾味儿也淡了,更不见了从前那种忙碌的景象。晚上,由于人烟稀少,天似乎早早就黑下来了,漆黑漆黑的,远远近近的村落、空屋,都静静地立在夜色里,杳无声息,连一声狗叫都听不到。鲁一周自己有地种,守着那些地,哪怕再漆黑的夜里,哪怕周围像死了一样静寂无声,鲁一周心里踏实。在乡下,除了地,还有他的一窝猪崽,一大群鸡鸭鹅,还有他的老伴儿呢。鲁一周是种地的好手,每年他都在老伴儿的帮助下把庄稼伺候得遍地疯长。到了秋天,沉甸甸的谷粒在秋天的原野上泛着光芒。

那对带孩子的夫妻,他们的孩子似乎病得很厉害,有气无力地哭着。

女的掏出一个奶瓶放到孩子嘴里，依然不能止住他呻吟的声音。

鲁一周说："孩子病了吧？"

男的开始点点头，然后又摇摇头。鲁一周暗暗叹息。现在的年轻父母啊，带个孩子咋就那么难呢。

接下来是鲁一周感到厌恶的时刻。

卧铺舱里的女人基本都穿着裙子。有十三四岁的小姑娘，有二三十岁的青年女子，还有一个，年龄看上去比自己小不了多少，也穿着裙子，膝盖以下白生生的……还有的，把短裤穿在长裤的外面。鲁一周讨厌这种不伦不类的穿法，在城里穿也就罢了，现在连村里的女人也赶上了时髦，老的也好，少的也好，好像不这样穿衣服，就跟不上潮流了。看她们神情自如，完全没有因为这样的穿着而感到羞耻。这……这是什么世道？后来鲁一周明白了。同样是花二十元钱坐卧铺，但这二十元钱不是谁都能够花的。这和一个人有没有钱毫无关系。你注定只能坐散座，如果多花二十元坐卧铺，那就别扭。别人不找你别扭，你自己也会给自己找别扭。鲁一周觉得自己就没有这个命，即使勉强多花二十元，但一走进这窄窄的船舱，就像做了贼似的心里发慌……鲁一周坐不住了，他的背出了一层细汗。他想拉开门到底楼的散座去。

也不知过了多长时间，过道里响起了急促的脚步声。那个卖票的女孩子吱地一声把门推开一条缝，头探了进来，一脸的紧张。她问："您没有下船？"

鲁一周问："木洞到了吗？"

女孩子的脸刷地白了："您……您怎么没有下船啊？"鲁一周站起来："木洞到了呀？"女孩子嗫嚅着："老人家，木洞……木洞过啦。

都过了好一阵啦。"鲁一周心里突地跳了一下:"过啦?船……过了木洞?"女孩子难为情地点了点头,不知该说什么。

大家都看到鲁一周的眼睛瞪得大大的,像要喷出火来。片刻之后,他的眼睛又变小了,变得有些失神。他怔怔地坐下来,头在床柱子上碰了一下,也不觉得痛,目光呆呆地看着自己的脚。舱里的人都开始指责女孩子:"人家都这么大一把年纪了,也不给人家说清楚,看看,误了下船不是?还能咋办?只能往前走呗,到了终点站,明天早上再免费把人家送回来……哼哼!别以为人家是个老人就好欺负,现在是和谐社会,谁怕谁啊。"

那个女孩子难过得快哭了。

鲁一周在心里长长地叹息了一声。年轻人呀年轻人呀。一抬头,看到女孩子可怜兮兮的样子,他的心软了。人家也不容易啊,满满一船人,一个一个地查票,哪有时间来叫你下船呢?都怪自己在船上胡思乱想,都怪自己没有听到大喇叭的提醒,怎么能去怪她呢?鲁一周想到这里,对女孩子说:"没事没事,可以在麻柳下船,我有亲戚在麻柳。"

"真的吗?"

女孩子几乎是破涕为笑。

鲁一周慈爱地笑了。怎么不能回家呢?大不了多走些路。他打定主意,在麻柳码头下船,就沿着江边的公路往回走,也就一个多小时的工夫。只要能走到木洞,那就更好办了。鲁一周从怀里掏出烟叶裹起来。他想,反正能到家,也不在乎忙这一阵,就不慌不忙地裹了长长的一根,足有大拇指粗,然后塞进烟锅里,划燃一根火柴,吧嗒吧嗒地抽起来。眨眼工夫,船舱里便雾似的飘起了呛人的青烟。有人咳嗽起来,接着,船舱里的咳嗽便响成一片。抱孩子的妇女厌恶地皱着眉头,侧着身子,不停地用手扇着袅袅的青烟。鲁一周尴尬地笑了笑,他又一次觉得自己不是这卧铺舱里的人,自己应该在外面,在楼下的散座。他压抑着自己的呼吸,压抑着。可是,他越是压抑,呼吸就越急促,越来越沉重,几乎喘不过气来了。

鲁一周闭上了双眼,他尽量不去想自己此时在什么地方,不去想自己从哪里来,不去想自己到哪里去。不知不觉地,他就睡着了。他做了一个梦,梦见自己在一只小船上,小船像树叶一样在汹涌的大海上漂着,漂呀,漂呀,也不知道要漂到什么地方。小船上还有许多不认识的人,有男人,女人,有老人,还有小孩。他们好多天都没有吃东西了,一个个饿得奄奄一息,连说话的力气都没有了。鲁一周自己也饿坏了,他挣扎着去拉那些人,嘴里说:"起来,都起来,要下船了。快起来呀,要下船了,起来,要下船了……"

下船!

鲁一周一下子醒了。他惊跳起来,顾不得别人鄙夷的目光,发疯似的拉开门冲了出去。他跑到了过道的尽头,又下铁楼梯,一边跑,一边大叫:"下船!我要下船!"

但是,鲁一周的声音被机器的轰鸣声淹没了。

"我要下船!"

鲁一周不寒而栗。船出麻柳,就跨出地区了,山也好,水也好,一切都是陌生的。

一群人立刻把他围住了。但是鲁一周什么也不在乎,依旧大叫:"停船!我要下船啊!"那声音差不多带着哭腔。人们七嘴八舌地议论起来。

一位老太太问:"你在哪里下船啊?"鲁一周说:"我……我在木洞下船。"老太太说:"木洞呀,可木洞早过了呀,你怎么没下船呢?啧啧啧,你看你看,这咋办?咋办?"其他的人也开始附和。"是呀,木洞过了好久了,这才想起下船,早干什么去了?"还有的指责起鲁一周的子女来,"这么大年纪了,也不好好看着,让他出来到处流浪,不拿老人当人呀。是不是离家出走迷了路啊,看看他口袋里有没有电话号码。"更多的人开始为鲁一周出主意。"让船返航开回木洞是不可能的了,是不是跟船长商量一下,找个地方停下来,让老人家下船。"有人立刻反对说:"不行,这一带江面地形复杂,有暗礁,不安全,为一个人牺牲一船的人,代价太大了。"还有人说要不就在船上,反正船上有卧铺,有吃的,明天早上船返回时就在木洞下了就行了。"一个声音说:"这恐怕不好吧?一来二去的,吃住一大笔钱,谁来付?"

人群围着鲁一周正七嘴八舌,突然有人分开人群挤了进来。正是那个卖票的女孩子。鲁一周像是找到了救星,一把抓住她的手:"我要下船。"鲁一周再次重复了一句,"我要下船。"

女孩子说:"老人家,你不是在麻柳下船吗?"

鲁一周说:"是呀是呀,我就在麻柳下船。"

女孩子说:"麻柳还没到呢。"

"啥?你说啥?"鲁一周怔住了,"麻柳……还没到?"

女孩子点点头。

鲁一周脑子里嗡的一下,再嗡一下,一阵晕眩。

女孩子几绺长发顺着江风飘过来。恍然间,多年前的鲁小燕又来到了眼前,乌黑发亮的长发在鲁一周的眼前一闪而过。而现在,怎么说呢,女儿鲁小燕居然是一头短发,安静、稳妥地分列在耳畔。走路不紧不慢,行动有条不紊,老练得就像村口那棵几百年的黄桷树,冷静地看着身边的一切。鲁小燕整天衣着光鲜,穿得就像唱戏的。

看看眼前那个售票的女孩,再想想鲁小燕,鲁一周在心里努力把她们比较一番,觉得她们都一样,可是又觉得她们都不一样。

鲁一周不敢再回到二楼的卧铺舱里去了,他不敢想象,要是女儿鲁小燕看到自己现在这个样子,会怎么想。他趴在船舷边,眼睛死死地盯着不断向后退去的江岸。生怕一不留神,麻柳就从眼皮子底下溜走了。时间一长,鲁一周脖子就有些生疼。他只得直起身子扭了扭脖子,换了一个姿势。刚一回过头,却和迎面挤过来的一个人撞了个满怀。他晃了晃,最终还是被后面的人群挡住了,没有摔倒。鲁一周认出来了,那是卧铺舱里在自己旁边用手机聊天的男人。看样子他也要在麻柳下船。可是,他的老婆,那个抱孩子的女人却没有跟他在一起。

男人一脸的惊慌,大叫着:"让开,给老子让开!"他伸手用力地推了推鲁一周,鲁一周没动。他确实动不了。那臃肿的身躯完全挡住了那个男人的去路。那个男人目光里流露出绝望的神情。他猛地爬到了船舷上,看样子想跳水。鲁一周吓坏了,抓住了他的右手:"年轻人,有啥想不开啊,下来慢慢说。"那个男人挣了挣,没挣脱,反而掉了下来。在他的身后不知何时站着两个很健壮的年轻人,他们一个在男人的左边,一个在男人的右边。其中一个人掏出了手铐,轻轻地从鲁一周的手里抓起男人的右手,咔地戴上,然后又抓过他的左手,也咔的一声,戴上。动作娴熟,声音清脆,目光犀利。

四周的人都站了起来,踮着脚向这边张望。但是很快,那个男人就被带走了。这只是发生在一瞬间的事情,人们不知道发生了什么事情,都在胡乱地猜测着,说那个男人是个网上追逃的杀人犯,被便衣跟了好久了,终于落网了。幸亏便衣出手及时,要是等他掏出凶器来,不知道哪些人又要倒霉了。成了亡命之徒手里的人质,那一定是九死一生。大家一致称赞鲁一周,说他胆大,有英雄气概,居然抓住了杀人犯,要不那家伙就跳江逃跑了。

在离开的时候,一个警察让鲁一周跟他走一趟。于是鲁一周便懵懵懂懂地跟在他们的后面。在一个比较宽阔的船舱里,他看见了那个抱孩子的女人,她的手上也带着手铐,身后站着两个女警察。之前抱在她怀里的孩子,此刻被一个女警察抱着,孩子正瞪着一双大眼睛,安静地注视着抱他的陌生人。一个警察握住了鲁一周的手,连声说:"谢谢您老人家的配合。"

这一男一女涉嫌贩卖婴儿。

原来他们不是夫妻。自然,那个孩子也不是他们的了。可是,鲁一周怎么也不明白,自己咋就配合他们抓住了罪犯呢?自己就站在那里,什么也没做呀,自己就是怕那个男的想不开跳江,才伸手抓住他的。怎么?这就是配合啊?他走出了舱门,看见春天的阳光满满地铺在江面上。江面上波光粼粼。

在麻柳下了船,双脚实实在在地踏在岸上的时候,鲁一周才长长地松了一口气。他跺跺脚,开始沿着公路往木洞方向走。

鲁一周说得没错,在麻柳,他确实有亲戚。不过那都是上辈子的亲戚了,到了他这辈儿根本就没有走过。俗话说,走亲戚走亲戚,要走,才算亲戚,不走,算哪门子亲戚啊。到了鲁一周这辈儿,不但忘了麻柳这个亲戚的名字,还忘记了这个亲戚到底住在哪里了。好在天色尚早,太阳虽然向西边的山顶上落去,不过落得很慢,一时半会儿落不到山里面去。

一边走,鲁一周一边想,这都是多出来的路,要是在木洞下船,只怕现在早已在家里坐着抽烟了。麻柳到木洞是有客车的,但一般下午三点过后就收班了。现在快五点了,肯定没有车。不过鲁一周还是渴望有车回木洞,哪怕是多给点钱,他也愿。从麻柳到木洞,毕竟有几十里路。如果按他这样走,即使能走到家,只怕也是晚上八九点钟了。要是有车,就快得多。好不容易见到一辆车,却是从木洞到麻柳的货车,方向不对。那货车拉了一车化肥,摇摇晃晃地开着,像喝了酒。鲁一周一路走着,嘴里骂骂咧咧。正想歇歇脚,从后面突突突地追上来一辆摩托车。虽然是两个轮子的,好歹也叫车,就是牛拉的带轱辘的家伙,它也叫车。

摩托车吱地停在了鲁一周身边。鲁一周看清了,上面坐着一个二十几岁的小伙子。他用嘶哑的声音问鲁一周:"走哪里?"鲁一周对于骑摩托车的人向来没有好感,半夜里从路边冲过去,放几个屁都能惊醒一个村子的人。他目不斜视,没好气地说:"木洞。"小伙子说:"木洞?这么远,坐摩托吗?"鲁一周说:"我坐汽车。"小伙子说:"没有汽车啦。"

鲁一周看看太阳。太阳在山顶上悬着,仿佛马上就要滚下山坡来。他想,要是太阳滚下山坡,就看不见路了。鲁一周的内心开始动摇。他问:"到木洞,多少钱?"心里想,钱是一定要问清楚的,先说断,后不乱。小伙子伸出三个指头:"三十。"鲁一周心里嘀咕着:"这么贵!

你抢啊？"看鲁一周犹豫，小伙子说你去打听打听麻柳到木洞摩的的价钱，哪个不是收五十六十的。鲁一周没有坐过摩的，更没有讨价还价的经验，他怕还低了价格人家不走，一溜烟跑了，自己错过了这个村，就没下个店了。还高了，自己又受不了。他试探着问："二十走不走？"没想到小伙子挺爽快："二十就二十。上来吧。"鲁一周心里一凉，坏了，价还高了。加上今天的卧铺，无缘无故多用四十元钱，心里有些不好受。唉，又要少喝好几斤酒了。鲁一周抱着小伙子的腰上了摩托车，刚坐稳，摩托车便放了几个屁，呼的一声就冲出去了。鲁一周只感觉到风不停地撞在自己的脸上，然后一个劲儿地往鼻孔里、嘴里、眼睛里钻，好像这个世界上所有的风都向自己的脸吹过来了。他紧闭着双眼，嘴唇也紧紧地闭着，任由冷风在脸上不停地拍打着。不一会儿，他的手便冻僵了，脸也冻僵了。鲁一周狠狠地换了口气，正准备鼓劲儿坚持，摩托车却停了下来。

"咋啦？"

"到了。"

"到了呀。"

鲁一周差点从摩托车上滚下来。这才好一会儿啊，就到了。小伙子说："当然比你走路快。"

鲁一周不情愿地掏出了二十元钱……

鲁一周到家的时候老伴儿正准备吃晚饭。老伴儿吃惊地看着他，好像不认识似的："咋这才回来？"鲁一周只说了三句话。他说："在木洞忘记下船了，在麻柳下的，回来坐的摩托车。"老伴儿并没有在意，好像这事根本就和她无关。她只说："去坐那东西干啥？当心把一把老骨头扔在公路上。"鲁一周说:"没那么严重。"老伴说:"要死容易得很,海子上午还在镇上打牌呢,下午回家睡一会儿就没气了。你一把老骨头,还成精了不成?"

鲁一周正喝水,差点被呛着了:"哪个海子?"老伴说:"还有哪个啊,就是老方的儿子方海啊,还不到四十岁,真年轻啊,说死就死了,前天才埋呢,老方白发人送黑发人,也快不行了。"鲁一周听了就有些伤感,那么年轻,怎么就死了呢?短短的沉默过后,鲁一周的心情好了一些。他很满意今天自己能够回家。虽然绕了一个大圈子,一不小心还和警察们配合了一下,但好歹还是回到了家里,还头一回坐了摩托车……对了,说到摩托车,鲁一周猛然想起在城里看到的一种车,像火车一样,很长很长。可是,它又不像火车那样在地上开着走,而是在空中飞快地穿行。那是什么车呢?他记得女儿鲁小燕曾经说过,可现在怎么也想不起来了。

鲁一周倒出一杯酒,就着老伴儿煮的老腊肉,美滋滋地喝起来。

他掏出电话,给鲁小燕打了个电话,问那个在空中穿行的像火车一样的车是什么车。鲁小燕告诉他那是轻轨。对,就是轻轨。现在,自己连从前没有坐过的摩托车也坐过了。一种前所未有的优越感在鲁一周的全身蔓延开来。那个轻轨,总有一天是要去坐的。鲁一周挺了挺胸。鲁小燕问他什么时候到的家。

鲁一周顿了一下说:"早就到了。"

鲁小燕哦了一声说:"没出什么事吧?"

鲁一周说:"和谐社会了呢,能有什么事?一路平安。"

挂断电话,鲁一周把今后几天要干的活儿分轻重缓急梳理了一下。

暗自沉思，这地，荒着实在可惜，鲁小燕不种，进城打工的人不种，总是要人去种的。好在地里什么都可以种，现在连喂猪的折耳根都可以叫绿色蔬菜，你说地里还有什么不值钱？想到这些，鲁一周心里很踏实。

不管怎么说，下次进城，轻轨是要去坐一坐的。

风花树

对于王国明来说,今天又是失望的一天。

其实,说失望还是有些不准确。毕竟,王国明还是借到了钱的。虽然离他预想的差了那么一大截,但终归是借到钱了。失望之余,王国明心里又涌起一丝淡淡的庆幸和满足。如今这个社会,别说借两万了,能借两千,也是给足了你面子。你还能怎样?两千就两千吧,少是少了一点,但总比白跑一趟强。

这两天,王国明几乎跑遍了县城里他认识和认识他的所有亲戚。亲戚们见到王国明,开始还是挺热情的,可是一听说王国明借钱买房子,马上就露出了一张苦瓜脸,从牙缝里很艰难地挤出两个字:难哪。然后就端出一大堆难的理由。王国明马上明白了,立刻堆出一脸的笑容。不管是真的难,还是假的难,王国明都是一脸的笑容。尽管那笑容很卑微,但是必须堆在脸上。那是台阶,那是给人家的台阶,也是给自己的台阶。

这样大家都有台阶下。

好歹是借到钱了。

那是王国明他爹的干儿子借的。人家虽然嘴上说难,可还是有所表示,有所行动。他把两千元钱塞在王国明手里说:"哥,我就这能耐了。"王国明心里一热,连同钱和干弟弟的手一块儿紧紧地握着说:"我会尽快还给你。"干弟弟说:"哥你别急,尽管用,还钱的事情,以后再说。"那表情,仿佛这钱是他嫁出去的女儿,再也别指望收回来了。

王国明怀里揣着这笔钱,可是心里却揣着绝望和失落。

一切都和王国明的儿子王敢有关系。

儿子王敢明年就是二十六岁了。他答应王敢,一定要在他二十六岁之前给他买一套房子。但是,到目前为止,王国明把自己所有的钱加到一起算了好几遍,还是差钱。差得还不少,整整两万。前些天听同事说,在加拿大,有个年轻的华人一次就买了当地的几十套房子,王国明想自己买一套都差钱,人家买那么多都没有听说过缺钱,也不知道那些钱是怎么挣来的。买房子是早就下了决心的,可这一年自己哪里去弄这两万元啊。王国明好像看见了儿子王敢那嘟着的嘴。王敢小时候遇到什么不开心的事情,或者受了什么委屈,总是嘟着他那张小嘴,薄薄的嘴唇上仿佛挂满了他所有的心思。

阳光在大街上缓缓流动,流过高楼华丽的外墙,流过人们面带倦意的脸,还流过人行道两边各种树上布满灰尘的暗淡无色的苍翠。没有什么风,所有的汽车像是患了病,在路上缓慢地爬行着,不一会儿便堆积在一起,动弹不得。一只流浪狗不知道从哪里跑出来,浑身的毛又脏又乱,一绺一绺地粘在一起,散发出一种怪味儿。它似乎想起什么,停住脚步，冲着王国明横竖看了几眼，看得很专注。那样子，好像是王国明从它的嘴边夺走了一根骨头。王国明伸脚踢了它一下，没有踢到。它就那样从王国明身边走过去了，连尾巴都没有摇一下。王国明走了几步，偶然回头，发现那只流浪狗也回头来看了看自己。它肮脏的眉毛下面，一双眼睛闪着光，不仅仅陌生，更是冷漠。除此之外，王国明还深深地感受到了一种弥漫在骨子里的鄙视。

刚走到厂门口，口袋里的手机叮地响了一下。不用看，王国明就知道，上个月的工资打到工资卡上了。但是王国明还是习惯性地把手机掏出来，打开信息看了看，确定和自己记在工本上的差距不大，才放心地把手机放进口袋里。尽管王国明在心里把那笔账算了好多遍，所差的钱也没有因为他痴痴的计算而减少。那笔钱就像王国明手上每天生产的工件一样，在他的脑海里冷冰冰地转来转去。

从进城打工的那一刻起，王国明就有一个很豪迈的梦想。不但豪迈，而且有厚度，有底蕴。

他要挣钱买一套房子。

这也是他儿子王敢的梦想。这年头，一个农民家庭梦想在城市里有一套房子，已经算不上有野心了。

王国明和儿子王敢在各自的工作岗位上不分昼夜地挣钱，就是要实现这个梦想。当务之急是买房子。然后呢，要给儿子王敢找个媳妇。之后呢，还得要孙子。还要供孙子读书。读书这事就不好说了。说花不了多少钱，说得过去，说读书花钱是个无底洞，也说得在理。人这辈子想要的东西确实太多了，理来理去，好像都和钱脱不了关系。有了钱，想要再多的东西，都变得简单容易。

那就挣呗。

在喧闹的机械加工车间,冲压工王国明日复一日地站在冲床边。他的左脚在地上踏出了一个浅浅的坑,光滑而紧实。他的右脚每一次在冲床的踏板上踏一下,冲床就沉重地响一下,像古老的钟声。那沉重的声音像是一次次砸到他的心上,仿佛在提醒他日子就是这么一天一天地过去的。王国明每天都这样,用左脚支撑全身,右脚不慌不忙,很有规律,一下一下地踏在踏板上,似乎一生也踏不完。一脚下去,他的工资卡上就会多点钱,再一脚下去,又多一点钱。

儿子王敢是个好孩子,高中毕业就出门打工了,完全继承了王国明勤俭节约的习惯,恨不得把一分钱掰成两份来用。每到月底,工资一发,他就把钱给王国明,电话里总少不了嘱咐一句:"好好存着,别乱花钱哦。"那口气,好像生怕王国明多用了一分一厘似的。两个人都明白,乡下的地里是翻不出到城里买房子的钱的,只有出门挣钱,才有希望到城里去买一套房子。

他们打算要那种带花园的小区房。儿子王敢说住进去显得很气派。

那以后王国明就一头埋在工作里,无论如何也不放过每一天挣钱的机会。无论是上班还是下班,王国明都不苟言笑,不善言辞。一张脸就像他操作的冲床一样,冰冷沉重,掉到地上都能砸出坑来。同事们背地里都叫他"冲床"。一方面就是因为他那张苦大仇深的脸,另一方面还因为他不知疲倦地干活儿,把自己都快变成一台挣钱的冲床了。

王国明的儿子王敢年轻帅气,可是文化不高,在省城一个很大的歌城里上班,每天就是伺候那些来到歌城里寻欢作乐的红男绿女,自己也跟着寻欢作乐,顺便也跟着挣到了工资。王国明是一个老实的农民,没有手艺，早年种地的时候伤了腰，干不得重活儿，就无法在工地上做事，于是他就到了一个厂里上班，做冲压工。冲床虽然是个庞然大物，却习惯于被人摆布，虽然一副冰冷的面孔，却无比温顺听话。王国明觉得挺适合自己。尽管王国明和儿子天各一方，但一想到每月能挣到很多的钱，王国明心里就特别高兴。在城里买一套房子，像城里人一样过日子，对于王国明，对于他们一家人来说，不再是梦。王国明记得儿子王敢给自己讲过一个故事，说一个女人到工地上去找自己的男人，他们分开太久了，想要亲热一番，可是工地上住的人太多了，他们没有办法享受独属于他们自己的时光，只得去宾馆开房。可是到了宾馆才发现，女人的身份证没有带出来，根本开不了房。于是他们就在男人正在修建的大楼里相互拥抱了一个晚上。听着这个故事，王国明心里很沉重，说："要是他们在城里有自己的房子，那该多好啊。"从那一刻起，王国明就知道房子对于一个家庭的重要性，那简直跟繁衍后代差不多。也就是从那个时候起，王国明的梦里不再有乡下的袅袅炊烟，不再有秋后庄稼地里自己忙碌的身影，不再有麦香，不再有年复一年的春播秋收……更多的时候，王国明都会一边操作冲床，一边阔绰地想，城市不再是城市人的城市了。

和朱小雨相识那天，王国明觉得离自己的梦想很近，简直触手可及。

清洁工朱小雨的想法很简单，就是挣钱给女儿交学费。她从没有想过要挣太多的钱，她的梦想就是一年能把读大学的女儿的学费攒足，她就心满意足了。但是，在去给女儿打学费的路上，一向小心谨慎的她居然把钱弄丢了！

朱小雨的那个口袋是王国明在下班的路上捡到的。那是装垃圾的专用塑料袋子，黑色的，根本看不清楚里面是什么。王国明拿在手里，沉甸甸的，有点压手，像两块肥皂。打开一看，是一沓人民币，不多不少，整整两万元。王国明心里禁不住跳了两下，仿佛小区楼房的钥匙就在眼前晃动，亮晶晶的，刺得双眼发花。

每天早上第一缕霞光都会把王国明挣钱的欲望调动起来，他恨不得睁开眼就开始干活儿。哪怕是寒冷的冬天，他也会从床上一跃而起，用最快的速度解决早上一连串的琐事。即使下了班走在路上，王国明的右脚脚尖都会点一下，走几步路，又点一下。脚尖点一点，就是钱呢。王国明右脚那只鞋子的脚尖变形很快，也最先坏。同事们都说那不是王国明在冲床上踏坏的，而是在下班的路上点坏的。王国明挣钱到了着魔的地步，就算到了吃饭的时间，在关掉电源的那一瞬，他也没有忘记在冲床上踏一脚。

手里这一沓钱，可以让王国明在冲床的踏板上少踏好多次呢。

但是，那个塑料口袋在王国明手里还没有焐热，朱小雨便披头散发、哭哭啼啼地站在王国明面前。当她看见王国明手里那个袋子的时候，身子顿时凝住，然后用手迅速拨开搭在前额上的一绺乱发，眼里透出的光顿时把挂在眼角的泪水挤落到地上。

朱小雨说："我的钱，那是我的钱。"

王国明的脸突然变色。

"这不是钱。"王国明捂了捂袋子。他眼前亮晶晶的钥匙开始变得锈迹斑斑。

朱小雨说："那是钱，我的钱，给寒寒读大学的学费，两万。"

后来王国明才知道，朱小雨的女儿叫寒寒。全名叫赵雨寒，正读大二。朱小雨天天扫马路，扫街道，带着水桶把护栏擦得一尘不染，主要就是为了给女儿寒寒挣学费。

王国明很矛盾，他的左脚有些隐隐作痛。他长期用左脚支撑身体，用右脚去点冲床，不知不觉中，左脚就落下了病根。

有几个人围上来了。

王国明有些绝望，说话明显有失水准，结结巴巴的。"是……是是……是我捡的。"

朱小雨说："你捡的，也是我的。"

突如其来的喜悦让朱小雨浑身禁不住颤抖起来，失而复得的两万元，让她的身体开始起死回生。她明显地感觉到，已经死去的自己又活过来了。

王国明一看人越聚越多，心里有说不出的害怕，他把钱袋子往朱小雨怀里一塞，拔腿想跑，不想却被朱小雨一把抓住了。

王国明大叫："是我捡的！我没有偷。"

朱小雨抓过口袋，颤抖地打开，抓出几张钞票塞到王国明的手里。

王国明怔怔地看着朱小雨。他感觉左脚又是一阵阵疼痛。两万元眨眼间就变成了几百元，他心里还是有些不舍。这区区几百元拿在手里，未必就能治好脚痛的毛病，更解不开心里的那个结，他索性把那钱还给了朱小雨。

从王国明手里接过钱，朱小雨放声大哭。

反倒是王国明慌了手脚，不停地分辩："我捡的钱，不是偷的钱，不是抢的钱。"人越围越多。朱小雨一看不好，拉起王国明就跑。人群里一阵骚动。有人说："散了吧散了吧，都是家事，男人偷了女人的钱出去打牌,有啥好看的。"于是,人群就逐渐散去了。

朱小雨认定王国明是个好人。她压根儿就没有想到,王国明是嫌她给的钱太少,才没有要。她如果给两千,王国明也许会像在大海里捞到一根救命稻草一样,怎么也不会松手的。

分手的时候,朱小雨和王国明互相留了电话号码。朱小雨一边往手机里存王国明的电话号码,一边说无论如何也得请王国明吃一顿饭。

隔天是星期天,厂里安排放假,可是王国明不干,要加班。车间主管无论如何也不答应,说该上班就上班,该休息就休息,不能坏了规矩,要是遇到赶货,加班是理所当然,再说了,一个人上班,万一出现安全事故,算谁的?王国明还想争取,朱小雨的电话就打过来了。说今天有空,请王国明吃饭。

王国明吞吞吐吐"我我"了两下。朱小雨就说:"我我我什么呀?我在菜市场门口等你,你过来。"

王国明只好无奈地冲车间主管晃了晃手机。

朱小雨果然在菜市场门口。今天她好像打扮了一下,头发梳得很整齐,衣服也穿得比较整洁,脸上挂着轻松的笑容。和初次见面相比,朱小雨今天更有女人味儿。王国明以为朱小雨请自己去馆子吃饭呢,一看她手里提了几个装着菜的袋子,就明白是去她家里了。

朱小雨的出租屋在所谓的"城中村"里,高高矮矮的房子散落在荒坡上,四面却是高楼林立。这简直令人惊讶,在这个日趋现代化的城市里居然有如此让人无法理解的奇异景观。那些高楼还在四处生长着,铺张着,楼底掩盖了土地,楼顶挡住了朝阳,同样也遮住了夕阳。

王国明和朱小雨穿过那些高楼和高楼之间的狭窄巷道,又拐了几个弯才到朱小雨的住处。王国明一边走一边想,晚上下班回家的时候,朱小雨会不会走错路?这地方黑灯瞎火的,要是突然跳出一个蒙面大盗来,朱小雨会不会害怕呢?由此,王国明想到了朱小雨的男人,那一定是一个不简单的男人,不说别的,敢于把自己的女人放到这令人胆战心惊的地方,他王国明就做不到。王国明伸长脖子使劲儿往远处看,远处是高楼,再远处也是高楼,再再远处,已经无法看见了,但王国明能断定,依然是高楼。高楼在夏天渐渐临近的中午,积木似的摆在天空下,散发着一种令人心慌意乱的炙热。

王国明环视了一下朱小雨的住处。只有一间屋子,做饭吃饭睡觉,全在这一间屋子里。

站在门口张望,几个字躺在垃圾中间:宁荒不慌。凄凉,荒凉,苍凉,可分明又透出几分排场和阔气。一些垃圾袋散落在乱草丛中,探头探脑,鬼鬼祟祟的样子。

屋里的朱小雨似乎处在了某种氛围里。她洗菜,切菜,那么仔细,那么一丝不苟,就像从前男人在家里的时候一样。菜在锅里嗤嗤地冒着青烟,锅铲把铁锅撞得丁当作响,这些在她听来都是那么美妙,令她陶醉。男人去年春节回过一次家,不到一个星期就走了。可是,那七天都是在亲戚家里,真正在自己家里弄一次饭菜,夫妻两个面对面吃一顿饭,都成了一种奢望。现在王国明就站在门口,高大挺拔的身体几乎完全挡住射进门来的阳光,一会儿他还会坐在桌子对面,还会悠然地喝着酒。想到这些,朱小雨百感交集。家里好久都没有两个人在一起吃饭的感觉了,那是一种久违的温馨,朱小雨渴望长久地留住。

打开酒瓶的时候,王国明又把瓶盖儿盖上。朱小雨说:"你倒出来喝呀。"王国明说:"等一下。"过了一会儿,朱小雨见王国明还没有倒酒,就催他说:"怎么还不喝?"王国明说:"就不等等?"朱小雨说:"等什么呀?"说出这句话后朱小雨就笑了,"你说的是他——呀。"朱小雨把故意把那个"他"字拖得很长,示意王国明自己懂了他说的等等的意思。朱小雨说:"他没有和我住在一起。"朱小雨这句话让王国明刚进屋时心里那种做贼的感觉荡然无存。他将手翻过去,在自己宽阔的背上拍了拍,顺势挺了挺腰,然后再次打开酒瓶,将酒稳稳地倒进一个土碗里,一滴都没有溅出来。

朱小雨告诉王国明,她从前是和男人住在一起的,男人在工地上干活儿,工地搬迁,他就随着工地去了外地,一年也就回来一两次,还不如读大学的女儿回家勤快。王国明细细地端详着眼前这个女人。他弄不明白,在这样偏僻,看上去危机四伏的地方,朱小雨来去自如,丝毫不惧,为何失去两万元钱却让她如此慌张失态,有一种死过去的感觉。

几个菜,加上几杯白酒,喝着喝着,王国明心里就有了一些醉意。

那以后,王国明和朱小雨便熟悉了。

王国明成了这间狭小的出租屋里的常客。孤男寡女在一起,时间一长,心里面有意无意就开始滋生一些想法。有时候,两个人就那么坐着,屋里静静的,似乎都在等待时间一点一点走完。有时候,两个人都想找点话来说。可是,王国明刚一开口,朱小雨也跟着"哎"了一声。于是都停住,谁都没有说出来。一天中午,王国明和朱小雨都各自大胆地迈出了一步。开始是王国明,他望着朱小雨,目光古怪。朱小雨没有退步,她说,我不怕。王国明当然知道朱小雨不怕,在这个偏僻的,连狗都不想叫一声的小屋里住了好几年,她都没有害怕过,还有什么事情能让她觉得怕呢？王国明显得有些尴尬，他赶忙移开目光，笑了笑，王国明感觉自己的笑虚无缥缈，没有实际意义，那只不过是为了来掩饰内心的某种冲动。在朱小雨看来，王国明的样子不再像当初自己看到他时那样伟岸了，他看上去有些猥琐，甚至有了一种丑陋的感觉。她不声不响地坐在床边，不知道说点什么才好。

朱小雨突然有些可怜王国明了。在可怜王国明的时候，她还有些可怜自己。当王国明再这样看朱小雨的时候，朱小雨默默地走到他的背后，从后面抱住了王国明。王国明喝了二两酒，晕晕乎乎的，张大了嘴，把一肚子的酒气差不多都吐了出来。

王国明的声音有点沙哑。

"小……小雨……"

"别，别说话……别说话。"

王国明挣扎着："你听我说……"

朱小雨越抱越紧。

王国明大声说："我想找你借钱。"

朱小雨的身体顿住，她轻轻松开王国明，让王国明刚才的沉重在不知不觉中消失，就像从未被抱过一样。朱小雨脸上的潮红开始平静地褪去。她觉得自己对王国明的可怜显得有些可笑，而自己，显得更可怜。

"多少？"

"两万。"

"那么多啊。"朱小雨小心翼翼地问，"拿去干吗？"

"去风花树买一套房子。给儿子王敢买一套房子。"

每次说到儿子王敢的时候，朱小雨看见王国明眼里放出奇异的光彩。

从儿子呱呱坠地开始，王敢就成了王国明两口子生命的全部。王敢小的时候体弱多病，经常是睡到半夜，就突然发起高烧来。两口子顾不得天气的寒冷，起床抱起王敢就往医院里跑，等到孩子的高烧退去，天已经大亮了，两口子在医院的长椅上，相互握着手就那么坐着，居然没有感觉到一丝一毫的寒冷。有一次，王敢高烧了三天，整个人完全失去了意识，医生建议他们赶紧转院。夫妻两个火急火燎地往省城赶，走到半路上，王敢手脚冰凉，已经没有气息。王国明的老婆哭得差点背过气去。回到家里后，女人说什么也不松开抱着孩子的手。想不到的是，孩子在女人的怀里又有了气息。两个人喜极而泣，抱着孩子病急乱投医，孩子竟然奇迹般好了起来。到底是怎么治好的，到底是在哪里治好的，夫妻两个人谁也说不清楚。

病是好了，但是王敢的体质一直很差。王国明两口子对王敢更是宠爱，什么好吃的东西都必须给他留着。要是王敢不高兴，生气了，噘着嘴哭泣，女人也会跟着掉泪，陪着哭。

王国明他们家门前有一条机耕道，汽车无法通过，但是可以通过摩托车。有一天，一个骑摩托车的人把摩托车停在路边去他家上厕所，王敢跑过去用小刀划破了摩托车的坐垫。骑摩托车的人很愤怒，非要王国明赔钱，王国明说不赔。那个人不依，非要王国明赔偿。王国明说："要不我扎破了还你？"那个人说："你扎什么？"王国明掏出小刀就往自己的手上扎。那个人吓坏了，连忙说："算了算了，算我倒霉。"说完，爬上摩托突的一声，跑了。

尽管王国明他们宠着王敢，但是王敢并没有被宠坏，他清楚当爹当妈的生在农村，都不容易，所以王敢懂事后，就有一个愿望，要挣很多的钱,到城里去买一套房子,让爹妈到城里享福。他最中意的就是在建中的风花树小区,在每一个夜晚,在每一天的清晨与黄昏,王敢的骨子里都融进了风花树三个字。

什么风花?朱小雨脑子里片刻间涌满了各种鲜艳的花朵,可是无论如何也形不成风花的概念。"风花是什么花?"王国明说:"不是风花。"朱小雨看着王国明,目光里一片茫然。"那是什么花?"王国明说:"是风花树。"

朱小雨的目光依然一片茫然。王国明猜想,朱小雨开始一定都是满脑子的花,然后就是各种各样的树。当初自己听儿子王敢说风花树的时候,脑子里就一会儿是花,一会儿是树,纠纠缠缠的,折腾了好久。

谁会想到,风花树会是县城里的一个住宅小区呢?

王国明告诉朱小雨,自己想给儿子王敢买一套房子,他不能让儿子和自己一样,年复一年在城市里漂泊。

"可是,那要多少钱呀?"

王国明说:"差不太远了。"他怕朱小雨不借钱给自己,又连忙加上一句,"你放心,明年我就可以还你。"

朱小雨当然不会相信。两万元,一年就能还?你拿什么还啊?除非不吃不喝。她有些为难,不知道到底这钱该不该借。两万元,这不是一个小数目。朱小雨说:"你让我想想,过几天给你准信儿。"

王国明悬起的一颗心总算放下来了。

朱小雨起身准备出门上班。王国明也站起来,说要跟着去看看朱小雨扫马路,看看朱小雨用湿帕子擦护栏,擦电线杆。王国明打算以后就跟朱小雨一起做清洁工。

朱小雨不想让王国明看见自己穿着清洁工的服装上班的样子,不同意他去,朱小雨不是一个自信的人,在大街上,要是遇到熟人,她也会把脸侧到一边,一直等到熟人走远。

朱小雨努力使自己平静下来。她完全没有想到自己居然能如此冷静。

"晚上等我回来。"

王国明怔怔地望着朱小雨:"你答应了?"

朱小雨说:"等我回来。"

突如其来的喜悦让王国明异常兴奋,傻傻地问了一句:"真的吗?"

朱小雨说了一句王国明至今也没有听明白的话。

"你别管。"

但是,晚上朱小雨回来后却改变了主意,她不愿意把钱借给王国明。这让王国明差点晕过去。他好说歹说,就差给朱小雨跪下了,可是朱小雨就是不答应,理由很简单,这是给女儿准备的学费和生活费,不能乱动的。说到最后,朱小雨干脆侧身不理王国明。王国明极度失望,没有办法,只得悻悻地离开。

朱小雨跟在王国明后面,准备等王国明迈出门口后,好把门闩上。不想王国明猛地转身,不由分说就给了朱小雨一拳。朱小雨嘴里那个王字还没有来得及吐出来,就晕过去了。

王国明拿走了那两万元。

第二天,朱小雨接到王国明电话的时候,她正在去找王国明的路上。王国明上班的工厂朱小雨去过几次,她闭着眼睛都能找到。朱小雨咬着牙。我看你能跑多远,再怎么跑,也是跑得了和尚跑不了庙。朱小雨要去找王国明算账。你要借钱,有话好好说呗,抢钱不说,还打人!朱小雨正把牙咬得咯咯响的时候,口袋里的电话铃声骤然响了起来,把她吓了一跳。

电话是王国明打来的。认识快两年了,在朱小雨的记忆里,王国明还从来没有给自己打过电话。

王国明出事了。

他在四十五吨的冲床上落料的时候,把自己的一根手指也落了下来。

事情来得突然,一点征兆也没有。车间主管看来也没有经历过大风大浪,吓坏了,一时不知道该怎么办。

王国明嘴里嗤嗤地抽着风,风都侧着身子挤进牙缝里,一路凉下去,一直凉到心里。他的心快速地跳动着,嘴唇哆嗦着,不是因为疼痛,而是因为害怕。

王国明对车间主管说:"给……朱小雨打电话。"

车间主管下意识地问:"朱小雨是谁?"

王国明吼:"你别管!"

那个时候朱小雨刚好路过超市门口,电话铃声很清晰,和超市广播里有气无力的商品价格播报形成鲜明的对比。

是王国明的号码,却是一个很陌生的声音。

像是打火警电话:"王国明出事了……"

朱小雨脑子里嗤地断了一下电,撒腿就跑,跑了几步才想起忘记问对方王国明出了什么事。好在电话又打了过来,这回是王国明的声音,有些变形,略显疲倦。王国明说:"我在医院里。"

朱小雨走进病房的时候,王国明刚刚醒过来。

由于失血过多,他的脸色看上去有些苍白,他挣扎着坐起来。

朱小雨问:"还痛不痛?"

王国明说:"不痛。"

朱小雨说:"谁信啊,十指连心呢,说掉就掉了一个,不痛才怪。"

王国明虚弱地笑了笑说:"真的不痛。"

从事情发生到现在,王国明的脸上终于露出了一丝笑容。虽然有点勉强,虽然有点虚弱,毕竟是笑了。

朱小雨更是惊讶。整整过去了两天,自己居然忘记了谈钱的事。

这么重要的事情,居然忘记了!

朱小雨问王国明:"你老实说,是怎么发生的?不管是违规操作也好,是打瞌睡也好,我都不会往外说。"

王国明说:"我也不知道。"

朱小雨说:"你在上班,自己手指头掉了一根,怎么会不知道?"

王国明说:"我真的不知道,好像眼睛就那么眨了一下,手臂一麻,指头就掉了。"

朱小雨根本不信:"真的不痛?"

王国明说:"不痛,可能是不知道痛了。"

一直以来在自己手里温顺得像一只羔羊的庞然大物,突然间就发怒了。这么多年来,王国明第一次对自己每天摆布的冲床有了恐惧,对自己每天的工作有了一种畏惧。原来它的温顺不是善良,而是潜在的危险。所幸的只是一根食指,手指离心脏还很远,不会危及生命。到底是怎么出的事情,王国明的确说不清楚,也许真的是违规操作冲床了,也许自己真的在打瞌睡,或许还有其他原因,但不管怎么说,发生了不幸的事情,始终不是很光彩。

王国明还记得当时的情景，当同事把他的手从血淋淋的手套里取出来的时候，他的心里就有了一种奇异的感觉，右手仿佛轻了一些，他的右手食指以一块肉的方式和他的身体告别了。同事的手禁不住也颤抖了一下。那根指头立刻从手套里掉出来，落到地上的时候划出一道乌紫色的光，悲怆地躺在地上，呈现出一种绝望。毫无生气，也毫无表情，好像蓄谋已久。

右手的食指断了，一个小小的食指，承载了太多的东西。不仅仅是手臂轻了许多，在以后的生活中，王国明感觉到自己的身体也轻了许多，不用说，生命自然也跟着轻了许多，好像一抬脚就会轻飘飘地飞起来。当同事从地上捡起他的食指的时候，王国明的心禁不住怦怦地跳了起来。一根手指就要离开自己的身体，像自己一样，在这个城市生活，独自打拼，它会过得很好吗？在这个五光十色的城市里，它会不会腐烂？

令王国明惊喜的是，情况比预想的要好得多。

那根手指并没有离他而去，在技术高超的医生面前，指头又回到了王国明的手掌上。尽管医生一再强调，作用不是很大，肯定会影响以后的工作，接上去，只是让人感觉这只手很完满，不缺失什么。王国明还是挺满意的，甭管有没有用，身体发肤，受之父母，随意破坏，那是对父母大大的不敬。十指齐全，那才叫真正的手，那才无愧于父母给自己这个完整的身体。

王国明痛了两天两夜没睡好觉，第三天上午朱小雨来的时候，他睡得正香。朱小雨坐在那里，一直等到护士来叫醒王国明换药，她才从口袋里取出饭盒，里面盛的是她给王国明煲的鸡汤。王国明举着手，面露难色。朱小雨看出来了，她打开饭盒，亲自一勺一勺地喂王国明。王国明喝一口,就吧嗒着嘴唇连声称赞好喝。喝了一口,对朱小雨说一声"谢谢"。再喝一口,又说一声"谢谢"。朱小雨说:"你说点别的好不好?"

王国明说:"说什么好?"

朱小雨说:"说别的什么都行,就是不能说谢谢谢谢谢谢。"

王国明说:"我不晓得说啥。"

朱小雨说:"你不晓得我晓得。"

王国明说:"说啥?"

朱小雨说:"你说,别人会不会认为你是我的男人?"

王国明惊得眼珠子差点掉到了地上,洁白而整齐的牙齿把汤勺刮得直响。

王国明说:"别乱说。"

朱小雨的脸红了,说:"好。"

看着王国明喝完汤,朱小雨告诉王国明,现在别去考虑其他事情,先养好伤,无聊了就出去走走,她晚上九点再送吃的来。

走出房间后,朱小雨想起了什么事情,又回来了。她对王国明说:"这事都两三天了,你看给你老婆打个电话不?让她来看看你。"王国明说:"还是算了吧,大老远的,来了也帮不上什么忙,痛起来也不能帮忙替我痛一下。"最后这句话把朱小雨逗笑了。朱小雨今年四十五岁了,身体开始发胖,脸上已经有了皱纹,尤其是笑起来的时候,眼角的皱纹就更加明显,她笑多长时间,皱纹就在眼角停留多长时间。朱小雨还没有放弃。"要不,给你儿子打个电话?"王国明似乎忘记手受了伤,他抬起手挥了一下,说:"不用不用,他比我还要忙。"也许是手上的痛,朱小雨看见王国明的嘴狠狠地咧了一下,好像痛到了心里。

那一刻，朱小雨决定等王国明的手好了再和他谈钱的事情。

王国明出院后，和厂方经过一番讨价还价，除了生活费和误工费，厂方答应额外再给王国明四万元。前提是王国明必须主动离职。王国明答应了。厂方把四万元直接打到了他的工资卡上。王国明一接到短信提醒，就给朱小雨打电话。

电话那头的朱小雨似乎近在咫尺，王国明听到了她呼吸的声音，感觉到了她嘴里呵出的热气。朱小雨劈头就问："你还我钱吗？"

王国明说："我还你钱。"

朱小雨说："现在你有钱了，可以买房子了。"

王国明闭上眼睛，他觉得自己有些累了。他还记得儿子王敢把小广告塞到他手里的情景。有一次儿子王敢路过县城一个广场，被人塞了一张小广告。就是这张小广告，改变了王敢，也把王国明变成了一台挣钱的机器。王敢给王国明打电话，说要买房子。王国明说："在哪里买？"王敢说："风花树。"王国明很喜欢风花树这个名字。那以后就常常把这三个字挂在嘴边，好像早就成了风花树的业主了。父子俩为此各自请了一天的假，去风花树看房子。当然，那个时候风花树才开始挖地基，离竣工还远，离开盘也还远。也就是从那个时候开始，王国明和儿子王敢就像加满了油的机器，和风花树工程的竣工日期赛跑。

王敢那时候才二十三岁，长得眉清目秀。乡下的地早就没有人种了，王敢也不想种地，直接就跟着王国明来到城里。王国明的意思，还是想儿子和自己一起在工厂里干，那样工作和生活比较有条理，也安定。可是王敢不愿意接触工厂里那些沾满油污的工件，说什么也不愿意在工厂里干。王国明就很生气，扳着手指头给王敢数他不能做的事情。公务员，这辈子是别指望了，做生意，没有资金不说，人缘也不行，至于公司老总什么的，想都别去想，举手投足都没有那个气势。

王国明就教训他："我看啊，还是老老实实挣钱，然后在城里买一套房子，再找个女人，过一辈子算了。"

王敢认为现在就说一辈子的事情有些早了。不过买房子的事情可以考虑。但是要在城里买房子，需要的钱不是一个小数目。现在最能挣钱的工作，可能要数建筑工了。

就这样，为了早日挣足买房子的钱，王敢来到了建筑工地。

不到一个月，王敢就不干了。尽管工资很高，可是王敢认为那不是人干的事情。

后来王敢在城里游荡了一段时间，送过快递，卖过报纸，甚至还擦过皮鞋，可是都不如意。每次王国明打电话问王敢工作的事情，王敢总是三个字：还在找。王敢老道地想，找到了好的工作，还怕挣不了钱吗？王敢又想，大不了把买房子的事往后推一推，反正有的是时间。

王敢约了几个同学整天在人才市场转来转去，终于有一天，一个歌城的经理看见了这几个年轻人，把他们召集在一起，每个人换上一套西装，系上领结，左看右看，上看下看，怎么看都是小帅哥。歌城经理眉开眼笑，拍着胸脯说："跟我走，以后我给你们发工资。"

就这样，王敢进了歌城做起了服务生。

在一个茶楼临窗的桌子上，王国明对朱小雨艰难地讲述着他和儿子王敢在城市里打工挣钱买房子的故事。

坐在一起的，还有另外一个女人，是王国明的老婆。她是特意从村里赶到城里来的。这是朱小雨第一次见到王国明的老婆。她看上去很清瘦，面庞黝黑，穿着朴素，一副疲倦的样子。头发显然精心梳理过，用橡皮筋扎成一束，整齐地搭在她的背上，但仍然有几根凌乱地蜷曲在她的额前。

王国明说过几天等王敢出来了就去交首付。

朱小雨看见那个女人紧紧地抓住王国明的手，似乎暗示王国明不要说什么。

朱小雨下意识地问："王敢呢，在哪里？"

王国明知道自己的女人害怕什么，但是他还是努力说了出来。

王国明说："王敢在里面，监狱里面。"

朱小雨啊了一声，她看见王国明的女人低下了头，显得羞愧无比，好像王敢犯的错误就是她犯的错误一样。王国明告诉朱小雨，王敢在KTV的包房里拿了人家的包，里面有好几万，被人家告上了法院，判了三年，过几天就要出来了。王国明对朱小雨说："我答应他，出来就买房子。"最后王国明还补充了一句，"他在里面很乖，很听话。"

朱小雨的脊梁背顿时嗖地冒出一股寒气。她暗自庆幸自己没有报警。入室抢劫，还伤人，这个可比王敢在包房里拎人家的包严重得多。

朱小雨小心地问："买房子的钱够了吧？"

王国明说："首付够了。"

朱小雨问："装修呢？"

王国明沉默了。

朱小雨知道王国明为什么沉默。先不说装修的钱，就说今后的月供，那也是让人不敢去想的事情。从前有工作，每个月多少还可以挣一笔，现在他没有工作了，又是一个残疾人，谁还会要他去上班呢？但王国明并没有悲观,他苦笑了一下说:"走一步算一步吧,车到山前必有路。"

走出茶楼,朱小雨看见王国明和他的女人背影单薄,佝偻。阳光把他们的影子揉成一个平面放到地上,像两片树叶,感觉一阵风就能吹跑。

在 路 上

一个冬天的早晨，姜云斌很早就起了床。他收拾起一包行李，告诉丁光慧，说要出去一趟，几个中学同学聚一聚，晚上可能不回来。丁光慧知道，姜云斌说"可能不回来"，基本上就能断定他不会回来。姜云斌一向都是把自己早已确定的事情说得模棱两可，表面上看是在商量，征求意见，其实他心里早已有了决定。摆出一副商量的模样，不过是用来掩饰他随着年龄的增长而不断膨胀的大男子主义罢了。

丁光慧问他是从公司出发，还是从家里出发。姜云斌说去公司太麻烦，一会儿就在小区门口叫个出租。丁光慧叫姜云斌等她一下，她要出去买菜，一起出门。姜云斌说："那就快点。"

在小区门口的马路边，姜云斌挥手拦下了一辆出租车。

出租车停下来，姜云斌打开后备箱，笨拙地把一包东西放进去，然后再打开副驾的门。人到中年，姜云斌的身体微微有些发胖了，丁光慧看见他在弯腰跨进出租车的时候略显吃力,甚至还用手轻轻托了一下他那正在凸起的肚子。出租车缓缓启动,就要消失在丁光慧的视线里。

另一辆出租车从远处飞驰而来。

丁光慧下意识地抬起了手臂。

老练的司机斜眼瞄到马路边站着一个女人,三十多岁的样子,身材匀称,漂亮端庄,举手投足无不流露出她内心的矛盾和犹豫。多年跑出租的经验告诉他,长时间枯坐在车里是很无聊的,如果能拉到一个美女,虽然时光短暂,但也赏心悦目。他放慢了车速,却失望地看见她把举起的手放下来。幸好她又举起了手,这回很果断。他靠边停了下来,把头探出车外。

"走不走?"

丁光慧脑子里瞬间产生了一种迷茫:去哪里?

但丁光慧立刻就做出了决定。

她拉开车门,灵巧地躬身坐进去,说:"跟上前面的车。"司机朝前面看了一眼,姜云斌乘坐的那辆出租车刚好转过一个弯,他只看见公路上扬起的一片灰尘。他说:"车呢?"丁光慧说:"追上去就能看见了。"感觉丁光慧不冷不热的,出租车司机不再说话,他加大油门,一头钻进了前面车辆扬起的灰尘里。

姜云斌和丁光慧,他们的相识一半源于媒人,一半源于姜云斌的执着。

二十二岁已过,姜云斌还是单身一人,别说女朋友,身边连一个女孩子都没有,这个年龄,在农村还是长虫吸扁担,光棍一根,实在是少见。姜云斌的父母着急了,托了好多人给姜云斌介绍对象,一连见了好几个女孩，不是对方很挑剔，就是姜云斌不满意。

　　姜云斌的一个远房姑母也在他们当地给姜云斌介绍了一个对象，说姑娘姓丁，叫丁光慧。听名字就晓得土得掉渣，姜云斌爱搭不理的。可是姜云斌的父母却像在大海里捞到了救命稻草，满嘴应允，说见面看看。但是到见面的时候，丁光慧却没有来。远房姑母说丁光慧在深圳，好几年了。远房姑母把一张女孩子的照片递给姜云斌，又给他一张揉得皱巴巴的烟盒纸，说是丁光慧在深圳的工作地址，看了照片，如果合意，就照纸上那个地址，自己去联系丁光慧。姜云斌一看丁光慧的照片，就被照片上那个长发披肩、面带笑靥的女孩子迷住了，他连夜给丁光慧写信，告诉她自己的情况，又一五一十说明了如何得到的地址，以及给她写信的原因。一封信寄出去了，姜云斌就开始眼巴巴地等，想象着丁光慧收到信时的诧异、猜测，撕开信封以后的羞涩，然后用害羞的心情写回信。姜云斌算着日子，估摸着该收到丁光慧的回信了，就天天等邮差。可是，没有丁光慧的回信。

　　姜云斌的信犹如石沉大海。可他没有灰心，厚起脸皮又写了第二封信，第三封信，还把自己的照片装在信封里寄了过去。也不知道写了几封信，或许是姜云斌的魁梧和英俊让丁光慧动心了。总之，丁光慧回信了。接到丁光慧回信的时候，姜云斌的心跳得厉害，不知道等待自己的是什么。丁光慧在信里说了一番感谢的话，也说明没有按时回信的原因。不过，这些话姜云斌都没有记住，他只记住了丁光慧在信中说的一句话："如果你不介意，就试着交往一下。"

　　这句话犹如朝霞满天，给姜云斌带来了希望。从此姜云斌就喜欢上了写信，喜欢在信中用一些热情洋溢的词语，具体是什么词语，在这里不便透露。需要说明的是，接到姜云斌的那些信不久，丁光慧就辞去了工作，回到了家乡。后来，丁光慧给姜云斌讲打工生活的时候提到一件事情，说在深圳的时候，最开心的就是姐妹们把自己男朋友写的信拿出来评比，谁的男朋友写得最生动，最动情，最感人，谁就请客。结果每次都是丁光慧请客。丁光慧虽然心疼请客的钱，可是心里却是美滋滋的。请客的次数多了，丁光慧就耍赖，说姜云斌不是自己的男朋友。姐妹们一听就嚷开了，叫丁光慧把姜云斌让出来，她又红着脸不干。

丁光慧回来后，把姜云斌写的那些信也带了回来。有一回姜云斌见到那些信，忍不住抽出来细看，看着看着，他的脑门就开始发烧："这么肉麻的语句，会是我写的吗？"丁光慧就笑："你应该感谢这些肉麻的语句。"

他们第一次拉手的时候，彼此的手心十分湿润。姜云斌用手指轻轻在丁光慧的手心里点了一下，充满了诱惑。姜云斌信中那些激情澎湃的语言早已褪去了丁光慧作为女孩拥有的羞涩，她心跳，她甜蜜，但她也不避让。所以丁光慧也心领神会，同样在姜云斌湿润的手心里点了一下，既妩媚，又有些暧昧。爱情神圣起来的时候可以是天荒地老，可以是海枯石烂。但是，爱情简单起来的时候，就像随手丢弃的果皮纸屑，水到渠成得简直有点令人恶心。

后来他们就顺理成章地结婚了。接着就是孩子出生，读小学，读中学，再到读大学，丁光慧觉得姜云斌表现尚可，那些肉麻的语言也还算实在，并不是像人们所说的空中楼阁，昙花一现。

丁光慧的郁闷是从多年以后他们进城居住开始的。

村里开发了，一家人都进了城，姜云斌还在城里找到了一份不错的工作，工资不菲，令人羡慕。

　　日子很平常，一如既往。但是丁光慧却从平常的日子里嗅到了一丝异常。

　　姜云斌是从什么时候开始加班的呢？丁光慧已经记不起来了。或许是三个月前，或许就在他生日的那天。丁光慧只记得那天她是想出去吃饭的，然后看一场电影，他们好久都没有在一起看电影了。不想姜云斌却要在家里吃，还要把白雪他们几个请过来，生日倒并不是那么重要，关键是借这个机会放松一下。丁光慧就依了姜云斌，在家里弄了好大一桌子菜，结果临到吃饭的时候，姜云斌也没有回家，只给丁光慧发了一条短信，说是加班，回不来了，让丁光慧自己吃。一桌子的饭菜，丁光慧一个人无法消化，想到白雪，就给她打电话，白雪也忙，连说话都火急急的，说忙啊忙啊，就挂了。感觉白雪就是一边在说话，一边在挂电话。好几个人，说不来就不来了，好像他们约好了集体消失一样。

　　起初，丁光慧并没有在意，觉得有这么一个男人在外面为了家庭打拼，真是一件很幸福的事情。女人这一辈子图什么？还不是图嫁个好男人。嫁汉嫁汉，穿衣吃饭。男人有一份稳定的工作，男人有不菲的收入，那样不但省心省事，夜里连噩梦都不会出现。一家人搬到城里图什么？还不是为了生活更舒适更幸福。谁愿意一辈子待在穷乡僻壤的乡下啊？不加班，不努力工作，哪来的美好生活？所有的希望就像是挤在一起的肥皂泡，遇到现实就会一个个破裂。丁光慧能理解，也支持姜云斌加班。毕竟，孩子以后读大学要钱，双方在农村的父母也要钱，还有每个月雷打不动的月供。不是他们想不想挣钱，而是他们不得不挣钱。姜云斌和丁光慧，两个人就像陀螺，一旋转起来，就再也停不下来，城市里的现实生活就像鞭子，啪啪地抽得他们不停地旋转。

丁光慧是个心细的女人，姜云斌加班时间一长，她心里就产生了怀疑。公司里一天加班，两天加班，也属正常，可是没有理由长期加班呀。作为一个女人，丁光慧也明显地感觉到姜云斌对待自己大不如前了。姜云斌怕丁光慧生气，小心翼翼地赔不是，说这些天加班，太累了。

丁光慧不相信姜云斌天天加班。

记得刚从农村进城那阵，高中生姜云斌不知道托了多少关系，才进了现在这家公司。进去才知道，公司里到处是大学生，甚至还有研究生，来来去去，进进出出，姜云斌自己就没有了信心，走路连头都不敢抬高了。为了能升职，姜云斌一个月都没有回家，在外面风里雨里折腾，饿了就是方便面，渴了就是矿泉水。功夫不负有心人，姜云斌终于夺得了全公司的销售冠军。回家的时候，丁光慧几乎认不出来了，他整个人瘦了一圈儿，尖尖的下巴上胡子拉碴的，亲热的时候扎得丁光慧心里很不舒服。可是，当她手里攥着姜云斌的工资的时候，她又觉得这种不舒服是那么微不足道。又是几年的努力，姜云斌坐到了销售经理的椅子上。那以后，在丁光慧看来，他们的日子就开始过得平静而富足了。

哪里想到会发生意外呢？

丁光慧一直认为意外都是循序渐进的。

一个人的时候，丁光慧喜欢琢磨。从自己远离家园打工开始，到认识姜云斌，结婚，生子，再到一家人进城。一路想下来，丁光慧心里就暗暗心惊，这些年在城里打拼，自己和姜云斌的一些共识正被繁忙的工作一点一点消磨掉。有些事情，他们的看法明显产生了分歧，甚至背道而驰。比如，丁光慧想小资一下，喝一杯咖啡，像电影电视里那样来一个烛光晚餐,姜云斌却说那是资产阶级低级趣味。二十一世纪了,还资产阶级?还低级趣味?再说了,现在众多的情趣,有多少能分出来是低级高级的?还比如,一部电视剧里有一个人物,在单位里很少说话,对人也很唯唯诺诺,低声下气,职务也是原地踏步,丝毫看不到晋升的希望。丁光慧说这个人窝囊,姜云斌却说这是深沉,稳重谨慎,厚积薄发,等待一鸣惊人。再比如,好朋友白雪的皮肤很白,说话做事风风火火,遇到男人也不讲究就往上靠。丁光慧说白雪轻浮,姜云斌说那是最后的青春飞扬。丁光慧说白雪皮肤白,化妆品用得好,姜云斌说那是身体里缺少一种维生素,那种白不正常。在其他的一些小事情上,丁光慧说东,姜云斌偏偏要说西,公说公有理,婆说婆有理,说来说去,谁都说不服谁。

现在,两人唯一能够产生共识的,只怕就是挣钱供孩子读书了。

孩子是个男孩。正读初三,成绩还可以。每次和孩子谈心,姜云斌就特别大度。他把衣袖高高地往上撸,手臂上,当年下地被苞谷叶稻草和麦秸儿割的累累伤痕横七竖八地显露出来。姜云斌表示要让儿子把自己当年没有读完的书全部读完。姜云斌说:"儿子你要有本事读书就尽管读,老子供到底。"丁光慧也说:"儿子你就大胆地往前冲,钱不是问题。"

孩子无论把书读到哪里,无论读多远,他们都奉献到底。

这一点,他们的看法惊人地相似。

意外是从丁光慧的梦境开始的。

丁光慧夜里总是做梦。她梦见自己在山里一座破旧的古庙门口站着,阳光不是很明媚,古庙里面光影灰暗。听不见钟声,好像也没有听见木鱼的敲打,而香烛的气味却在空气中绵延不断。丁光慧想看清楚古庙里面有些什么,她把眼睛睁得大大的,甚至看到了自己长长的睫毛。终于,丁光慧看清楚了,庙里面是造型各异的菩萨,这丝毫不奇怪。庙里面没有菩萨,还能有什么呢?菩萨们在各自的位置上,神情诡异。丁光慧从来没有看见过这么多神情诡异的菩萨,她吓坏了,啊的一下叫出声来。这一叫,就把自己叫醒了。

醒了以后的丁光慧在床上辗转,久久无法入睡。

她仔细回忆着刚才的梦境,总是觉得梦境里的一切很熟悉,熟悉得简直不像一个梦。也许就在某天的一个上午,不,或者就在昨天晚上,自己就走进过山里的那座古庙,而现在自己就刚刚从那个古庙里回来,香烛特有的气息还在自己的身上残留着。那一切,是那么熟悉,又那么陌生。那么清晰,却又那么朦胧与暧昧。一切都在记忆的深处时隐时现,时断时续。

后来,丁光慧终于弄明白了,原来自己这些日子都做着一个相同的梦。连续两个晚上,丁光慧的意识里都清晰地感受到了梦境,真切地感觉到自己是在做梦。只不过,她照例是被庙里神情诡异的菩萨吓醒的。

醒来的时候,丁光慧仔细回忆着梦里的每一个细节,她发现梦很破碎,不是很完整,想了很久,她才想明白了,自己做的这个梦,没有结尾。自己被吓醒了,梦就戛然而止。丁光慧不甘心,每天晚上睡觉前都暗自祈祷一番,希望能重圆旧梦,看到结果。也许是冥冥之中自有定数,丁光慧几天以后又做了相同的梦,依然是梦到破庙,梦到排列的菩萨。但是,菩萨脸上诡异的笑容逐渐淡去,缓缓离开,直至消失,然后,从远处又回来,最后定格在丁光慧的脑海里。

那是白雪的脸。

几天以后的今天，丁光慧才明白，这才是那个无法做完的梦的结尾。

车上的收音机正在声嘶力竭地吼一首歌曲：对你爱爱爱爱不完……男人，有几个是真爱呢？虚伪！丁光慧皱了皱眉头，说不出的厌恶。出租车司机识趣地伸手去关收音机，被丁光慧阻止了。丁光慧说："换一个频道吧。"

司机调换了一个频道。声音好像是从电话里传出来的，幽幽的，仿佛来自一个遥远的世界，好像在对主持人倾诉什么。出租车司机说："这个可以吗？"丁光慧说："随便。"

出租车越开越快，终于追上了前面的出租车。

丁光慧嘱咐司机不要跟得太紧。司机笑了笑说："明白。"你明白什么？丁光慧看了他一眼，轻蔑地想。可话又说回来，自己这么神秘兮兮地跟在姜云斌后面，完全就是一部侦探片的情节，女人跟踪男人，其间的纠纠缠缠，不用多想，也就清楚了，又有什么明白不明白的呢？一句明白，简单的两个字，包含的内容实在是太多了。司机不问，丁光慧不提。两个人都不说话，不过是心照不宣而已。不知为什么，丁光慧觉得他的笑容显得有些幸灾乐祸。

白雪和丁光慧从小在一起长大，是无话不说的闺蜜。当初去深圳，就是白雪先去探听虚实，落脚生根了，才回头叫上丁光慧，从此她们便融进了城市的生活里。丁光慧回来和姜云斌结婚后不久，白雪也回来了。但是她们的心已经在城市里生了根，乡下的土壤在她们心里再也不能开花结果了。于是她们一起进城打工，在经过无数次的失败后，白雪和姜云斌进了同一家公司。

丁光慧没有那么幸运。问题不在丁光慧的能力。那家公司明文规定，夫妻不能在同一家公司里上班。当时公司要的是业务经理，说白了就是跑销售的业务员。考虑到姜云斌的口才好，脑瓜反应灵活，还有些酒量，丁光慧把机会给了姜云斌。姜云斌和白雪进了公司，并且很快适应了各自的角色。留下失落的丁光慧待在出租屋里，每天给姜云斌和白雪做饭烧菜，俨然一副家庭主妇的模样。后来，不甘落后的丁光慧邀来了村里几个同龄的姐妹，注册了一个家政公司，红红火火地干起了事业，用挣的钱请了自己公司里一个专职做饭烧菜、打理家务的保姆，然后，又用挣的钱在城里买了一套房子，还是用挣的钱供儿子去读书。

白雪和公司里的一个男孩子结了婚，住进了属于自己的房子。那个男孩子叫晓晓，也来自农村，挺帅气的。丁光慧见过几次。那次姜云斌生日，在一家酒楼的包间里，白雪带来了一个男孩子。白雪把他介绍给大家，说他叫晓晓。看到大家都在挤眉弄眼的，白雪索性就大方地说："是我的男朋友。"那是丁光慧第一次见晓晓，她感觉晓晓似乎比白雪年轻一些。

果然，在洗手间里，白雪告诉丁光慧，晓晓比她小六岁。

丁光慧颇感意外，不知道白雪和晓晓怎么会走到一起的。白雪说了句非常浪漫的话："这就是爱情的力量。"可是，丁光慧还是觉得生活还是现实一点好些，毕竟，不能总是生活在浪漫里。白雪说，起初晓晓家里说什么也不同意他和白雪在一起，就是因为年龄差距大。还是晓晓有魄力，说如果不同意他和白雪在一起，就永远不回家。这话吓坏了晓晓的父母，两个人又急又气，生怕晓晓和白雪一去不还，落得白辛苦二十多年，只得答应。白雪说晓晓用情很专一，丁光慧半信半疑。从洗手间出来，丁光慧禁不住重新审视了一下晓晓，发觉他不卑不亢地坐在那里等着白雪从洗手间里出来,显露出一种年轻人少有的成熟。他似乎知道丁光慧在背后看他,偶然一回头,给了丁光慧一个意味深长的笑容。

白雪拽了拽丁光慧的手:"怎么了?动心了?他可是我的。"白雪像是在警告。

丁光慧微微一笑:"放心吧,我不喜欢稚嫩的。"

本以为白雪就是一句玩笑话,想不到她还当真了。那以后每一次见面,只要有晓晓在场,白雪都不会给她和晓晓单独相处的机会,一旦丁光慧和晓晓说了几句话,白雪都会用一种怀疑的目光看了丁光慧,甚至还把她的手机抢过去查看,好像丁光慧和晓晓几句话的瞬间,就留下了相互的联系方式。

丁光慧觉得白雪未免有些草木皆兵了。她不屑,不就是一个乳臭未干的毛头小子嘛,你以为谁稀罕啊?

为此,两人的关系搞得不尴不尬的。

知夫莫若妻。白雪的怀疑不是没有道理,更不是空穴来风。一个星期天,晓晓还真的给丁光慧打了一个电话,白雪防范得如此严密,真不知道晓晓在哪里弄到的电话。晓晓在电话里称丁光慧"光慧姐"。这个称呼令丁光慧倍感亲切,本来想用不冷不热的口气打发晓晓,不想让"光慧姐"三个字给融化了,声音也变得和颜悦色,问他什么事。晓晓说:"光慧姐,你知道我现在想做什么?"这话问得很突兀,丁光慧更不感兴趣。她说:"你别说,我不愿意听。"丁光慧想,也许晓晓正兴致勃勃地想给自己诉说什么事情呢,让自己这么堵回去,他一定会很失望的。这样也好,断了他以后打电话的念想,免得惹上是非。沉默了一会儿,丁光慧听到晓晓说了两个字,"好吧"。她觉得晓晓是把失望和这两个字一起从嘴里吐出来的,然后就无声地挂了电话。

后来有一次丁光慧和姜云斌在家里用沉默对峙,她实在想说话了,就打电话给晓晓,说:"那次你想对我说什么?"晓晓好像忘记了,问哪次打过电话。丁光慧告诉他就是那个星期天。晓晓短暂地思考了一会儿,说忘记了。也许白雪当时就在晓晓身边,他不方便说话。丁光慧想。忘记了,什么都没有,才安心。

拿在手里的手机先是震动了一下,接着叮咚一声。一条微信在屏幕上弹出来。出租车司机斜眼扫了一下,只看到白雪两个字。

白雪问:"在哪里呢?"

丁光慧快速地回了两个字:"家里。"

白雪问:"真在家里?"

丁光慧的脸上流露出不爽的神情:"你以为我在哪里?你那个毛头小子身边?"

白雪那边给了一个坏笑的表情:"防火防盗防闺蜜,你懂的。"

丁光慧不满地撇了一下嘴,发了一句:"我还没有到饥不择食的地步。"

出租车司机看在眼里,长时间地保持同一个动作,让他身体的其他部分经常处在一种休眠的状态,现在,他身体里的某些东西被眼前这个端庄的女人激活了,并且开始不断膨胀,他的身体已经容不下了。

"谁是白雪?"

丁光慧不答。

收音机里是一个女人在讲自己的故事,尽管是热线电话,但是感觉还是如泣如诉。那个女人说她来自农村,和老公一起进城打拼,现在什么都有了，老公却在外面有了女人。倾诉的女人似乎百思不解，一遍又一遍地追问主持人，为什么穷日子过得那么滋润，那么开心，富日子却过得那么不如意，什么都变了味儿。女人似乎越来越激动，瞬间就要走向极端的样子。主持人也意识到了女人情绪的变化，不断开导她，稳定她的情绪。主持人问女人叫什么名字，家住哪里。女人说她叫白雪，现在在滨江路上。白雪？当然是假名。没有人在这种情况下以自己的真实身份来面对众人。包括名字。听到这个名字的时候，丁光慧禁不住愣了一下。

"现在还有叫这个名字的。"出租车司机说，"太俗了。"

他从身边这个女人的神情里看出，她对白雪心存不满。出租车司机实在想找点话来说，在这狭小的空间里，如果不找点话题，憋着是很难受的。事实上，他正是因为自己那张嘴让乘客在紧张的旅途中显得轻松愉快而颇受好评，几乎年年被评为先进。可是，话一出口，他就明显感到效果不佳，赶忙住口。他弄不明白，眼前这个女人既然讨厌那个叫白雪的，可怎么不允许谈论她。心里不免嘀咕，女人的心啊，真是捉摸不透。想着想着，倦意袭来，一连打了几个哈欠。

丁光慧提醒他注意力集中，别跟丢了。

她想看一看，这些日子姜云斌究竟在干什么。

不知从哪天晚上开始，姜云斌就回来得晚了一些。这实在无法准确地记住。因为姜云斌和丁光慧回家的时间都无法确定。有时候，姜云斌回家早一些，阿姨把饭菜端到桌子上，可是左等右等，丁光慧就是不回家。打电话一问，回答说公司有点忙，吃饭就不用等了。往往是姜云斌吃了饭，倒在沙发上呼呼大睡的时候，丁光慧才进门。有时候呢，丁光慧回家早一些,知道姜云斌忙,也不等,吃了饭就独自睡了。两个人就这样你来我往,很少能真正碰到一起,坐下来认真地吃一顿饭。先前那个阿姨嫌麻烦,要求丁光慧调换工作,要不就辞职不干。丁光慧只得把她换了。现在这个阿姨呢,虽然嘴上没有说,可是丁光慧能从她的目光里读出抱怨来。于是丁光慧只得放下公司老板和家庭老板的双重身份,说以后不管她和姜云斌什么时候回来都不会再要她起床热饭菜,他们自己将就着,简单吃一点算了。

姜云斌回家越来越晚,一进门,出现在灯光下的就是一张疲惫的脸。有时候他连脚都没有洗,就倒头睡着了。第二天她问是怎么回事。姜云斌说:"要加班,很长一段时间都要加班。"她问:"一个人加班吗?"姜云斌说:"废话,谁一个人加班呀。"不言而喻,姜云斌是和同事在一起加班。

丁光慧知道姜云斌的手下几乎全都是清纯无限的女孩子,其中就包括白雪。虽然已经为人妇,但她依旧保持了青春本色,还添上了点成熟的丰腴。谁也不能保证,姜云斌和一帮漂亮的女孩子中的某一个或者两个,夜里一起加班不出点什么事情。

丁光慧问:"你们,只是加班?"

姜云斌说:"是啊,加班。"

丁光慧说:"就没有做点别的事情,比如加班过后去夜宵?"

姜云斌说:"我还想呢,人家不愿意,再说了,公司现在夜宵补贴也抓得紧。"

丁光慧的心里就莫名地不安起来。她旁敲侧击,多方打探,终于弄清楚姜云斌一般都是在晚上十点下班。

有一天晚上，过了十点钟，姜云斌还没有回家。丁光慧实在按捺不住，就走出了家门，原本想坐公交车去姜云斌的公司的。姜云斌的公司离家不是很远，从电影院上二路汽车，经过气象局、服装城、天堂堡、月塘，然后是五公司，在五公司下车，走十多分钟就到了。可是，走出家门，她却没有在电影院车站上车，而是不知不觉地走到了电影院门口。

当初他们买房子的时候，还没有电影院，周围只是一片荒地。然后他们各自在自己的岗位上忙碌，根本没有注意到小区附近的变化，直到有一天，他们惊喜地发现，自己的家竟然处在一个热闹的商圈里，现代化的影院每时每刻都在提醒他们从前在乡下看电影的情景。那时候，村里每个月都有电影看，乡里的电影放映员一个村一个村地放电影，全部是免费看，村里小伙儿姑娘们也都一个村一个村追着看。村西的小芳就是跟着放电影的小伙子跑的。有几回村里放电影，胶片都转完了，也没有人来换，一片雪亮的光照在方方正正的银幕上，看不见一个人，引得晒谷坝上看电影的人一阵阵哄闹，后来才明白，敢情放电影的小伙子去幽会了。现在看电影要钱了，而且价格令人瞠目，但是每次丁光慧的生日，或者是情人节，姜云斌都会带着她一起去看电影，也不是刻意要去看什么大片，碰到什么就看什么，好看也罢，不好看也罢，她都挺开心。用丁光慧的话说，要的就是那种感觉。而现在呢，她孤零零地站在电影院门口，看着男男女女三三两两从电影院里走出来，然后消失在夜色里。

橘黄色的灯光静得忘了闪烁，夜在灯光里昏昏欲睡。丁光慧在电影海报面前徘徊，灯光把她的身影投射到地上，长长的，斜斜的，显得无比诡异。她不知道是不是该去看一场电影，当她看到自己匍匐在地上的影子的时候，有些泄气，觉得自己不应该是这么丑陋。一个四十多岁的中年男人同样在一张海报面前徘徊，他慢慢走到丁光慧身边，对丁光慧说："美女，看电影吗？一起看一场电影吧。"丁光慧有些意外，她流露出无比厌恶的神情，想，现在的男人，脸皮真厚，一碰到美女就来劲儿，想方设法去搭讪，你以为你谁啊。丁光慧轻蔑道："谁和你看电影？神经病！"那个男人也不生气，笑嘻嘻地说："美女别生气嘛，不就是看一场电影，不看就不看呗，至于吗？"他碰了一鼻子灰，就慢慢地走开，去寻找下一个目标。事后，丁光慧想了很久，要是和他去看一场电影，会是什么结果呢？

午夜场还没有开始，丁光慧在那里很迷茫，弄不清楚自己来到这里的理由，越是这样，她的心里就越忐忑。她似乎希望看到什么，可是，她却又为自己什么也没有看到而失落——是失落，居然不是庆幸。她感到自己脑子好像有点问题。

回到家里，姜云斌正在客厅里焦急地转来转去，见她推门进来，带着责备的口气说："这么晚了，去哪里了？我给你打了好多电话呢。"丁光慧一看手机，上面果然是一长串未接电话，全部是姜云斌的。她的心情好了一点，这说明自己在姜云斌的心目中还是挺重要的，她还从来没有见到过姜云斌如此紧张过。他长长松了一口气，皱着的眉头舒展开来。她说："电影院。"姜云斌说："你去看电影呀？"她说："是的，一个人的电影。"姜云斌以为她生气了，就给她赔不是，答应这段时间忙完了，就陪她看一场电影，一场两个人的电影。

丁光慧怔怔地看着姜云斌。有那么一瞬间，她的心里涌起了一阵实实在在的暖意。似乎在这个时候，丁光慧才感觉到眼前这个男人是那么真实地存在于自己的生活中。

每天早上起床，丁光慧都要面对镜子里的自己发一阵呆，脑子里似乎想了很多问题，又似乎什么都没有想，迷迷糊糊，纠纠缠缠，直到姜云斌打开客厅的门跨出这个他们经营了多年的家，丁光慧才回过神来，猛然想起，姜云斌的变化就是从每天早上出门的那一刻开始的。从前，姜云斌早上出门的时候，无论多忙，都要对丁光慧说一句："我上班去了。"这既是一句温馨的招呼，也是在告诉丁光慧，他作为一个男人，时刻在为这个家打拼。现在，这句话在他们的生活里，不知不觉被省略了，连同一起省略的，还有他们曾经为之欣慰的夫妻情感。

没过多久，姜云斌的工作恢复了正常，他提出想和她一起去看一场电影，但是她却怎么也提不起兴趣。在姜云斌的一再要求下，她好歹是答应了。坐到电影院里面，她却倚在他的肩上发出了轻微的鼾声，这在以前是从来没有过的事情。

她开始偷偷地看姜云斌的日记，看QQ聊天记录，手机通话记录，一切迹象都表明姜云斌很正常。太正常了。而过分地正常，往往就意味着不正常。姜云斌善于掩饰，那种毁灭蛛丝马迹的勾当，他玩得炉火纯青。

每天晚上，姜云斌回家，丁光慧都会不动声色地围着姜云斌转几圈儿，看看姜云斌的脖子，那是丁光慧最喜欢的地方，同时也是姜云斌最容易忽视的地方。她记得当初他们谈恋爱的时候，她总是把红红的唇印留在姜云斌的颈子里。姜云斌怕出去被同事看见笑话，要擦去唇印，她伸手挡住姜云斌的手。她说："别擦，这个避邪，留在那里，能抵挡百万雄兵，吓退所有靠近你的美女。"姜云斌就笑了，说："有了你谁也无法靠近了……"给姜云斌洗衣服的时候，她会把姜云斌的衣服放在鼻子下嗅一嗅,直到她认为放心,才放到洗衣机里面。

有一个星期天,丁光慧和姜云斌一起去逛街,正巧碰上了姜云斌的那些年轻漂亮女同事中的一个,姜云斌就拉着她走上去和女同事打招呼,把她介绍给女同事。她看见女同事的脸上挂着红晕,一副害羞的样子。姜云斌呢,仿佛中了头彩,脸上泛着兴奋的光,显得口若悬河。看到姜云斌那个样子,她的心里显出莫名其妙的厌恶。回到家里,姜云斌的兴奋还没有褪去。她冷冷地看着姜云斌,冷冷地说:"她就值得你那么得意忘形?"

姜云斌感觉到了苗头不对,慌忙补救。他嬉皮笑脸地说:"我是因为你才得意忘形。"

丁光慧冷冷地说:"我让你得意忘形的时候已经过了吧。"

后来,姜云斌知道了她对自己的怀疑。

姜云斌说:"请你相信我。"

丁光慧说:"你叫我怎么相信你?"

丁光慧还说:"现在叫人相信的事情已经没有多少了。"

接下来,就是冷战。

姜云斌和丁光慧都是有点知识的人,一个是高级管理人员,一个是家政公司的老板,长期的工作让他们把自己修炼得百毒不侵,无论遇到什么事情,所表现出来的冷静简直和他们的年龄不符。他们都比较斯文,到城市里混了这么多年,城市的套路早已把他们打磨圆滑了,并且剥离了他们作为乡下人身上所具备的粗野。即使他们互相愤怒到了极点,也不会动手。不但不动手,连口也不动。

他们用沉默来表达自己对对方的不满,用漠视对方的存在来发泄自己的怨气。偌大一套住房里,两个人静静地吃饭,默默地做事,即使在客厅里面对面,也如同陌生人一般,各自的目光斜斜地避开。家里的温暖正一点一点地流失,这冷清的屋子里仿佛从来就不曾有人住过。

丁光慧觉得自己很累,每天都把神经绷得紧紧的,仿佛一使劲儿就会崩断,本来就摇摇欲坠的关系就会坍塌下来,把结婚时双方编织的梦压得粉碎。

实在无聊了,丁光慧就给白雪打电话,说要请她吃饭。在城里生活的时间久了,朋友也不少,真正能在一起吃饭的,又能倾诉的,也就那么几个人。白雪算一个。不是说其他的人不能一起吃饭,也不是说苦水不能倾诉,只是大家都提防着。不是你防着我,就是我防着你。

白雪回电话说来不了,她正在争取片区销售经理的宝座。她笑着坦言,她现在压力很大,面对那群青春飞扬的少男少女,她完全没有胜算,如果丁光慧能看在闺蜜的分上,说动姜云斌,在销售份额上动动手脚,让她能轻松获胜,她可以考虑接受丁光慧的邀请。至于谁做东,自然不言而喻。

丁光慧只得在电话里把自己的事情告诉了白雪。

她说:"我知道这样怀疑对他不公平,可是我就是忍不住要去想,一想到他一天忙来忙去很晚才回家,我就忍不住要生气。"

白雪说:"你也是一天忙来忙去的呀,你可以不那么忙吗?"

丁光慧说:"不能。"

停了一下,白雪说:"你是有心理疾病吧,不如找个心理医生看看。"

"我有心理疾病?"丁光慧差不多惊呼起来,"你才有心理疾病呢!"

出租车停了下来,丁光慧从沉思中回过神来。她看了一眼出租车司机。他明白她的意思,朝前面努了努嘴,说他们停了。

公路边停着一辆红色的轿车,丁光慧一眼就认出是白雪那辆奥迪A4。果然,当姜云斌还在出租车后备箱里取东西的时候,白雪也从车上下来了。尽管她戴着太阳镜,但是,丁光慧依然能够认出她那张过分宽阔的脸。丁光慧曾经和白雪开玩笑,说:"你那张脸上可以开飞机了。"白雪说:"有什么不好,面子大呗,到哪里都吃得开。"现在她那张脸给丁光慧的感觉不是吃得开,而是说不出的厌恶。

当然,丁光慧也知道了姜云斌手里是什么东西。那是野营帐篷,几天前自己在网上买的,本想着方便以后出去玩。想不到这么快就派上了用场,只不过换了女主人而已。方便的不是自己,是自己的闺蜜。

丁光慧看着姜云斌动作迅速,灵巧地把那包东西转移到白雪的车上。那是帐篷,对,是可以遮风挡雨的帐篷,也是可以在里面发生风花雪月的故事的帐篷。丁光慧觉得那根本就不是什么帐篷,是绝望,更是嘲笑。

"开过去不?"

出租车司机问丁光慧。

丁光慧说:"开过去。"

出租车司机脸上依然充满了疑问。

丁光慧补充了一句:"不要停。"

出租车开动的时候,丁光慧给白雪打了一个电话。

"在哪里呢?"

白雪的口气显得很轻松:"正准备和晓晓出去玩呢。"

丁光慧哦了一声。挂了。

"走哪里？"出租车司机问丁光慧。

丁光慧没有回答他，她理了理垂在脸颊边的头发，让它们温顺地伏在耳朵背后，和其他的头发一起，装扮着一个女人即将消的青春。丁光慧掏出小镜子看了看自己的脸。她开始是有些担心的，怕在小镜子里看到自己的脸扭曲了，愤怒了。还好，这是一张白皙的，风平浪静的脸，如此镇定，把内在的气质差不多都体现出来了。丁光慧在小镜子里看到了自己的生活，算是比较满意。

"想不想玩儿？"丁光慧把小镜子放进包里，给出租车司机抛了一个媚眼，至少让他感觉到自己不是一时的冲动，是经过深思熟虑的。

"什么？"出租车司机好像没有听懂丁光慧的话。

丁光慧不等他说下文，又说："找个地方。"

出租车司机没有说话，他加大油门，汽车呼地从那辆红色奥迪旁边驶过，姜云斌打开车门正要上车，他的脸在丁光慧面前一闪而过。

车速慢了下来，中年司机在等待丁光慧开口。收音机里，那个女人早已挂断了电话，取而代之的是几个人在讨论，有男有女，七嘴八舌。婚姻、爱情和家庭，道德和堕落，贫穷和富裕。很激烈，却显得很和谐。有人主张离婚，出轨嘛，本来就是对婚姻家庭和道德的背叛。有人却主张不离婚，要以牙还牙，以毒攻毒对待犯错误的一方。还有的认为应该忍耐，为了孩子，为了家庭，把日子将就过下去。如今这个社会，有多少家庭不是在将就着过日子呢？人生就这么短短几十年，谁都折腾不起……最后主持人说了什么，丁光慧一句也没有听清楚。丁光慧伸手主动调换了频道，她想再听听对你爱爱爱爱不完。但是，歌声已经成了过去，就像她和姜云斌过去的生活，再也回不来了。很多事情就是这样，赶上的时候讨厌，错过了吧，又无限怀念。丁光慧觉得这就是生活，本身就很无奈。她叹了一口气，关了收音机。

不知开了多长时间，出租车终于停下来了。丁光慧走下车，才发现是自己刚才上车的地方。

丁光慧的心瞬间就踏实了。能够原路返回是最好的，那样就避免了很多麻烦。

城市的冬天总是如期而至，却没有想象中寒冷。这使丁光慧的心情格外好，如果要说有什么遗憾，那就是缺一场雪……此刻，丁光慧抬眼看了一下灰蒙蒙的天空。全世界在她的周围无比安静。她感觉到这种安静了，就像她此刻的心一样安静。

丁光慧走下车，挺直着背，轻轻把车门推回去，同时也把自己推回到从前，推回到以后的未知世界里。

长　福

　　长福把背篼连同青草噗的一声摔进牛圈，声音沉闷而又充满诱惑。那头牛看了长福一眼，嘴里咀嚼着，偶尔欢快地甩动几下尾巴，把自己的屁股打得啪啪直响。长福踹了牛屁股一脚，说："看啥看，吃饭还早！一天就晓得吃吃吃，撑死你拉倒，省得老子天天割草。"牛似乎听懂了长福的话，将屁股转到另一边，垂下眼帘，低头思过。

　　从牛圈出来，长福在家里转了一圈，见哥哥嫂嫂都不在家，出的气便粗了起来。他从里面把自家的大门关上，留了一条缝，然后躲在后面向对面张望。望着望着，内心便渐渐涌起一丝温暖。

　　对面住着寡妇秋穗。

　　1988年的秋天，十六岁的长福要命似的喜欢上了三十岁的寡妇秋穗。秋穗的男人去河里下网捞鱼，叫自家的渔网当鱼给网住了，是村里的几个壮汉像捞鱼一样把他捞上来的。捞出水面的时候，他的身体就像离开水的鱼一样,早就冰冷冰冷的了。从那以后秋穗就带着孩子独自过日子。这让长福脑子里的奇妙想法和身体里莫名的骚动与日俱增。

长福常常向秋穗家的大门口鬼头鬼脑地张望。

要是整个院子里无人,秋穗又不在家的时候,长福就跑到对面秋穗家的门口,对着秋穗家的大门仔细地打量一番,把脸贴到大门上,通过门缝,就能看见秋穗家那张摆在堂屋吃饭的桌子。秋穗男人在的时候,长福还进去在桌子上夹过菜吃。后来,秋穗的男人死了,长福就不敢进去了,只能这么偷偷地看上几眼。为什么再也不敢进秋穗的家门,长福也说不出原因,就是觉得没有勇气进去。仿佛那是一个神圣的地方,还没有走近,就有了一种敬畏之心。

秋穗在家的时候,长福的胆子没有那么大,他只是远远地唱歌:

  对门的姐姐哟你抬头看啰哟嗬

  哟嗬扭联扭哟

  弟弟这边把你想啰哟

  扭呀扭灯唧呀海棠花儿……

听到歌声,秋穗抬起头,脸上泛起淡淡的红晕,说:"长福你这个小屁孩,唱些什么乱七八糟的,当心我告诉你嫂嫂去。"长福不等秋穗把话说完,早就跑得没了踪影。

长福在门缝后面偷偷地看秋穗挑水,看秋穗晾衣服,看秋穗咔咔咔地剁猪草,看秋穗忙里忙外。看着看着,长福心里就有了冲动,他想去帮秋穗。无论是什么脏活儿累活儿,长福都不怕,就算是为秋穗做牛做马,他也愿意。有一次侄儿从外面回来,长福正在门缝后面偷偷看秋穗,侄儿直通通一推门,里面的长福躲避不及,嘭的一声响,长福脑子里一嗡,差点仰面摔倒。这下子撞得着实不轻,长福的额头瞬间便冒出一个大包,痛得他咧着嘴嘶嘶地抽着风。哥哥不知情,问长福怎么了。长福躲躲闪闪,结巴了半天才说叫牛角顶了。"是吗?"哥哥半信半疑,最后说了一句,"咋没有顶到你的命根子?"哥哥说这话的时候,脸上毫无表情,像是开玩笑,又不像是开玩笑,额角上的那道伤疤似乎在微微颤动,好像正在疼痛。看上去有点凶,瘆人。爹活着的时候说哥哥额头上的伤疤是长福用石头砸的,可是长福说什么也不信,自己什么时候用石头砸了哥哥?可仔细一想,爹的话似乎也有道理,自己不用石头砸哥哥,哥哥现在怎么会恨自己?他就是在报复呢。

每天晚上睡觉之前,长福都忍不住要把秋穗细细地想一番。到了半夜起床小解,明明茅坑就在附近,长福偏偏要绕上一个圈子,蹑手蹑脚来到秋穗家的窗户下,侧耳听了听,然后再滋尿。滋得很远,很有力量,声音也大,哗哗哗的,像牛圈里那头牛在撒尿。

这事后来让秋穗知道了。秋穗说:"长福你大半夜在外面晃荡来晃荡去,梦游啊。"长福吓了一跳,怔怔地看着秋穗,感觉自己被人七手八脚剥光了,将自己身体最隐秘的地方全部袒露在阳光下,袒露在所有人的眼里。长福想分辩几句,却不知怎么开口,恼也不是,怨也不是。

秋穗是怎么晓得的?

很久以后长福都还在想这个问题。深更半夜的,四周连鬼都没有一个,自己来无声去无息,秋穗咋晓得呢?

有一天晚上,长福听见秋穗骂人了。这是长福第一次听到秋穗骂人,她骂得很恶毒，几乎把乡下女人能够想到的恶毒语言都骂出来了。最后秋穗说了一句在长福听来很不着边际的话。

秋穗说："别以为我们孤儿寡母好欺负。"

长福心里挺委屈，不就是一泡尿嘛，咋就说成是欺负孤儿寡母了？委屈归委屈，可是听见秋穗那样骂人，骂得声音都有些发涩了，长福还是挺心疼的。

回想自己游荡的夜晚，长福依稀记得在某一天晚上看见秋穗家的电视机天线杆子下立着一个人影，那人似动非动，两眼若明若暗，死死盯住自己，鬼魅一般。长福心里一哆嗦，手一抖，一大半都尿到了裤裆里。

那段时间长福晚上几乎都不敢出门。

不久，长福在割草回家的路上遇到秋穗，见四周无人，他大起胆子走近秋穗，对她说："你家门外有鬼。"

秋穗一愣："哪里？"

长福说："就在你家的电视机天线杆子下站着，有这么高。"长福做了一个动作，把自己的手举过了自己的头顶。

秋穗说："你咋晓得？"长福心里一阵紧张，我我我了半天。

秋穗接过长福的那个"我"字，说："我没有看见。"

长福说："你别去看，会吓着你的。"

秋穗把长福打量了一下说："我看是你心里有鬼吧。"

长福说："我不是鬼，心里也……没鬼。"

秋穗竟然不信她家门外有鬼，这叫长福又急又恨又怕。

后来长福按捺不住心里的冲动，又偷偷摸摸过去了。结果，他又看见了那个黑影。这回长福可以断定，那是一个人，他双手抱着秋穗家的电视天线杆子,似乎正在使劲儿,想把电视天线竿子拧断。那个人的背影高大、魁梧,应该是一个男人。

一个男人,在秋穗家门口干什么?

秋穗又有男人了。

这是长福心中的答案。可是,长福不愿意接受这样的结果,更不想让别人知道这样的结果,在他的心中,秋穗依然是一个人,她的男人早就死了。这个死了男人的女人,在长福心里住着,让长福每天都感觉到家里的暖和,感觉每天都是阳光明媚的日子。

第二天在山坡上割草,长福依旧在想秋穗。想着想着,他丢下割草刀,甩开背篼,整个身体往空中一跳,然后任由自己的身体落下来。咚地一声,长福听到的不是土地的呻吟,而是自己内心的一声叹息。他的屁股把地砸出一个坑,他赖在坑里久久不想起来。长福觉得,自己要是起来了,屁股下的这个坑就和自己一样孤独。他弄不清楚地上的那个坑痛不痛,但他觉得自己的心是痛了。

晚上回到家的时候,长福明显感觉气氛不对,心里便有十五只吊桶在打水。

哥哥的威风是真威风,就像当初的爹一样。

长福是弟弟。弟弟和嫂嫂之间可以开玩笑。嫂嫂无论怎么说,甚至发怒,长福也当是开玩笑。嬉皮笑脸的,和她左说左对,右说右对。嫂嫂没法,气得直骂长福。嫂嫂越是骂人,长福越是把嫂嫂骂人的话当玩笑话来听,不止一次气得嫂嫂抹眼泪。但是哥哥一声咳嗽,或者一个喷嚏,都会让长福夹紧了尾巴,屏住了呼吸,大气也不敢出。

自从爹娘去世后,这个家就由哥哥说了算。哥哥说长福中午别吃午饭，长福中午就不敢上桌。哥哥说长福事情做少了，晚上只吃一碗饭，长福晚上便不敢吃两碗饭。有一次长福想知道哥哥是不是闹着玩儿的，硬是上了桌。哥哥从桌子对面呼地就是一个耳刮子，直接甩到了长福的脸上。那一巴掌的威力比爹没有死之前打人的耳刮子有力得多。不但把长福打愣了，还打愣了嫂嫂，更把在一边吃饭的小侄儿小侄女打哭了。那以后长福才知道，哥哥确实威风，不是闹着玩儿的。也就是那一巴掌，把长福七尺男儿的形象打得轰然坍塌了，从此长福遇到谁都是点头哈腰，立马认错的样子。从那以后，嫂嫂的威风也赫然立了起来，隔三岔五也在长福面前抖落一番。

"长福。"嫂嫂先开口了。长福答应了一声，禁不住哈了一下腰。

长福越是点头哈腰，哥哥嫂嫂心里越是窜起莫名的火苗：啥子意思？爹娘死了，跟着我们过日子，委屈啊，自己一个人过去呀。

今晚嫂嫂的脸色也不好看，什么东西到了她的手里，再放下的时候，力气就特别大，手里拿了水瓢，放下的时候，会咣的一声；手里提了一个猪食桶，往地上一放，就会咚的一声；手里的饭碗往桌子上一搁，会砰的一声。嫂嫂手里的每一样东西放下的时候，都像放在长福的心上，他的心便咣、咚、砰地跳个不停，特别是嫂嫂把一把菜刀唰的一声砍在菜板上，手一丢，菜刀把子一阵震动，嗡嗡嗡响了老半天，长福的心提起来，也跟着咚咚咚地跳了好半天。

嫂嫂的气发完了，气氛依然紧绷绷的，长福坐不敢坐，卧不敢卧，不知道嫂嫂下面要做什么。

长福想走。可是饭还没有吃，肚皮是饿的，长福又不甘心。

嫂嫂看出了长福的意思，脸一沉："长福你敢走！"

哥哥也看着长福。

哥哥的两个孩子也看着长福。

长福心里开始发毛。

嫂嫂发话了:"长福,你自己说,打小你就跟着哥哥嫂嫂过,哥哥嫂嫂对你咋样?"

长福说:"哥哥嫂嫂对我很好。"

"啷个一个好法?"

哥哥嫂嫂对自己是怎样的好法,长福还真的没有想过。

"说嘛,啷个一个好法?"哥哥在旁边说,"你我兄弟之间,遮遮掩掩的就没有意思了。"

"哥哥嫂嫂对我好,就像……就像,"长福的脑子飞快地转动着,"就像对自己的儿子一样。"

嫂嫂嗤地笑了:"我哪敢做你的妈呀,那不乱了辈分嘛。"

哥哥似乎对长福这样的回答很满意,他慢悠悠地说:"我们对你好,你也承认,那你承不承认最近做了啥子事情?"

"啥子事情?"长福愣了愣。

嫂嫂说:"你自己晓得,还用我们来说吗?"

长福说:"我不晓得。"

哥哥说:"你晓得。"

长福一看这阵势,今天只怕不说是不行了,就说:"我错了,不该唱歌。以后我再也不唱歌了。"

长福喜欢唱歌,他把本地的一种山歌调子配上新词儿唱到了极致。别看他书读得不多,可是他会现编词儿,他看见什么就编什么,编什么就唱什么，唱得有板有眼，有滋有味儿。长福的山歌，已经成了村里人劳动之余的固定节目，人们在对歌和帮腔中，不知不觉就忘记了疲倦。哥哥嫂嫂不喜欢长福唱山歌，说那是丢人现眼。长福常常在哥哥嫂嫂面前诅咒发誓不唱山歌，可是等他们不在的时候，他的心总是痒痒的，嘴总是闲不住，多少都会哼几句。

嫂嫂说："不是这个。"

"那就是……那就是我昨天草割少了。"

"不是！"哥哥不耐烦了。

"我……我昨天喝水的时候，打破了一个老土碗。"长福心里开始绝望。

嫂嫂说："不是老土碗！"

哥哥说："是鸡蛋。这些天鸡生的蛋，都是你吃了吧？"

长福大呼冤枉。

哥哥说："鸡窝里好几天都没有见到鸡蛋的影子了，是不是你偷吃了？"长福矢口否认，说："鸡们都饿了，哪有力气生蛋啊。生蛋是力气活儿呢，哪能说生就生。"长福不承认，哥哥拿他也没有办法。再说，鸡窝里鸡蛋不见的事情从前也发生过，后来弄清楚了是邻居秋穗家的圆头偷去吃了。那家伙吃生鸡蛋简直绝了，拿在手里往墙壁上一磕，再往空中一举，蛋清裹蛋黄长长地滑落下来，他张嘴就接住，然后咕嘟一声就吞下去了，也不知道咂出味道来没有。后来秋穗狠狠把圆头揍了一顿，鸡窝里面的鸡蛋才没有丢失过。

不过，最近一段时间，鸡蛋又开始不见了。嫂嫂前前后后上上下下把长福打量一番，怎么看，这事都像长福干的。

长福说:"我没有吃鸡蛋。"

嫂嫂盯着长福看了好一阵,说:"没有就算了。"

哥哥拍着长福的肩膀,安慰说:"没有就没有,明天把草多准备一些,后天和我一起出去收割谷子。"

"谁家的?"长福一听说割谷子,目光在昏黄的灯光下闪烁着。

秋穗家。

长福闪烁的目光比灯光还亮。他呆立在当场,开心得差点哼出了山歌。

哥哥看长福傻傻地站在那里,说:"你就是个割谷的精。"

嫂嫂说:"我看他是让隔壁的精迷住了。"

嫂嫂和哥哥最后说了什么,长福没有听见。躺到自己那窄窄的木床上,他的心咚咚咚跳了很久。

长福跟着哥哥嫂嫂过日子,每天除了干体力活儿,就是割草喂牛。哥哥嫂嫂喂了一头牛,家里的水田旱田都指望着这头牛来犁田,除此之外,家里的大部分开支都是把牛租出去挣回来的,这头牛就是家里的摇钱树,它在家里的地位比谁都高,日常的饮食起居更是马虎不得,哥哥嫂嫂成天在地里忙碌,回家早就累得直不起腰了,伺候牛这件事情就落到了长福的肩上。哥哥时刻都在给长福打预防针,这头牛的命比你的命重要,要是有个三长两短,我就让你去耕地犁田。伺候牛这件事情,几乎占去了长福一年里大部分时间。每天只有把牛吃的草备齐了,长福才能上桌子吃饭。当然,这还得看哥哥嫂嫂的心情。要是哥哥嫂嫂的心情不好,长福就别指望利利落落吃一顿饭,满耳朵都是哥哥嫂嫂的抱怨。天天割草喂牛,天天被哥哥嫂嫂数落,他们好像总是看不惯长福,总是觉得他在锅里舀饭的时候舀得太多,吃得狼吞虎咽,像饿死鬼投生。嫂嫂的嘴边总是挂着一句话:"吃吃吃,一天就晓得吃,撑死拉倒!"久而久之,长福也有了脾性,不时冲牛圈里的那头牛数落一番。那头牛静静地看着长福,目光里流露出一种慈祥,这让长福想起了自己死去的爹娘,想起了现在自己的日子,他的眼角便湿润了。有时候,长福就觉得自己是一根草,一茬又一茬长出来,又一茬一茬被自己挥刀割去,现在就是到了春天,也懒得再生长了,就算阳光和煦,也渐渐枯萎。说不定哪天就会被哥哥嫂嫂连根拔起,晒干了做柴禾烧了。但是一想到秋穗,长福又觉得哥哥嫂嫂这样对自己也算不了什么。有了秋穗,早上起床,一切都是那么新鲜,一天的每一个时辰都值得期盼。有了烟火,便是人间。有了秋穗,人间便是长福的仙境。秋穗像是夜里一朵烛火,摇摇曳曳,却偏偏照亮了长福眼前一些凄楚的光景,她又像是冬天堆在屋檐下披着一身厚厚尘土的柴禾,为长福准备着一个冬季的温暖……

这是长福一个人的秘密。

还有一件事情长福做得比割草喂牛还要出色,那就是收割谷子。

长福走路从来不看路,只看田里的谷子,看谷穗沉不沉,稻田的面积有多大,谷子有没有成熟,能不能开镰,一湾田一天能不能收割完。只瞟一眼,长福就能看个八九不离十。长福还看稻田里有没有水。哪怕有点儿跑面水,也是不错的。有水的稻田割谷轻松啊,可以在田里健步如飞,太阳毒的时候,还给人丝丝的凉意。怕就怕田里的泥是稀泥,没有水,却又没有完全干涸,脚一踩上就陷进去了,一直陷到小腿肚子。那叫火罐泥,拉脚,来来去去踩得扑哧扑哧直响,拉得人的双脚发软,吃力得很。遇上这火罐泥,割谷子的活儿就很累,一天下来,有一大半时间都在和黏稠的稀泥较劲儿,是割不了多少谷子的。

一到开镰收割谷子的时候,长福就把牛的草料备齐,然后和哥哥一起出门,给人家割谷子挣钱。长福喜欢出门去割谷子,那样他才能吃一顿利利落落,不被人抱怨,也不被人瞪眼的饭,还有一包他做梦都在咂吧嘴狠劲儿抽的香烟。最令长福开心的,就是还会挣到一笔钱,尽管大部分都给了哥哥嫂嫂,但是至少自己手里有钱买烟了。

长福每天最难受的时候是吃饭。他总是怕哥哥嫂嫂拿脸色给自己看,又怕自己吃不饱,就拿了一个大碗,从锅里舀饭的时候,用锅铲狠狠地压,一直到碗里的饭堆成一个小山头。嫂嫂看见了,就虎着脸说:"吃吃吃,一天就晓得吃,撑死拉倒!"长福不说话,也不去桌子上夹菜,端着碗一溜烟就到大院子里去了。对于长福来说,吃饱饭,远远要比吃那几样菜重要。

吃饭的时候大院子里的人最多,鸡呀,狗呀,都在人的身边蹭来蹭去,巴望能从人的碗里得到一点残羹剩菜的施舍。在院子里,人们站的站着,坐的坐着。稀饭也好,干饭也好,吃得热闹。狗在脚边转来转去,伸长脖子往每个人碗里瞅,趁人不注意,飞起一张嘴,就在碗里叼了一口,撒腿就跑,一边跑,一边使劲儿往下咽,兴奋得连舌头也差点一起咽到肚子里。

长福喜欢像狗一样伸长脖子往人家碗里看,看人家碗里有什么菜,趁机到人家碗里夹一筷子。没有菜的饭吃起来,确实枯燥了一些。

圆头端着碗摇摇摆摆从家里出来,长福走过去朝他碗里看了看,见也是和自己一样,饭多菜少,就对圆头说:"回去给你妈说,碗里多夹点菜,就说长福喜欢她……炒的菜。"

圆头认真了,就说:"我去给妈说。"

不一会儿,圆头就屁颠屁颠地出来了。老远就叫:"长福,我妈说你是疯子。"

这话虽然是从圆头嘴里说出来的,但是原话却是秋穗说的,这让长福听着舒坦。长福正喜滋滋地陶醉,一回头,正看见哥哥对自己怒目而视,赶紧去一边蹲下来,用筷子刨着碗里的饭,把碗刨得丁当作响。哥哥说:"没有把饭拿给你吃饱啊?"长福连连说:"吃饱了吃饱了。"回到家里,长福还要去锅里舀饭。哥哥说:"不是说吃饱了嘛。"

长福顿时就沉默了。

改天果然去秋穗家里割谷子,站在田里,长福才真正挺直了腰,放眼望去,田野上是一片繁忙的景象,圆头和小伙伴儿也在田坎上走来走去。秋老虎厉害得很,阳光在空中纷纷扬扬地洒落,一抹一抹往肉里扎,扎得皮肤干痛干痛的,连头发上也挂着一滴一滴的汗珠。谷子成熟后的清香也在空中层层浮动。圆头他们不怕阳光扎,他们仰起脸,闭着双眼,夸张地抽着鼻子,有时候也趴在田坎上伸手去捡大人们遗落在田里的谷穗。

长福他们有时候光着上身,亮晶晶的汗珠在他们背上滚落着。他们拉搭斗(割谷的工具)的时候,嘴里喊着号子,颈子上的青筋绷得老高,弓着身子吃力地拉着装满谷粒的搭斗慢慢前行,差不多把自己都拉成了一粒饱胀的谷粒了。长福动作熟练,他把谷草往怀里一抱,双手一合,也不知他怎么弄的,一个捆好的谷草就像降落伞似的轻盈地落到田里,像一个个小矮人。

休息的时候,有人就叫长福唱歌。长福抬眼四处看了看,不唱。哥哥就在旁边，自己一开口，免不了又是一顿臭骂。长福看了看在前面割谷子的秋穗，她挥动着镰刀，撅着屁股咔咔咔地往前割，看得长福心里一阵阵骚动。每次看到秋穗，长福的身体里就腾起一股火焰，把他烧得大汗淋漓。

长福想：要是秋穗叫我唱歌，我一定唱。他远远地盯着秋穗的背影，想着她直起腰来，笑吟吟地叫自己唱歌。秋穗最后还是没有回头，她奋力挥动着镰刀，面前的谷子纷纷向她倒过来。她一步一步往前挪动着，身后留下了一个个井然有序的把子。

有人发给长福一支烟。圆头走上去，殷勤地划燃火柴为他点烟。长福深深地吸了一口，把烟雾全吞进了肚子里，好像这一辈子从来就没抽过烟。他斜眼看着圆头，目光闪亮："想不想学？"

长福想，要是圆头学会了割谷子这个农活儿，自家的谷子就可以自己收割，还可以出门挣钱，那样秋穗就会少吃许多苦。

圆头却不愿意，说："不想。"

长福说："怎么不想？"

圆头说："不想就是不想。"

长福想了想，凑近圆头的耳朵嘀咕了一阵，圆头听得眉飞色舞。

长福说："这回想不想？"

圆头说："那我就想。"

长福说："那就来。"

说着长福伸手抓住圆头，一下就把小家伙摔到田里。平时长福在哥哥嫂嫂面前战战兢兢，连大气也不敢出，但是这会儿他动作灵巧，出手如风，瞬间便抓住了圆头和另外一个小伙伴。只见他脚步转动，在田里不停地转起圈儿来。圆头立刻嚎叫起来。长福不说话，只管转圈儿。圆头眼前的东西在飞快地转动，耳边响着哗哗的水声。不一会儿就头昏眼花了，赶忙求饶。长福的手一松，圆头和他的伙伴儿跟跄着，谁都没有站稳，身子一歪，都跌坐在水田里。

长福用手将自己黑发上沾的几颗谷子取下来，扔到搭斗里。慢悠悠地说："先站稳，这是基本功。"

圆头的尖叫声在秋穗听来特别敏感，她终于直起腰，正好看见长福用两个孩子玩飞轮。秋穗吓坏了，丢下手里的镰刀就跑过来，她的长发被汗水打湿了，贴在脸上，就像某些恐怖片里面的镜头。长福看见秋穗跑过来，立马兴奋不已。

秋穗说："长福你疯了。"

长福说："我教圆头他们割谷子。"

秋穗一看孩子没事，这才放心下来。

等秋穗一走，圆头又来到长福身边。于是，长福就教圆头怎么在水田里灵巧地跑动，怎么割谷。长福说："跑的时候脚要稳，要踩实，上身不能晃动，割谷时，镰刀的刀口得向下，这样拉滑了才不会割手。放把子也有讲究。冬水田有冬水田的放法，有规矩。一般割谷是两个单把子组成一个把子，要把把子放在割过的谷桩子上，两个单把子要交叉叠放，这样搭谷的人抱把子方便，在搭斗上搭谷时也好翻把子。旱田的放法可以马虎一些，放乱了也不怕。挥动把子的时候腰不能过于生硬，腰要随着手的摆动而有节奏地摇晃，屁股要像筛子一样甩圆。稻谷把子砰的一声砸在斗架子上后，再提起把子在斗架子上轻轻搁两下，让夹在谷把子里的谷粒都落到搭斗里，减少浪费。别看割谷是力气活儿，那也不是有力气就能干的。割得巧,还得学会省力。另外,搭谷也要有姿势。老手搭谷,屁股就像一盘弹簧,无论怎么扭,都有弹性,都有韧性,都是一种美。姿势不到家,腰板生硬,谷粒扬得遍地都是,像天女散花,内行一看就知道是生手。"

圆头听得连口水流出来都不知道,对长福更是崇拜。圆头说:"爸爸。"长福说:"你说啥?"圆头说:"我要你做我的爸爸。"长福一激动,一口烟雾吞到肚子里,再也没有从鼻孔里出来,呛得他弯着腰一阵猛咳。圆头懂事地给他捶背。长福握住圆头的手说:"你要我做你什么?"圆头说:"我要你做我爸爸。"长福说:"那你叫我。"圆头就叫"爸爸"。长福说:"再叫。"圆头又叫"爸爸,爸爸"。

割谷的几个女人哈哈大笑,说长福毛都没有长齐,就想当爸爸了,做梦吧。

一湾稻田割下来,就到了中午,人们都从田里直起腰,洗干净腿上的泥浆,准备回家吃饭,圆头不知道从哪一堆稻草里窜出来,冲到长福面前。

圆头说:"我妈叫你。"

长福先是一怔,不知道圆头说的话是真是假,呆呆地看着圆头,傻了一般。

圆头又说:"我妈叫你。"

长福心里一跳,再一跳,他感觉那心跳得越来越快,结结巴巴地说:"你妈是……你妈是……"长福的脑子里乱糟糟的一团,不知闪过一些什么念头,竟然想不起圆头的妈是谁,叫什么名字。

圆头说:"我妈叫你脱衣服。"

长福的脑子里嗡的响了一下,好像耳朵里也嗡的一下。到底是耳朵里在嗡,还是脑子里在嗡,他已经分不清楚了。长福只看见周围的人有的在弯腰拍胸脯,有的仰着头,嘴咧得好大,似乎要把嘴角都咧到后脑勺去。

长福还在发愣,圆头跳起来从他的身上脱下衣服,一溜烟,又不知道跑到哪堆稻草后面去了。

长福是被大家笑着推推搡搡回的家。

下午又去割谷,长福还没有下田,圆头就蹦跳着过来,把衣服塞到长福手里:"我妈说给你。"

衣服是洗了的,仿佛刚从太阳底下收来的,还带着阳光的温度。原来衣服左手腋下不知什么时候撕了一道大口子,一直快撕到肩膀上,一阵风就能把那只袖子吹走。现在呢,腋下那一道大口子已经缝补好了,一针一线的,缝补得很仔细。不知何时挣脱的几颗纽扣也钉上去了,和没有掉的几颗整齐地排列在一起。长福扭捏着把衣服穿好,心里就像闻着满天稻香的鼻子一样,足足舒坦了一个下午。

他把烟头摔在水田里,放开喉咙就唱:

> 联萧是一根竹棒棒哟嗬
> 哟嗬扭联扭哟
> 这头打来那头响哟哦
> 扭呀扭灯啷呀海棠花儿……

长福这一吆喝,气氛一下子就起来了,大伙儿一边干活儿一边给长福帮腔,整个稻田里一片嘻嘻哈哈的笑声。长福神气得很,声音传过天空下的阳光,在每个人耳畔快乐地飞翔。

长福兴致高涨,正要往下唱,哥哥一边抢过来,啪地给了长福一下。大喝一声:"又在丢人!"

长福天不怕地不怕,就怕哥哥嫂嫂。哥哥嫂嫂一声吼,地球也要抖三抖。长福不怕地球抖三抖,就怕哥哥嫂嫂一声吼。哥哥一声断喝,长福便将后面的歌词咽了回去,嘴里嚼了嚼,仿佛把咽到嘴里的歌词嚼烂了,吞回肚里,不让它再窜出来。然后,他就埋头,不再说一句话。

晚上回到家里,长福又变回了平时那个长福。

他坐在自己那张破旧的床上,把身上那件衣服脱下来,在手里轻轻地翻动着,生怕手脚重了,再弄出一个破洞来。不知为什么,长福就想起了自己的母亲。那时候,一到下雨天,母亲就不出工,她端出一筐破衣服,坐在大门口一针一线地缝补起来,不时将针尖伸到头顶的黑发里划拉几下,好像那针尖就在头发里磨得更加锋利了。雨越下越大,长福和哥哥一左一右,依偎在母亲的身边,看母亲补衣服,听那首母亲唱的儿歌:狗哥哥,快救我,狐狸抓住我,跑过小山坡,把我拉进它的窝……直到母亲去世,长福失声痛哭,嘴里呜呜咽咽,谁都不知道他念叨些什么,只有长福自己知道,那是母亲补衣服时一直在嘴边反复吟唱的儿歌。

不知不觉,长福的眼里就噙满了泪水。

天早已经黑下来了。长福偷偷来到秋穗家的窗户下。就像从前他半夜起床上茅房一样,站在秋穗的窗前。他的手里端着一个碗,一个老土碗,就是他自己承认打破的那个。老土碗好好的,里面装了几个鸡蛋。

出门的时候，长福就反复数了，他记得很清楚，一共是六个鸡蛋。长福先是站在窗户下侧着耳朵听了一下，然后他学了两声猫叫。

今晚长福不想和秋穗见面，他只是想见圆头，他答应了圆头，给他几个鸡蛋，他不能食言。

圆头没有出来。他一定是睡着了。长福想。他犹豫着，不知道是等，还是该走开。要是叫哥哥嫂嫂晓得了，长福不敢去想象他们会怎样对待自己。他在原地站了一会儿，为了安全起见，他决定还是先把鸡蛋端回去。可是，长福忘记了，他是站在秋穗的屋檐下的。秋穗的屋檐下有一个台阶，台阶下面才是宽阔的地坝。长福一步迈出去，就踩了个空。

地上传来了老土碗沉闷的碎裂声，还有其他什么声音，长福没有听清楚。但是，单是那个老土碗碎裂的声音，就让长福无比绝望，心有一种被撕裂般的疼痛。

院子里的灯亮了。

趴在地上的长福看见哥哥嫂嫂站在自己身边，他们高高的身躯立在院子雪亮的灯光下，直直地刺向黑暗的天空。而他们的影子却重叠在一起，像自己一样倒在地上。不同的是，他们倒在地上是一个黑色的平面，毫无情感，自己倒在地上，却是那么丑陋和可笑。

长福还看见了秋穗。

秋穗站在她家的大门口，手里紧紧地攥着一根扁担。雪亮的灯光把她的身体从门口投到院子里，长长的，威风凛凛的样子。

秋穗说："我晓得是你。我晓得！"

那以后许多年，秋穗这个形象一直出现在长福的梦里，挥之不去。

圆头最终没有成为长福割谷的徒弟，秋穗要他好好读书。圆头也很争气，从村里开始读书，一路读到镇里，最后读到县里。当他再一次站在长福面前的时候，已经二十年过去了。长福已临近中年。但是，他的变化不大，只是衣服有些陈旧，穿在身上还算干净，头发短而整齐，面庞轮廓分明，脸上多了几条皱纹。听说站在面前的是圆头，他咧开嘴笑了一下，也许是长时间不曾笑过，面上的皱纹绷得吱吱作响，可是依然没有被笑容扞平。

圆头已经不再是靠长福拿鸡蛋哄着学割谷子的八岁小孩了。

圆头没有考上大学，但也没有回到村里，他进城打工了，据说是搞建筑的包工头，起先是几个人合伙，后来就一个人单干，赚了不少钱。而且早已在城里买了房子，也有了自己的老婆和孩子。

这次回来，圆头就是专门接秋穗到城里去过日子的。

"接你妈进城？"长福下意识地问，"不回来了吗？"

圆头说："不回来了。"

"一辈子住在城里？"

圆头说："算是吧。"

长福自言自语："城里好啊。"

圆头说："长福你说什么？"圆头从小就不知道长福到底叫什么名字，他已经和村里所有小孩、大人，男人和女人一样，都把长福叫作"长福"。按理说长福高圆头一辈，圆头不该这么叫，但大家都这样叫习惯了，也没有觉得有什么不妥。圆头说："长福你说什么？"长福说："还是城里好啊。"

秋穗从长福身边走过去的时候，突然想起了什么，她站住，叫长福："你过来。"长福走过，看见秋穗额前的几绺头发在风里微微飘动，那分明就是秋穗高兴的样子。风不大,长福感到有些冷。秋穗把一样东西塞到长福的手里,说:"哥哥嫂嫂打你,就去我家。"长福打开手一看,是一把钥匙。

秋穗并没有迅速离开,她盯着长福看了好一会儿,突然说了一句:"长福你咋就那么小呢?"

长福有些不解:"我不小了啊。"

秋穗摇了摇头,像是自言自语:"还是小了,太小了。"

长福说:"我不小了我不小了。"

秋穗没有再接长福的话,边走边回头对长福说:"记住啊,他们打你,就去我家。"

长福嘴里嘀咕了一句:"空屋,我去做啥?"

秋穗没有听到长福说的话。就这样,她跟着自己的儿子进城去了。那把钥匙,长福无论是拿在手里,还是放到口袋里,总是凉丝丝的,一直凉到长福的心里。

那个下午,长福一个人背着那个草背篓在村里转了一个下午,他几乎走遍了全村所有生长青草的地方,连从前认为很危险,不敢去割草的地方,他也去走了一通。那个地方是一个绝壁,叫鹰嘴崖,在半山腰修水渠的时候,开山放炮,一炮震下去村里好几个男人,全死了。那都是好多年前的事情了。现在立在崖边,耳边总是随着风吹来一阵呜呜咽咽的声音,让人毛骨悚然。可是偏偏上面野草疯长,嫩嫩的,绿绿的,别说是牛喜欢吃,就算是人看见了,都禁不住会咽几口口水。但那个地方太危险了,长福看着羡慕,却从来不敢上去割草。今天,长福总算上去了,还站在上面喊了一嗓子,再喊一嗓子……不知不觉地,眼角就有了泪水。

到了晚上,长福回到家里,背篼里竟然一根草都没有。嫂嫂的脸拉长了,一脚踢开背篼。"牛吃不了,你也别吃!"

长福瞪着一双怪眼对着嫂嫂,说了句:"不吃就不吃,饿死拉倒!"

"看不出长福的骨头硬了呀。"嫂嫂的眼珠子差点从眼眶里滚落出来,"长如,长如!"嫂嫂叫着哥哥的名字。"狗日的一天就晓得喝喝喝,你也不过来看看,你们长福的翅膀长硬了,要飞起来了。"

长福又拿一双怪眼瞪着哥哥,想看看哥哥今晚怎样对自己,长福觉得,自己最危险的地方都去过了,也没有想象中的可怕,就算哥哥怒发冲冠,就算哥哥跳起来,踢自己几脚,再扇自己一个耳光,不,最好是左右开弓,多来几个响亮的耳光,也不过如此,他还能怎样呢?

出乎长福的意料,哥哥今晚居然没有发火,他瞪着一双眼睛看着长福,长福的目光迎着他的目光顶上去,突然发觉今晚哥哥的目光怪怪的。

哥哥说:"翅膀硬了就飞吧。"

嫂嫂一把夺过哥哥手里的酒杯,啪的一声,在地上摔得粉碎。

夜里,长福做了一个长长的梦。他梦到自己又站在院子里偷偷向秋穗那边张望。可是,秋穗家的大门再也不像从前那样开着了。如今秋穗的大门上静静地挂着一把铁锁。长福明白是秋穗进城去了,他亲自看见她锁的门,门上的那把锁静静地挂着,似乎还带着秋穗的体温。

长福大大方方地走过去,站在秋穗家的大门前。从前秋穗在家的时候,长福不敢走进去,现在秋穗不在家里了,尽管自己手里有秋穗家的钥匙,可是长福却发觉自己怎么也进不了秋穗的家门。他走到秋穗的窗户下,想起自己很多个夜晚都绕了一个圈子,来到这里滋一泡尿。于是,长福又冲着秋穗家的墙壁滋起尿来，他的脸对着秋穗家的大门，边滋边说："来呀，你来看呀，来看呀。"可是，费了好大的劲儿，长福一滴尿也没有滋出来。

突然，长福听见有人在大声呵斥他："你一个人在这里吼啥子吼！"长福抬眼一看，只见哥哥站在秋穗家的电视机天线杆旁边，正满面怒容地瞪着自己。耀眼的阳光下，哥哥的背影显得很高大，很魁梧……

长福醒来的时候，天已经大亮了，阳光像梦中那样耀眼。他发觉自己真的躺在秋穗家的大门前。长福抬起身子看了看四周，他又躺了下去。

他真的是后悔醒过来。

不久，哥哥长如突发中风，经过抢救虽然保住了一条命，却落了个半身不遂，说话也不利索，再也不像原来那样伶牙俐齿了，一家人的生活顷刻便显得困难起来。

一天，哥哥把长福叫到床前，张着管不住的嘴，说了半天，长福才听明白了他的意思，他要长福好好把这个家撑起来，里里外外要多担待，两个孩子的书要读下去，要对嫂嫂好，嫂嫂不是外人。

长福木然地听着。

从此以后，嫂嫂再也没有对长福大声说过话，也不知道是她良心发现，还是哥哥暗地里嘱咐了她什么。总之，原本她是在大声说话的，只要长福一开口，她的声音便低了下去。

在这个家里，长福迎来了自己的春天。

三年过后，哥哥长如中风第二次发作，这一劫他没有逃过去。

哥哥死后，嫂嫂虽然偶尔对长福吆喝一番，但终归是没有从前厉害，更不敢像长如在世的时候那样，拿着扫帚把长福追得满山跑。不过，现在的长福好像变了一个人，他除了对地里的农活儿感兴趣，其他的事情从来都是不闻不问。他只是默默地干活儿，默默地做着这个家所有该男人做的事情。除此之外，他不再关心任何事情。就算是有女人在身边，他也不会正眼看一下。

村里的男人几乎都进城打工去了，长福一直没有进城。在村里，会种地，会干重活儿的男人，就剩下长福了。他经常呆呆地注视着某个地方，然后一个人嘿嘿嘿地笑。村里的女人们心里怕他，可又不得不去讨好他。像长福这样有力气，又能熟练地干农活儿，还肯帮忙的人实在是太少了，女人们都指望着长福能到自己地里帮忙收割呢。尤其是他收割谷子，一个人能顶两个人。

早些年长福在哥哥嫂嫂的屋檐下过日子，自己都不敢保证天天能吃上饭，就没有姑娘敢喜欢他。时间慢慢地流走，不知不觉地，长福就错过了找女人的最好时机。

现在，长福依然单身。有人给他出主意，反正是一家人，不如和嫂嫂一起过日子吧，到了冬天，也好有个焐脚的女人。长福静静地听着，到最后，竟又嘿嘿嘿地笑起来，声音苍凉、恐怖。说话的人吓住了，撒腿就跑。

长福的背驼了，看上去比从前矮了许多。一到谷子黄了的季节，他常常顶着烈日，白发映着明亮的阳光，一个人在田坎上逡巡着，不时停下来看田里的人们收割谷子。看着看着，他就嘿嘿嘿地笑起来，然后就唱：

    单身汉当家哟他冷被窝哟呵
    哟嗬扭联扭哟

深更半夜睡不着哟喂

扭呀扭灯啷呀海棠花儿

单身汉当家哟他好事多哟嗬

哟呵扭联扭哟

一人穿衣一家暖哟嗬

扭呀扭灯啷呀海棠花儿

……

人们对长福的歌早就没有了兴趣。可是长福仿佛很有精神,总是一个人在村口的黄桷树下徘徊,徘徊一阵就唱一阵,那调子再也不像从前那样洪亮、那样有穿透力了,取而代之的是一种浑浊沙哑的声音,有时候简直像是在敲一面破鼓。连黄桷树上的乌鸦也懒得听,恨恨地盯着长福,凄厉地叫了几声,拍着翅膀,远远地飞了开去。

但长福依然在黄桷树下徘徊,唱歌,然后嘿嘿嘿地笑,那笑声有时候和乌鸦的叫声一样凄厉,吓得小孩放学都不敢从那棵黄桷树下路过。

人们都说长福的脑子出了问题。

他们总是看见长福的脸上带着一种安详的微笑,不时还将屁股扭一扭,双手轻轻地抖两下,仿佛是想起了当年自己割谷子的情景。村口的池塘似乎不见衰老,依然水清如镜。长福清瘦的背影常常掩映在夕阳的余晖里。他手里拿着一把钥匙,久久地凝视着水面,凝视着水里的青山倒影,还有蓝天和白云。

几只麻雀叽叽喳喳地飞过去,片刻便消失在远方。

我们做点什么

真正能把渔网修补得像渔网，这件事情只有麦冬做得到。

爷爷不在的时候，麦冬就偷偷地拿起爷爷正在修补的渔网，一手一脚，有板有眼，就像在拴一张新的渔网。透过渔网，麦冬常常看见远处的东西被网眼分成一格一格的，特别有意思。有时候，麦冬也想，要是爷爷突然回家，看见的自己是不是也被渔网的网眼分成一格一格的呢？鼻子装在一格网眼里，眼睛装在两格网眼里，那个样子一定很可笑吧？想到自己像被一个个小方块儿拼凑起来的模样，麦冬就会忍不住笑出声来。麦冬断定，爷爷补渔网的时候肯定不会想到这些，他总是端着一盅苦丁茶猛灌一气，然后继续修补他的渔网。爸爸也不会想到，他都把闲出来的那点时间用来点火抽烟了，然后对麦冬说："过来老子教你补渔网。"麦冬补渔网的神情专注，一针一针的，细致入微，把自己的梦想一点一点地补进渔网里。

麦冬的梦想就是天天和爸爸妈妈在一起。

麦冬记得爸爸出门打工之前,一遇上雨天,或者是农闲的季节,爸爸总是坐下来,点燃一支烟,把烟叼在嘴上,冒出的青烟盘旋而上,熏得他把一只眼睛闭上,只能用另一只眼睛来注视自己手里干的活儿,就像在打枪的时候专注地瞄准目标。爸爸就是这样在满屋子的烟草味儿中,不慌不忙地修补他的渔网,半天也舍不得起身。天黑下来了,爸爸就去离家不远处的河里撒网,公鸡刚刚叫响第二遍的时候,他又摸索着起床,踩着只能容得下一个人和几张渔网的小船去收网。如果有鱼,天亮以后,妈妈就提到镇上去卖。

镇上离家有点远,妈妈每次去镇上卖鱼,都是早上出门,临近中午才回来。那时候麦冬身上穿的衣服都是爸爸捕鱼,妈妈卖掉鱼后买的。妈妈很会买衣服,穿在麦冬身上的衣服,无论是颜色和大小,都恰到好处,也显得精神,在小伙伴中鹤立鸡群。后来,爸爸说种地不能赚钱了,捕鱼也不能赚钱了,就跟一群和他年纪一样大小的人出门打工去了。起初妈妈没有和爸爸一起出门,她留在家里种地。过年的时候,爸爸回来了,给了爷爷很多钱,说是给麦冬的学费,让麦冬认真学习。年一过,妈妈也跟着爸爸出去了,留下爷爷一个人在家里种地。爷爷说年纪大了,没力气锄草犁田了。爸爸说那就不种地了。

爷爷还是种地,只是没有原来种得多。不知什么时候,爷爷把爸爸的网撒到河里。爷爷是个老渔民,捕鱼的技术不比爸爸差,只是年纪大了,很少出门。爸爸说怕爷爷捕鱼有危险,不让爷爷下河。可是爸爸妈妈出去后,就没有人管爷爷了,爷爷就把爸爸留在家里的渔网翻出来,抖落厚厚的灰尘,再撒到河里,偶尔也能捕到几条鱼。爷爷拎着鱼就哈哈地笑,说:"还没有老,我还没有老。"

爷爷不卖鱼。爷爷把鱼煮来自己吃。他把附近几个从小一起长大的老头儿叫到家里来,把煮熟的鱼端到桌子上,再给每人倒一杯酒。于是几个老头儿就喝起酒来,一副畅快淋漓的样子。爸爸妈妈在家的时候,爷爷是不敢这么做的。现在爸爸妈妈不在家,爷爷倒变得自由起来,这个家里一切都由他说了算。爷爷让麦冬叫那几个老头爷爷。其中有一个叫王德财的,爷爷让麦冬叫他德财爷爷。他好像不喜欢待在自己家里,老是跑到麦冬家里蹭酒喝。每次麦冬看见他的鼻涕流到胡子上,凝成一颗亮晶晶的珠子,麦冬就总是想起早晨小草上的露珠儿。那露珠儿挂在小草上,一路铺到学校,数也数不清,亮晶晶的。爷爷和德财爷爷几个人一边吃鱼一边喝酒,长一句短一句地说话。有时候,大家一口酒喝下去,眼睛都盯着某一个地方,好长一段时间,谁都不说话,好像这个世界什么都没有了,只剩下满树的蝉声在夏天的阳光里起起伏伏。

爸爸妈妈一直在外面打工,很少回来。麦冬想爸爸妈妈的时候,就偷偷替爷爷修补那些在水里撕烂的渔网,一针一针的,数不尽的网眼里全是爸爸妈妈的影子。

爷爷不许麦冬替自己修补渔网。爷爷说麦冬要好好读书,只有读书,读大学,以后才能挣钱,才能当官。种地,捕鱼,那是没有出息的人干的事情。

今天麦冬不敢回家。

他逃学了。

当初爸爸送麦冬到镇上去读书的时候,好像就料到麦冬会有这一天。爸爸拉着麦冬一直叮嘱老师,用了两个"千万"来表达自己是如何重视和老师之间的沟通，说孩子不听话就给他打电话，千万不要迁就，千万不要怕麻烦。不听话，就涵盖了好多内容，当然也包括逃学。

老师肯定是给麦冬爸爸打了电话的，就冲那两个"千万"。给爸爸打电话麦冬是不怕的，可是，老师给爸爸打电话，就相当于给爷爷打电话。麦冬在学校里和同学打架了，老师说给爸爸打电话，可晚上放学回家，爷爷却虎着脸。如果麦冬的考试成绩差了，老师也会给爸爸打电话，往往就是，麦冬还没有到家，爷爷已经站在门口。他总是语重心长地说："麦冬啊，你真想种地啊，那么没有出息的事情，你也肯去干？不嫌丢人？"好像是老师直接给爷爷打了电话。

爷爷的眼睛很小，眼珠子几乎被满是皱纹的脸皮包裹住了，却聚着令麦冬畏惧的光芒。伴随着那种逼人光芒的，还有爷爷手里的一根黄荆棍。黄荆棍在村子里到处都是，往往都长在大人们顺手的地方，要是小孩子不听话，大人们随手就能拧到一根，说打就打，痛得钻心，却不伤皮肉，也不伤骨头。爷爷不止一次说过："黄荆棍底下出好人，你爸爸就是在黄荆棍底下长大的。"那些长在荒坡里，长在野地边，长在大路旁的黄荆棍，就好像是专门长出来让大人用来教训不听话的小孩子的。爷爷把黄荆棍高高地举起来，做出要打麦冬的样子，最终还是没有落下来。但麦冬依然怕爷爷。举得那么高，没准儿哪天真的落在屁股上，那可不是闹着玩儿的。

麦冬还记得，那是爸爸妈妈一起出门打工的第二年，自己正好读一年级，爷爷在河边教自己游泳。麦冬看见爷爷浑身脱得精光，凡是有骨头的地方都向外面突出着，好像要挣破那些蒙在骨头上的皮肤。可是爷爷在水里很利索，像一条鱼一样在水里钻来钻去。爷爷说："麦冬你下来。"麦冬不下去。爷爷就说:"其实水是软的,你一进来,它就退开了。"麦冬还是不敢去。爷爷就说:"你看看我。"然后就把自己沉到水里,一会儿,爷爷猛地从水里窜出来,双手抹去脸上的水珠,似乎还没有分清方向,脑袋左右摇晃了几下,才对着麦冬说:"水真的是软的。"麦冬看见爷爷鼓着腮帮子,嘴一张一合的,像是用腮呼吸的鱼。后来麦冬还是小心地走到水边,把脚试探着伸到水里,还没有触到水,就被爷爷伸手拽进了河里。麦冬笨拙地在水里扑腾着,瞬间就沉到水底,连挣扎也失去了力气。爷爷就骂麦冬笨,还用手拧他的耳朵。那以后麦冬总是怕爷爷的小眼睛,好像那双小眼睛里会伸出两只手来,把自己抓过去,敏捷地抛进河水里,还没有来得及喘一口气,就让水淹没了整个头顶。

爷爷说,学会了游泳,也别指望能下河去捕鱼。

爷爷说,麦冬只能读书。

自从学校搬到镇上以后,麦冬就不想读书了。

早些年村子里有学校,只有十几个学生,都是来自附近四五个村的孩子。不久,越来越多的孩子跟着爸爸妈妈出门打工去了,村里的学校最后只剩下三个孩子,其中一个就是麦冬。再后来,学校就搬到了镇上。现在,村里的学校都要坍塌了,要是一个人走进校门,周围都是静静的,只剩下害怕。麦冬不想去镇上读书,他想和爸爸妈妈一起出门,到城里去读书。爸爸说没有人照顾麦冬。妈妈说麦冬就在镇上读书。

就这样,麦冬到镇上去读书了。

村子离镇上很远,麦冬每天很早就得起床,打着手电,走一阵路天才蒙蒙亮。到了镇上的学校,差不多就快到上课的时间了。在学校里,麦冬每天想得最多的事情,就是盼望周末快点到来。一到周末,麦冬就趁爷爷不注意，帮着爷爷补渔网，闹着和爷爷一起去河里捕鱼。

麦冬宁愿偷偷给爷爷补渔网，宁愿和爷爷一起在冬天里，在冰冷的河水里捕鱼，也不想去学校读书。去学校读书的那条路上全是野草，走过去，鞋子多半都会被露水打湿，穿在脚上很不舒服，要是在有雾的早晨，两边的树林里不时传出还会一些奇怪的声音，野鸡偶尔扑棱着翅膀从脚边猛地飞起来，让人出一身冷汗。那简直就是一条险恶的路。记得有一次，麦冬在去上学的路上遇到一条狗，那家伙也许是好几天没有吃东西了，吐着红舌头挡在麦冬的面前，眼睛发红，像饿狼一样盯住麦冬。麦冬往东，那条狗也往东，麦冬往西，那条狗也往西，麦冬不走，那家伙也站住不动，吐出的舌头不住地往下掉口水。也不知道僵持了多久，那狗似乎有些累了，居然坐了下来。麦冬慢慢移动脚步，悄悄地远离它，最后绕了很大的一个圈子才到学校。结果当然是迟到了。麦冬受到了老师的批评。老师说："平时都按时到校，今天是怎么了？"麦冬说："遇到一条狗。"想不到麦冬的话音一落，全班都笑起来。老师说："你们信吗？"全班同学拉长声音说："不——信。"

老师说："我也不信。"

麦冬开始试图说服全班同学和老师，他说那狗有多么多么大，像……像什么呢？对！像熊大一样大。同学们笑得得更欢了，都说："麦冬你骗人，熊大熊二从来不吓人的，更不会咬人，他们只吓像光头强那样的坏蛋，谁不知道啊。"麦冬实在找不到什么词语来说那狗到底有多吓人，急得差点掉下了眼泪。

还有一次，麦冬遇到一个男人，瘦高个儿，瘦得像根火柴，走路摇摇晃晃的，好像一阵风就能把他吹倒。瘦高个儿向麦冬伸出手，麦冬退了两步,瘦高个儿向前走了两步,逼近麦冬。麦冬吓坏了,不知道该说什么好。瘦高个儿说:"钱。"麦冬说:"没有。"瘦高个儿不信,一只手抓住麦冬的衣领,把麦冬使劲儿往上提。麦冬的脚差点离开了地面,身体几乎要从衣服里滑落出来。瘦高个儿的另一只手一个一个地掏遍了麦冬身上所有的口袋,麦冬总感觉那不是手,是一根冰冷的铁棍在自己的身上杵来杵去。麦冬吓得两排牙齿咬得咯咯直响。瘦高个儿没有在麦冬身上搜到钱,他推开麦冬,打着哈欠走了,好像没有睡醒。

很多时候,麦冬早上去读书,一出门就提心吊胆的,老是担心路上会出什么事情。到后来,麦冬就萌生了逃学的念头。

就说今天吧,麦冬明明不会迟到的,结果路上遇到了一支迎亲的队伍,满是野草的大路好久都没有迎来这么多的过路人了,连躲在草丛里的动物也探头探脑地张开眼,好奇地打量这帮久违的客人。那个新娘子太漂亮了,麦冬看得有些发呆,不由自主地停下来。麦冬想:要是那个女的是我的新娘子,就好了。麦冬想起一直和自己同桌的小琴,她虽然有圆圆的脸蛋儿,黑得发亮的眼珠,自己有时候也呆呆地看她,可是和这个新娘子比起来,麦冬觉得小琴还是差了些什么。想着想着,麦冬觉得自己的脸有些发烧。"羞羞羞,不要脸,耗子咬你的肚脐眼。"麦冬心里念叨着,也不知道自己的脸是不是真的被自己羞红了。

迎亲队伍渐渐远去了,太阳孤单地挂在天空,连投射在地上的阳光都显得那么的寂寥、没落。麦冬突然意识到今天可能迟到了。因为平时到学校的时候,太阳还挂在东边的山顶,可今天,自己还没有到学校,红彤彤的太阳已经在头顶了。也不知道是太阳走快了,还是自己走慢了。

麦冬是下了好大的决心才决定不去学校的。他往学校那个方向走了几步,停下来,往家的方向走几步,再停下来。最后麦冬停下来,望着天空,什么都不想。就这样反复走着,走过他曾经走过无数趟的这条杂草丛生的大路。爷爷说从这条路上一直走下去,就可以走到镇上,走到城里,走进高楼,还可以走进更大的地方,成为一个有出息的人。

麦冬觉得爷爷的话有时候真的是琢磨不透,不过这条路麦冬确实熟悉,闭上眼睛,他也知道哪里有几块石头,哪里有一个陡坡,哪里有一个坑,一到雨天就积满了水,他总是要沿着坑的边缘跳过去……就像他在完成作业的过程中,哪里做错了几道题,哪里写错了几个字,起初记得很清楚,但谁也说不清楚在以后,或者更长的时间,这一切是否还在记忆中清晰地存在,并且永远不会变得模糊。

就这样走了几个来回,到最后下决心不去学校的时候,按照麦冬的估算,应该是上过两节课了。麦冬就在心里对自己说:都上了两节课了,到了课堂上也学不到什么……麦冬为自己不去学校读书找到了一个充分的理由,就再也没有什么顾忌,他迈着坚定的步子往回走了。然而麦冬依然没有打定主意这么早就回家。他不能让爷爷一眼就看出自己没有去过学校。麦冬走得很慢。可是,走得再慢也有走到家的时候,并且比他平时放学回家的时间早得多。麦冬心里暗暗叫苦。他第一次感到时间过得那样的慢,一天的时间好像是一年那样漫长,不,应该比十年还要漫长。多少年以后,当麦冬回忆起自己当初第一次逃学那天,依然感觉到那天的漫长,漫长到足以让他用一生来记住。

是德财爷爷的歌声把麦冬从那个漫长的一天中拯救出来的:

哟嗬喂,什么红来舍红满天啰喂;

> 什么红在田中间嘛，红在田中间啰喂；
>
> 哪样红在舍那屋团转啰喂；
>
> 哪样红在脸上边嘛；
>
> 红在脸上边啰喂。
>
> ……

每天，只要王德财那双爬过无数山、涉过无数水、走过无数路的脚一迈出家门，哪怕只是几步之遥，他都不想再回去。

自从儿子和媳妇出门打工以后，家里就冷清了。后来孙子读完了书，也出去打工了，还在城里买了房子，讨了媳妇，看样子也是不打算再回村里种地了。现在的这个家，其实就是一个房子，遍布青苔的破碎的瓦片，几堵斑驳的墙，一到冬天，风从裂缝里吹进来，呜呜直响，好像有人躲在门外不停地吹哨子，那张老床据老一辈说还是从明清时代传下来的，还有那张桌子，也有些年纪了，在潮湿的屋里病得仿佛只剩下喘息。它们每天只是冷冷地注视着王德财，带着某种嘲笑似的，从来就不曾想过要和他说一句话。

家在哪里，一个人的根就在哪里。如今的家，就像失去了土壤的庄稼，王德财觉得自己就像一根悬挂在藤上的苦瓜，上不沾天，下不着地，整天孤零零地悬浮着，说不定哪天就落到地上，雨水一淋，太阳一晒，就腐烂了，然后变成泥土，再也寻找不到了。

儿子和孙子每个月都拿好多钱回家，让他享清福，安度晚年。每次他拿到钱的时候，都很激动，不过那短暂的激动过去，屋里剩下的依然是冷冷的家具。活了七十多年，王德财第一次感觉自己是如此讨厌这个家。他甚至想,要是有一天那些布满青苔的瓦片,还有那几堵墙都坍塌下来,把自己都压在里面,也是一个不错的结果。

王德财喜欢去周光明家里喝酒。

麦冬的爷爷周光明常常去河里捕鱼,有时候能捕到几条,几个人能坐在一起喝喝酒。喝酒是小事情,关键是大家能够在一起坐一坐,哪怕是不说一句话,也比待在家里强。

走过自家地里的时候,王德财总是想起早些年儿子媳妇在家里时的情形,那时候一家人种了好几亩地,特别是到初夏,秧苗插下去不久,田里便绿油油的一片,要是有点风吹过,每一株秧苗都欢快地扭着腰,伴着水田里泥土的气息,好像在和自己打招呼。常常有些五彩斑斓的虫子爬在秧苗上,微风一阵阵吹过,秧苗颤颤地向水面倾斜,眼看要倒进水里,虫子便分开甲壳,亮出薄薄的翅翼,不慌不忙地飞开,然后落在另一株秧苗上。到了秋天,黄澄澄的稻谷运回家,晒在院坝里,占了好大一片。几只麻雀蹦蹦跳跳着落下来,连偷吃谷粒的姿势也是那样讨人喜欢,令人不忍驱赶。现在呢,自己只种了一块小小的水田,那片水田嵌在一片荒废的稻田中间,就像自己一样孤独无助。这还是自己硬着头皮要种的这片水田,按照儿子的意思,他在家里什么也不用做,只管坐着,看看电视,到处走一走,每个月收他们从城里寄回来的钱。可是王德财不干,一天就待在家里,不找点农活儿打发时光,在家里闲死了也没有人知道。

空闲的日子一天接着一天,几乎天天如此。他每天起床的第一件事情就是琢磨怎样把这一天打发过去。夜晚能够快些到来,第二天能够提前来临,这对王德财来说是一件可以感到欢欣鼓舞的事情。他曾经担心地里的活儿在季节来临之前干不完，有时候甚至天不亮就到地里，铲草，施肥，掐苗，没曾想活儿是那么不经干，一不小心就干完了。有一段时间，王德财怎么也找不到活儿干，干脆扛着一把锄头，沿着家门前的那条小路，把小路上疯长的野草铲得一干二净，一直铲到自己种的苞谷地里。在路上铲草虽然不是种地，但是王德财依然觉得像种地一样兴致勃勃。总算又过去一天。别人都是年纪越大越能深切感受到时光短暂，可王德财没有那种感觉，他总是感觉每一天都像一年那样漫长。就像小时候天天盼过年，可年迟迟不来一样难熬。

王德财遇到了犹犹豫豫的麦冬。

王德财说："麦冬，你不去读书？"

麦冬认识王德财，但是他不知道王德财叫什么名字。王德财到家里来喝酒的时候，爷爷总是让麦冬喊他德财爷爷。

德财爷爷看上去比自己的爷爷年纪大一些。麦冬记得他来家里和爷爷一起喝过酒，吃过鱼。几个年纪和爷爷差不多的老头儿聚在一起，有时候谈论得很热闹，有时候呢，一个个都神神秘秘的，好长一段时间都不说话。

麦冬说："德财爷爷，我去读书啊。"

王德财说："都啥时候了，你还去读书，你看看太阳，等你走到学校，只怕太阳都落山了。"

麦冬嬉皮笑脸地说："太阳走得快。"

王德财说："是你人走慢了吧？"

麦冬没有说自己是因为停下来看新娘子耽误了时间，只是说："爷爷要揍我。"

王德财说:"你不去读书,你爷爷又不晓得,咋揍你?"

麦冬说:"我要是不去读书,老师就会给爸爸妈妈打电话,爸爸妈妈马上就会给爷爷打电话。"

王德财突然有了一种冲动。

"麦冬你怕你爷爷打你吗?"

麦冬心想,不怕才怪呢,爸爸妈妈离得太远,打不到,爷爷可是说打就打,黄荆棍儿抬手就能落到屁股上。麦冬装出一副可怜相,做出很怕的样子说:"怕,怕得很,德财爷爷,你不晓得,爷爷打起我来一点也不心痛,就像我不是他的孙子似的。"

王德财说:"这样,我去给你爷爷说情,保证你爷爷不打你。"

麦冬摇头:"不行,你一去,就喝酒,会把说情的事情忘记的。"

王德财说:"我保证不会,再说了,我比你爷爷大,他肯定会听我的话。"看着麦冬半信半疑的样子,王德财看看天空,说:"你看太阳那么大,站在这里,一会就要被晒成鱼干了,要不你去我家里,晚一点我送你回家,叫你爷爷不打你,咋样?"

麦冬说:"去你家做啥子?"

王德财说:"去我家玩呀,你看啊,现在我是一个人,不好玩,你也是一个人,不好玩,我们两个在一起,就好玩儿了,是不是?"

麦冬心想:也不错,到时候爷爷打我,我就说是德财爷爷叫我和他玩儿,我才没有去学校读书的。麦冬的嘴角挂起了一丝狡猾的笑容。麦冬说:"晚上你得送我回家。"

王德财高兴地答应了。

一老一少,一前一后来到王德财的家门口。王德财掏出钥匙,郑重其事地打开门。村里虽然没有多少人,也不用担心有人进屋偷东西,可是出门就锁门,这已经是王德财几十年养成的习惯。只有锁上了门,心里才能踏实。

王德财把麦冬让进屋里。

麦冬的脚刚迈进门口,便闻到屋里一股潮湿发霉的气息,好像有几十年都没有人住过了。

王德财脸上挂着喜悦的笑容,他给麦冬拿来一个凳子,庄重地放到麦冬的屁股下面,说:"你坐。"麦冬坐下来,王德财已经转到了灶背后,洗锅生火。麦冬说:"德财爷爷你做啥子?"

王德财说:"你是客人啊,给你烧点开水喝。"

麦冬说:"我不渴,要是渴了,就喝你水缸里的冷水。"

王德财说:"那哪里行啊。"

王德财没有给麦冬说——其实给麦冬说了,麦冬也不会明白。这个家,好多天,不,差不多快半年了,都没有一个人来过,人们好像都忘记了,这里还有一户人家。

两个人坐下来,王德财看着麦冬,麦冬看着王德财。

王德财先开口。王德财说:"麦冬,我们来做点什么?"

麦冬一脸的迷茫:"做什么?"

王德财说:"麦冬你喜欢听歌不?"

麦冬说:"我喜欢啊。"麦冬又想起了同桌小琴,她不仅眼睛好看,歌也唱得不错,每次儿童节,小琴都要上台表演。

王德财说:"那我给你唱歌吧。"麦冬说:"德财爷爷你也会唱歌啊?"王德财说:"不信?那我给你唱一首。"

王德财把一扇门关过去，然后他站在门后，清了清嗓门，隆重地走出来，就像演员从幕后出来亮相，他还装模作样地掸了掸衣服上的灰尘。其实他衣服上没有灰尘，倒是有一层厚厚的油污，发出一种酸腐味儿。麦冬觉得德财爷爷的样子有点好笑，他四处看了看，想找点什么，比如鲜花什么的，如果德财爷爷唱得好，麦冬就打算给他献花，就像电视上演的那样，很隆重地献花。

麦冬心里长长地松了一口气。谢谢德财爷爷。麦冬想，今天总算能过去了。

麦冬看见桌子上的开水还在冒着轻盈的热气，就端在手里。心想：德财爷爷最好是把今天唱过去，一直到天黑，累了也不怕，渴了也不怕，到时候就给他递水，润润喉咙。

"唱什么呢？"王德财又清了清嗓门，好像他的嗓子里卡着什么东西，很不舒服。

然后王德财就唱：

　　早晨从那东边来，
　　西边路上一树槐，
　　槐树上面结槐子，
　　槐树下面挂招牌，
　　抡起锣鼓下田来。
　　……

麦冬抬起头不解地望着王德财："这是啥歌？"

王德财做了一个姿势说:"开工歌。"

麦冬望着王德财:"啥子叫开工歌呀?"王德财心里琢磨着,怎么给麦冬把这件事情说清楚。

"就是以前人们种地的时候,就像你们上课一样,有一个统一的时间,也像你们上课要拉铃一样,下地的时间到了要敲锣,这个就是敲锣的时候唱的山歌。"

麦冬听得似懂非懂,最后直摇头,说不好听。一副很失望的样子。

王德财说:"麦冬你想听啥子歌?"

麦冬抬起头想了想说:"我想听'你是我天边最美的云彩,让我用心把你留下来'。"

王德财吃惊地睁大眼睛:"这是啥歌?"

麦冬说:"凤凰传奇,反正比你那个歌好听。"

王德财说:"要不我再给你唱一个。"麦冬吹了吹冒着热气的开水,轻轻地抿了一口,说要好听的。

王德财又开始唱:

  大田啰薅秧咋嘿行对(的)行,
  两个哟秧鸡儿嘞嘿在歌(的)凉哦,
  秧鸡儿啰盯到嘞嘿秧鸡儿路哦,
  幺妹哦嚼嚼那盯到哦嚼喂,
  少年啰郎哦嚼。
  ……

高亢、跳跃的歌声从喉咙里倾泻而出，王德财的眼前又一次浮现出那些年栽秧的情景。那还是初夏，小麦刚刚从地里收回来，几头牛在麦地里来来回回拉着犁铧，半天工夫就把一块十来亩的大田翻了一个底儿朝天。然后呢，绿油油的秧苗就堆在田坎上，男男女女一大帮人跳到水田里，你追我赶地插起秧来。这首关于插秧的山歌，就是当时王德财他们最喜欢唱的。那时候麦冬的爷爷和奶奶刚刚结婚，插秧的时候，新媳妇无疑成了大伙儿就地选材的取乐对象……这一切，仿佛就发生在昨天。而现在，每一块即将插上秧苗的水田是那样贫瘠和瘦小，常常是一个或者两个人在田里无声地数着那一束一束栽到田里的秧苗。更多的田里则长满了野草，从春天到冬天，从枯萎到繁茂，犹如生命轮回。枯萎的时候，原野一片静寂，繁茂的时候呢，也只是繁茂，野草上毕竟结不出金黄的谷粒。

王德财最后一句唱完，脑海里栽秧的画面还没有淡去，心里不知不觉就涌出一种伤感，自己就这样，不知不觉地老了。

麦冬摇头："不好听。"

"还不好听呀。"王德财瞬间回到现实。他放低了声音，生怕吓着了麦冬。这个屋里，多一个人，就多了一分生气。有时候，面对几间硕大的空落落的房屋，自己一个人在里面转来转去，就像在一个庞大的墓穴里，王德财想哭，想畅畅快快地掉个眼泪。

在家里天天面对电视，画面越是热闹，屋里越是冷清，走出门，大半个村西都看不到人影，连狗都难得看到一条。今天的运气是几个月来最好的一次，竟然碰到了周光明的孙子麦冬，王德财的兴致一下子来了，好像坐在那里晒太阳也是一件十分有意义的事情。他尽量让自己的声音变得平和一些,让自己的脸上遍布慈祥,说:"这些歌都不好听,你说,哪样歌好听?我给你唱。"

麦冬歪着脑袋想了想:"行,那你就唱《小苹果》。"

王德财说:"什么苹果?"

麦冬说:"《小苹果》,这是歌。"麦冬说完,开始扭屁股,边扭边唱:"你是我的小呀小苹果儿,怎么爱你都不嫌多,红红的小脸儿温暖我的心窝,点亮我生命的火火火火火……你是我的小呀小苹果儿,就像天边最美的云朵……"

王德财面色死灰,心里涌起的绝望开始在全身弥漫。

"要不,"王德财带着商量的口气说,"我们不唱歌,讲故事,我给你讲个故事,咋样?"

一听说要讲故事,麦冬又来了兴趣。他最喜欢听故事了。班上每次的故事会,麦冬都会给同学们讲故事。在麦冬的记忆中,只有自己上台讲故事的时候,老师的脸上才会对自己露出赞许的笑容。麦冬想:德财爷爷今天讲给我的故事,下次故事会我就讲给同学们听,老师一高兴,没准儿就不会打电话到爸爸妈妈那里告状了。爸爸妈妈的电话和爷爷都是相通的呢。麦冬又想起了爷爷那双小小的眼睛。

麦冬说:"德财爷爷你讲个什么故事呢?"

王德财拼命在记忆的深处搜寻着自己熟知的故事,由于紧张,他的额角渗出了一层细细的汗珠。

偏偏麦冬还在追问。看他那样子,不逼出几个故事来,只怕是不会走的了。

王德财说:"就讲张飞杀岳飞。"

麦冬说:"就是精忠报国那个岳飞?"

王德财说:"嗯。"

麦冬说:"桃园结义里的张飞?"

王德财又说:"嗯。"

"他们也打架呀?德财爷爷你快讲,张飞怎么杀岳飞的?"

麦冬催得越急,王德才就越慌乱,他说:"张飞杀岳飞,杀得满天飞。"这个故事是在哪里听来的呢?好像也是年轻的时候在地里锄草,一个老人讲给自己听的,当作一个笑话讲的,是光福,还是光友?记不清了,反正人都死了好多年了,过去的东西,还去记那么清楚干什么呢?

可似乎不记清楚,就无法给眼前的麦冬说清楚。而麦冬呢,还在问:"后来呢?后来呢?"

王德财脑子里一片空白。

"后来……后来,后来就完了。"

王德财突然觉得很好笑,他依稀记得自己年轻的时候听到张飞杀岳飞的时候,好像也笑了的,那时候很年轻,壮实得像一头牛,笑起来很有力量,把四周长长的,像一柄柄剑似的苞谷叶子笑得簌簌发抖。

王德财真的就笑起来。

开始是很压抑的,嘿嘿嘿地笑,后来就放开了,哈哈大笑起来,边笑边说:"张飞杀岳飞,张飞杀岳飞,杀得满天飞,满天飞。哈哈哈哈。"王德财的声音逐渐拉长,在潮湿发霉的屋里回荡了一阵后,穿出破落的木窗户,在寂寥的原野里传了好远,然后变细,最后成了连续不断的呜咽。麦冬突然感觉脊背有些发冷,他往后缩着身子。

麦冬想,回到家里,就算爷爷要揍自己,也要告诉爷爷,以后别和德财爷爷喝酒了,德财爷爷脑子有问题,笑起来的声音比哭还难听。

王德财一把抓住麦冬说:"别走。"

麦冬怯怯地看着王德财。

王德财说:"德财爷爷给你讲包文正的故事。"麦冬说:"包文正是谁?"王德财说:"就是包拯。"麦冬说:"包拯是谁?"王德财说:"就是包青天,包黑子,小孩子,哪里来那么多问题呢?"

麦冬说:"我晓得包青天。可是我不想听。"

王德财说:"你想听什么故事?"

"柯南、喜羊羊、熊大熊二……"

王德财的脑子里轰轰直响,然后开始晕眩。麦冬没有注意到这些,他提醒王德财:"德才爷爷你该生火做饭了。"王德才说:"不忙。"一个人的晚饭,吃也可以,不吃也能挺过去。年纪大了,好像吃饭的事情也越来越随便,生火煮一锅稀饭,就着一碗咸菜,就能对付好几天,一个晚上的时间长着呢,晚饭,早一点吃和晚一点吃,实在没有太大的关系。

麦冬说:"我要在你家吃饭。"

王德财把麦冬打量一番,用手在麦冬的鼻子上点了一下。

"心虚了?"

麦冬点头:"是。"

"不敢回家?"

"爷爷要揍我。"

王德财抬起头,在心里叹了一口气:你要是能天天逃学就好了。

王德财把麦冬送回家的时候,天已经黑了。

屋里漆黑一片，爷爷不知道去哪里了，还没有回来。远远看见屋里没有灯光，麦冬心里暗暗松了一口气。至少，爷爷不会立刻拿着黄荆棍儿站在面前了。要是过了今晚，没准儿爷爷就会忘记这件事情。就算是他能够想起来，到了明天，火气也不会有那么大了。

麦冬悬着的心终于落了下来，得意的神情偷偷爬上了他的小脸。

隔壁王婆婆说整个下午也没有看见爷爷，估摸着是下河撒网去了。王婆婆说："不缺吃的，不缺用的，还跟年轻时候一样，老是爱往河边跑，那河里的鱼都是精灵呢，你捞得太多，惹恼了河神，当心把你收了去。"

王德财想走，麦冬却不让。麦冬说："德财爷爷你再等等。"

过了好一会儿，爷爷还没有回来。麦冬心里有些慌了，紧紧抓住王德财的手。

王德财说："别慌别慌，给你爷爷打个电话。"说着掏出手机，找了好一会儿才找到号码，放在灯光下一个数字一个数字摁起来。

王德财最后一个数字摁下不久，麦冬家碗柜顶上的一个纸盒突然尖叫起来，声音猛烈，有些恐怖的意思，把王德财和麦冬都吓了一跳。爷爷的手机还在那个纸盒里不安分地叫着。他们互相看了一眼，目光里尽是失望。

王德财说："再等等。"

可是到了天亮，爷爷还是没有回来。

王德财叫来几个平时喝酒的老哥们，拉着麦冬沿着长长的河岸一路往前找。只要是下河撒网，人一定在，不是在河边，就是在河里，容易找。

麦冬开始只是在岸边踩着浅浅的河水往前走，后来麦冬有些急了，心也跳得厉害。他扑进水里，柔软的水温顺地向四面分开。没错，爷爷说得对,水的确是软的。瞬间,麦冬感觉就像扑进了爷爷宽厚、暖和的怀里。麦冬听见自己嘴里叫了一句什么话,有些模糊,连他自己都没有听清楚,也不知道德财爷爷和另外几个人听清楚没有。

麦冬的身体下泛开白白的浪花。

德财爷爷和几个上了年纪的老人费了好大的劲儿才把麦冬从水里拎出来。麦冬挣脱了几双枯瘦的手,坐在水边的一块石头上,木然地望着河面。

远处的河面上,一只小渔船缓缓地打着旋儿,周围万籁俱寂。

走遍天下

六十五岁的耿立柱从工业园区林立的厂房和嘈杂的机器声里走出来。

那是一个秋天的下午,微微的风拂过街面,同时拂过他那张爬满皱纹的、满是沮丧的脸。天还没有到最冷的时候,可是耿立柱心里早已塞满了寒意。他的手里什么东西都没有,和他的心一样,空落落的。

老板今天找耿立柱谈话,开门见山,内容更是简单明了。说现在厂里不景气,生意不好做,钱更不好赚,耿立柱现在可以不上班,可以在集体宿舍里住,可以在厂里食堂吃饭,不用付钱,甚至,厂里还承诺给他多发整整一个月的工资。但是,前提条件是:一个月后,必须走人。

话都说到这个分上了,耿立柱还能说什么呢?就算他能说出一千个一万个理由,也不敌老板让他走人的决心。耿立柱不再客气,与其待在车间里耍赖,干些可干可不干的活,挣些吃不饱饿不死的钱,还不如自己识趣一点，先走出厂门，看看能不能找到一份适合自己的工作。

走出厂门，阴冷的秋天里虽然没有阳光，可是，耿立柱感觉那灰白的天空竟然也是那么刺眼，让他的眼睛有些无所适从。他不得不承认，今天走出厂门和从前下班走出厂门的感觉是不一样的。要是换在平时，不是和旁边的同事谈论工件的尺寸，就是高声和远处的同事打招呼，第二天还可以抬头挺胸，理直气壮地回来上班，和同事大声地说段子，开一些粗俗的玩笑，那些声音能够压过机器的轰鸣，让同事们展开千姿百态的笑脸。就算有车间主任在，也会无比宽容，和颜悦色地提醒大家，玩笑可以开，得注意安全。那完全是一个团结和谐的场面。

现在呢，耿立柱一个人默默地走出厂门，失去了说话的冲动，灰头土脸的，像在城市里穿行的流浪狗，行动迟疑，目光茫然，不知道什么地方可以填饱肚子，也不知道去哪里才可以美美地睡一觉。从外面回来，还没有走进厂门，耿立柱心里已经没有了底气，看谁，谁的目光里都充满了狐疑，都谨慎地打量着他全身的每一个角落，好像他身上的某个地方会藏着工件，出了厂门就会带走厂里的一大半财产似的。

重新找工作。这话说起来轻松。这几天，耿立柱在整个工业园区里走了十多个厂家，人家一听说他六十多岁了，直接说："我们连五十岁的都不要，哪里还能要六十五岁的呢。"有的厂的保安看见他来了，不等他靠近厂门，就开始下逐客令："老人家，这里是工厂，不是养老院，走吧走吧。"

耿立柱这才真正地发现，属于自己干的活儿是越来越少了。时间不仅让自己越来越苍老，还让自己和这个世界的距离越来越远了。

自从老伴去世后，儿子和媳妇带着孙子离开了耿立柱，他们花光了一家人所有的积蓄，在城里按揭了一套房子。平时，他们像是在空气里消失了，没有电话，没有问候，一到交月供的时候，电话就打来了。每次都是一番言不由衷的问候，工作呀，生活呀，一个人要多注意身体呀……最后才吞吞吐吐地开口，左一个爸爸，又一个爸爸，儿子和媳妇嘴上像抹了蜜糖，喊得甜得很。这些都不能让耿立柱举白旗，唯有小孙子，在电话里奶声奶气地一开口叫爷爷，没说的，耿立柱立马缴械。接下来的话就好说得多了。儿子就会在电话里问有没有多的钱，这个月的月供差点钱。不用问多少，耿立柱会把一整个月的钱都给儿子。想想儿子也不容易，二十二岁就结婚了，要是别家的孩子，二十二岁还在父母这个参天大树下乘凉呢，而自己的儿子，不得不用羸弱的肩膀扛起一个家庭。儿媳妇的工资也不高，还要供孙子读书，还要解决生活中的柴米油盐酱醋茶，还要留一小部分钱，万一有什么突发事件，也好应急。

有时候，耿立柱想孙子了，就叫儿子发一张照片来看看，儿子都说忙着呢。问忙什么？就忙着挣钱交月供，忙着挣钱养家，忙着挣钱给儿子读书，有多远读多远，忙着挣钱给他孙子以后娶媳妇，要看孙子啊，让他自己来看。每一次通话，儿子和耿立柱说得最多的就是钱，好像他们两口子一天到晚都在为钱忙碌，发一张孙子的照片就会耽误他们挣钱的时间，大把大把的钞票就会像水一样流走了。其实，耿立柱心里明白，儿子和媳妇这是在给自己打预防针，时刻给自己提醒，要捂紧钱袋子。儿子和媳妇不但剥夺了耿立柱享受天伦之乐的权利，还把那套房子压在耿立柱的身上。可是耿立柱觉得压着舒服，因为每个月儿子和媳妇要房贷月供的时候，耿立柱才有机会和孙子说几句话，听到孙子那稚嫩的声音叫着爷爷，耿立柱心里那个甜呀，背上扛着一套房子也觉得幸福，就心甘情愿地把钱打给了儿子和媳妇。房子是大事情，乡下人能够在城里买上一套房子。那叫有本事，今后孙子住着，也显得洋气。

现在没有工作了，基本上就没有了经济来源，别说给儿子交月供，就是自己的生活，恐怕也成了大问题。

沿着县城的大街走了两天，工作的事情仍然没有着落。

事情的转机来自一个叫晓东的男孩子。

那以后，耿立柱就短暂地忘记了即将失去工作带来的失落。耿立柱仔细回忆过，在没有接触晓东之前，晓东至少应该在他的面前出现过三次。

晓东的鼻梁上有一颗痣。

在耿立柱的记忆里，他还没有见过鼻梁上生痣的人。据说痣生在鼻梁上，是很不吉利的。

那是一个跪在大街上乞讨的男孩子，约莫十一二岁的样子，头发又长又凌乱，好像从他娘的肚子钻出来就从来没有理过，也没有洗过，脸上也是脏兮兮的，他的目光茫然，大多数的时候都是把头深深地埋下去，专注地看着地上的某处，就算是有人扔给他一些零钱，他也是鞠一躬，把头埋得更深，好像怕熟人看见认出来。

起初耿立柱没有注意，随着人流走开了，自己都如此困窘，哪里还有心思去管别人呢。

可是不久，耿立柱又看见他了。依然跪在大街上，依然把头埋下去，有人扔零钱的时候，依然鞠一个躬，额头差不多碰到了地上。

耿立柱恍惚记得第一次见到他的时候，是在老街公园的门口。他跪在一个花台旁边，不远处是一个垃圾桶，大包小包的果皮纸屑胡乱地挤在里面，都快溢出来了，清洁工还没有来得及清理。那些垃圾被太阳一晒，开始散发出异味儿。耿立柱禁不住皱了皱眉头。那个男孩子一点也没有意识到。他跪在那里，虔诚得像一尊雕像。耿立柱走了好远，心里依然在想，这么大的孩子应该在学校里读书习字，不是特别困难，谁都不愿意跑到大街上丢人现眼地跪着乞讨。由此他想到了自己的孙子，自己没有了工作，就没有钱给儿子，儿子没有钱，就无法让他的孩子读书习字。换句话说，自己的孙子以后也有可能像眼前这个孩子，沿着大街乞讨。耿立柱不敢往下想，他加快脚步，想远离这个孩子，同时也想尽快找到一份工作，哪怕工资不算太高，哪怕是苦一点累一点，只要自己过得去，只要能有一点积蓄，他也愿意干，立马就干。

路过人民广场的时候，耿立柱又看见了那个孩子。耿立柱感觉时间不长，好像他一直就跟在自己屁股后面来到广场似的。人民广场有很多中老年人在发传单，男的女的都有，耿立柱心里一喜，就站在旁边和一个中年妇女聊起来，打听发的是什么传单，每天工作多长时间，一天能挣多少钱。结果令耿立柱有些失望，人家不愿意谈及工作的事情，更多的是把传单往他手里塞。那个中年妇女把一叠传单塞到耿立柱手里，就丢下他走开了。耿立柱还想向她打听工作的事情，忍不住跟着走了几步，却差点撞到一个跪在地上的男孩子身上。

又是他。那个鼻子上长了一颗痣的男孩子。

耿立柱一愣神，那个中年妇女很快就在人群里挤得不见了踪影。

耿立柱很恼火。他正想骂两句，可一看那个孩子埋着头，长发耷拉下来，几乎遮住了整张脸，整个人有气无力的样子，耿立柱的心软了。

耿立柱不再去追那个中年妇女了，他站在那里，把那个男孩子仔细打量了一番，然后他蹲下来，看着他。

那个男孩子感觉到有人在注视自己，他用双手把散落在四处的零钱收集起来，让它们堆得更加紧凑，然后就把头深埋下去，好像在专注地数地上的零钱是多少钱。

耿立柱的心一下就被抓紧了，像被什么揪住了。他走到僻静处，摸出自己身上所有的钱，仔细数了数，一共是一百一十六元七毛。这一百多元钱瞬间让耿立柱无比满足，自己至少比那个在地上乞讨的孩子处境好多了，自己可以吃饭不用给钱，睡觉不用给钱，甚至还可以平白地多得一个月的工资，还有什么不满足呢？再往下想，耿立柱心里就产生了一种莫名的歉意，好像自己这一笔钱是罪魁祸首，让孩子饱受打击，生活落魄。所以当耿立柱在那个孩子面前蹲下来的时候就下定决心，要用完这笔钱，直到自己身无分文。那样，耿立柱才觉得自己和那个孩子站在一起的时候，才不会有一种无形的压力。

耿立柱伸手去捡一张零钞，那个孩子迅速地抓住了他那只拿钱的手。

"这是我的。"男孩子居然开了口。

耿立柱笑了笑。

"你叫什么名字？"

耿立柱蹲下去也比那个孩子高了半个头，这使他和男孩子面对面交流显得有些难受。他索性站起来，居高临下地审视着那个男孩子，恰好那个孩子也抬起头来看他。没错，就是他！耿立柱记住了他鼻子上的那颗痣。

这回耿立柱看清楚了，他的面前有一张纸，上面写着几行字，字迹有些模糊了，大意是父母亲得了重病，无力医治，更没有办法读书，请求婆婆爷爷叔叔伯伯姐姐妹妹伸出援助之手。

孩子的目光始终凝视着地上的某一处，那里似乎正堆积着他需要的一切，那里就是他的全部。

"晓东。"男孩答道。

"小东？"

男孩子微微抬了一下头，和耿立柱对视，解释说，是拂晓的晓。

耿立柱本来以为他是一个胆小害羞，由于家门不幸而缺乏自信的男孩子，没想到在他凌乱的头发下面有一双炯炯有神的眼睛。不过这一双眼睛没有让耿立柱吃惊，他再次看见了他鼻梁上的那颗痣。由于距离太近，长时间的对视容易产生幻觉，耿立柱觉得那颗不大的痣变成了一只小黑虫子，在他的鼻梁上爬来爬去。耿立柱记得，父亲说那叫断梁痣，生得不好，家里容易丧失顶梁柱。

耿立柱想把自己身上的钱给晓东。

他在心里反复地想，把十六元零钱给晓东吧，感觉有点少了，对孩子的帮助不大，把那整整一百元给他吧，好像自己也有些不舍，毕竟每个月还要给儿子一部分的月供。耿立柱站起来走开几步，并没有远离晓东。他就在离晓东六七米开外徘徊了一阵，还用眼角的余光瞟了一眼晓东，发现晓东依旧无动于衷，像个木偶那样一直跪在那里。耿立柱在心里感叹一声，快步向一个烟摊走去。他掏出那张百元钞票，买了一包廉价的香烟。

接下来的一段时间里，连耿立柱自己也弄不清楚自己围绕晓东来来回回走了多少次，直到他把从烟摊上换来的一百元零钞中的五十元放到了晓东面前那张写满字的白纸上。

耿立柱不是在施舍。

他不急不躁，不卑不亢，心怀坦荡，虔诚地把钱放在晓东面前。每次在晓东面前放钱的时候，晓东都没有抬头，他只是看见了钱，才深深地伏下身子，口里含混不清地说了一句谢谢。耿立柱不知道晓东是不是看见了自己在一边来回走了好一阵，从他的内心里来说，他是不希望晓东看见自己的。耿立柱想：孩子是有尊严的，他不是乞丐，他只是遇到了不幸。人这一辈子，谁能顺顺利利不出差错就走完呢？

兜里就剩下六十六元钱了。那七毛零钱耿立柱也没有留下。他为自己留下几碗小面钱。有一点耿立柱很清楚，吃饱了，才有力气沿着工业园区的每一条巷道一家一家找工作。

在厂里工作了近二十年，耿立柱没有想到自己会被工厂辞退，说得不好听点，叫开除。理由简单得简直不能称之为理由。鸡蛋里都能挑出骨头来，还有什么不可能的。其实大家都明白，这都是超龄惹的祸。

耿立柱有些怕在大街上走，他怕在大街上遇到熟人，就算是遇到一个陌生人，他也会避免直接和他面对面，而是侧身，以一种灰溜溜的姿态离开。

所有的变化与经历，无一不是从进入城市那一刻开始的。

这或许就是天意。

下午，耿立柱意外挣到了六十元钱。

几个棒棒同时接到了两批业务，为了赶时间，他们拦住了在街上盲目乱转的耿立柱。领头的棒棒走上来拍了拍耿立柱的肩膀，直奔主题。兄弟，想挣钱不？耿立柱被这突如其来的打扰弄得不知所措，瞪着眼睛看着眼前这群拿着绳子和扁担的壮汉。

"啥事？"

"搬货。"

"怎么搬？哪里搬？"

"去了就晓得了。"

不等耿立柱开口，领头的棒棒说："最多一个小时，给你五十块，怎么样？"

耿立柱想都没有想就说："六十。"

领头的棒棒挺爽快，一挥手："六十就六十，没准儿下回我们还要找你呢。"为了证明他说的话绝非戏言，他掏出手机，郑重其事地留下了耿立柱的电话号码。

事后耿立柱才后悔不已。

该向他们要一百，耿立柱阔气地想。他没有想到，自己居然还有力气，看起来似乎比那群棒棒还要厉害。

原来他们是把五吨的水泥从一辆货车上卸下来，转到一个很干燥的地方。一群人你来我往，果然不到一个小时，一车水泥便卸完了。尽管他们拿到钱的时候都是遮遮掩掩的，但是，耿立柱还是感觉到，他们拿到手的钱一定比自己多得多。那群棒棒，嘻嘻哈哈地说笑着，用口水打湿了手指数着一叠钞票，片刻便消失在街道的尽头。他们去了下一个既定的目标，耿立柱想，等着他们的下一个目标，一定是要他们在短时间内赶过去。他们整体上少收入六十元，却接了两单活儿。在下一个地方，他们一定不会像现在这样慌慌张张地干活儿，他们会不慌不忙，气定神闲地做完讲好的业务，除非他们在没有完成之前又接到了新的业务。到了晚上，他们一定会数钱，把刚才数过的钱加上最后一笔业务挣的钱，一起数一遍，数量肯定很大，大得足以让他们认为今天这一天没有白过。

耿立柱真想和他们一起去干接下来的活儿，但是那群棒棒没有叫他的意思，说说笑笑地走了。

耿立柱的心里不免有些失落。

不过耿立柱在失落过后，心里又重新建立起了信心。只要有一双手，还怕挣不到钱吗？

黑夜降临了，华灯初上。

耿立柱心里平静下来，他来到一个小馆子，炒了一个菜，开了一瓶啤酒，自斟自饮。耿立柱很少一个人下馆子。从前也只是在厂里吃饭，为的是节省，再节省。儿子那套房子的按揭不仅仅是儿子的，也是自己的。就算迫不得已在外面吃一顿饭，也是把价钱算了又算，生怕多花了一元钱。记得有一次和同村的一个从小一起长大的伙伴吃饭，伙伴说他给钱，谁知吃到中途伙伴却不辞而别，餐馆老板找不到人买单，只好拦住耿立柱，不让他走。耿立柱就和餐馆老板争执起来，结果餐馆老板报了警，尽管耿立柱喊冤叫屈，但警察依然公事公办，让耿立柱买了单。后来耿立柱总结出一个道理，再好的朋友有时候也是靠不住的，只有自己挣钱，那才叫硬气。每次下馆子吃饭，为一两元的小事情，耿立柱也要固执地要回来，惹得小店里的服务员把钱和一连串难听的话一起砸给他。

身后的几个人也在吃饭，从吵吵闹闹的口气里，耿立柱判断出他们的年纪都不是很大，应该是哪个学校的学生，一定是他们之中谁今天过生日了，也一定是他们太过于窘迫，所以选择了这么一个偏僻的，算得上价廉，却未必算得上物美的小店。当然，他们一定还想背着大人们喝一点酒,来缓解学习带来的身心疲惫和来自老师和父母的压力。

他们好像还在凑钱,AA 制。耿立柱脸上微微一笑。每个月发工资的时候,车间的同事们都要相约出来吃一次饭,主要是联络感情。老板也特别支持,有几次还和大家一起吃了饭,唱了歌,都是 AA 制。据说在外国相当流行。

几个孩子的声音此起彼伏。

一个说:"我这里八十五。"

另一个说:"我刚好一百。"

一个女孩子说:"我今天特差劲儿,才五十五元。"

接下来的一个声音差点让耿立柱把手边的啤酒瓶子撞倒了。

那个声音说:"今天我遇到一个老头儿,他脑子好像有病,一下给了我五十元。现在挣钱不容易呀,五元的钞票都很少了。"

后面的一段话引起的是一阵感叹,但前面的一段话引起的却更多的是惊呼。

"什么什么?五十元?真的还是假的,不会是冥钞吧?"

"开始我也是不相信呢,"那个声音得意地说,"那个老头儿一下子掏出钱来,花花绿绿一大把,当时我就在想,他可能要给我一元,最多也就是五元,没想到他走来走去的,一下给了我五十元。"

"大款呀。"

又是一阵惊呼。

那个声音说:"大款个屁!我看他失魂落魄的,不是生了病,就是脑袋有问题。"那个声音最后说,"简直就是一头猪!"

声音有些熟悉。

耿立柱微微侧身，看见了对面那张在灯光阴影里的尚未成熟的脸。一个女孩子掏出打火机，嚓嚓嚓三下才打燃，然后给他点烟。在火苗的映照下，耿立柱看见了吸烟的男孩子的鼻梁上有一颗痣，像一只吸血的蚊子，丑陋地趴在那里。

他老练地点燃香烟，嘶嘶嘶地，深深吸了一口，神情陶醉，很享受的样子。他吐出几个怪异的烟圈，那烟圈悠悠然向耿立柱飘过来，缓缓地停在耿立柱的额前，久久不肯散去，好像在傲然地向耿立柱挑衅。

耿立柱在心里叫了一声。

晓东。

回到工厂宿舍，一种遭受羞辱的心理让耿立柱不安地骚动着，很久都没有睡着。在那个小餐馆里，耿立柱并没有站起来去面对晓东，他只是调匀了呼吸，从喉咙里发出一声平静的咳嗽，然后背着晓东，向他投去鄙夷的一瞥。

怎么也睡不着。睡着了，也是半梦半醒的。一个长长的梦，就让一个骚动的夜晚平静到天亮。

耿立柱梦到自己家里养了一只羊，每天早上，耿立柱都会背着背篼，把羊群赶到山坡上去，让它们自在地吃草和打闹。太阳很明亮，河面上到处都漂浮着死鱼，死鱼泛着白光，和太阳相互辉映。人们都在谈论，说这个世界要毁灭了，死亡就是从鱼开始。山上光秃秃的，没有草，好在地里有萝卜。耿立柱拔了一些萝卜吃力地背着回家，却被一只大象挡住了去路，它说它要借一下他的背篼。耿立柱把萝卜从背篼里倒出来，萝卜滚了一地。回到家里空无一人，父亲母亲妹妹已经躲到了屋后的山顶上。电视上的画面已经扭曲得变了形，声音还在，正在播放世界毁灭的消息。这个世界所有一切，包括动植物都会被分解，分子原子微子离子DNA都会打破原有的排列而重新排序。人有可能变成树变成猪牛羊马狗鸡鸭等等，而动物有可能变成人。他有些急，急忙去山顶上和父母妹妹在一起。这时候天开始变黑，四周电闪雷鸣。耿立柱想到家里给孙子买的书，世界毁灭了，我可以把书留下来，把文明留下来，把道德留下来。耿立柱想回家去拿书。父母和妹妹都不准。地面开始颤动，低洼处已经开始下陷。他们拼命往山顶跑。在路上，他们遇到了从小一起长大的伙伴，就是那个请客中途不辞而别的家伙，他们一起逃命。但是，他们后来都被裹进了下陷的泥土里，落进了一个全是方格的高大建筑里。耿立柱找遍了所有的方格，没有找到伙伴，也没有找到父母和妹妹。他绝望了。这时候耿立柱听到有人在唱样板戏。他循声望去，果然看见一群人在很认真地唱。耿立柱想，他们大概都是动物和植物变的吧。那么我现在是什么呢？猪？牛？耿立柱摸了摸自己的脸，感觉自己的脸和那些人一个样子，有鼻子，有眼睛，还有耳朵。他放心了。还是个人的样子。于是耿立柱上前问他们看见自己父亲母亲妹妹没有。他们向一个大坑指了指说，在飞机上。耿立柱一看，哪里有飞机呀？在大坑的旁边有一条很大的蛇，正慢慢蠕动着。在大坑里面，耿立柱看到了佛祖。但是，只能看见佛祖的头，看不到脸，耿立柱惊恐得大叫起来……然后耿立柱就醒了。他大汗淋淋，心跳急促。

　　耿立柱极力去回想刚才梦中的情形，可是，脑子里乱糟糟的，怎么也理不出一个头绪。这个梦，到底能说明什么呢？耿立柱是一个极端迷信的人，比如说，眼皮跳动，他会先分辨一下是哪一只眼睛，如果是左眼皮跳动，上班的时候，他就一定会小心，生怕出事情，左跳灾，右跳财嘛。有一次他的右眼皮从早上一直跳到中午，耿立柱居然去买了一注彩票，结果连一个末奖也没有中到。耿立柱很不开心，对他老婆说："彩票有假。"那时候耿立柱的老婆还没有去世，她说："我说你人才有假。"耿立柱说："左跳灾，右跳财。"耿立柱的老婆说："你真笨，男左女右都不晓得。"耿立柱一琢磨，觉得老婆说得有道理。就说："那，究竟是左跳灾还是右跳灾？"老婆说："谁晓得呀。"弄得耿立柱云里雾里，左眼皮跳也小心翼翼，右眼皮跳也小心翼翼，生怕在工作中出什么岔子。车间主任却欣赏耿立柱的这种工作态度，说他把安全生产的条例落到了实处。

如今，老婆都去世好多年了，每次想起当年的情形，耿立柱的心里都会涌起些许的苦涩。

一开始的时候，耿立柱还是准备再找一个老伴的，可是，每每谈到这件事情的时候，媳妇都抬起眼，扬起眉毛，把耿立柱打量一番，柔柔的眼光却看得耿立柱心里发毛，最终，耿立柱放弃了这个念头。

眼睛盯着屋顶，远处尽管有夜班机器的轰鸣，但是耿立柱已经习惯了，所以，自己是什么时候再次睡过去的，耿立柱已经记不住了。

没有上班，晚上睡觉前就少了一种紧迫感，耿立柱睡得很放心，很坦然，就算一个月过后还没有找到工作，耿立柱也没有起初那样着急了。他发觉，就算自己不做工厂的工作了，至少还可以去大街上当棒棒。昨天的一个小插曲，让他增添了在这个光怪陆离的城市里生活下去的勇气，只是，以后给儿子的月供，不知道会不会和从前一样令他们满意。

一觉醒来，天已经大亮了。太阳从高楼的缝隙里爬出来，睡眼惺忪。生活嘎吱一声打开新一天的大门，笑对苍生。

耿立柱在床上舒展了一下,身体下的床吱地怪叫了一声,好像在叫痛。

耿立柱没有感觉到床的痛,却感觉到了浑身有说不出的疼痛。他这才意识到,这都是昨天挣那六十元留下的后果。好多年都没有干这么重的体力活儿了,出现这种情况也算正常,习惯就好了。

还是岁月不饶人啊。耿立柱在心里感叹,自己确实一点一点开始老了。

厚着脸皮去厂里食堂吃了早饭,耿立柱又在大街上漫无目标地走着,他希望再次碰到昨天那几个棒棒,就算拉下一张老脸,也要再和他们合作一次。不过,耿立柱并未如愿。他掏出手机,翻出那个叫陶老大的电话号码,正想拨过去,却不知怎么向对方开口,就心有不甘地把手机放回了口袋里。

不过,他遇到了晓东。

这令耿立柱颇感意外。

按照耿立柱的想法,他们既然是骗子,一定是打一枪换一个地方,早跑得不知去向,但是晓东还在。

晓东似乎忘记了耿立柱,他跪在那里,深深低着头,做伤心状。

耿立柱把一张十元的钞票放到他的面前,和其他的零钞相比,这十元太打眼了。他抬起头,显然认出了耿立柱。

"爷爷。"

耿立柱没有说话,他站起来,头也不回就消失在人群里。

下午,同样是在广场,同样是在昨天那个地方,耿立柱又把十元钱放到了晓东的面前。

晚上,有同事从外面进宿舍,推了推蜷缩在床上发愣的耿立柱,告诉他说门口有人找。耿立柱出来一看,晓东正站在厂门口东张西望。

耿立柱叫了一声晓东。

晓东跑过来。

"你们这个厂真难找。"

话还没有说完,就把两张钞票,塞到耿立柱的手里。

"爷爷,这钱还给你。"

耿立柱有些意外,他把二十元钱又给晓东,晓东不要,说不差这二十元钱。耿立柱来到一个夜啤酒小摊面前,他要请晓东吃烧烤,花掉这二十元。既然给出去了,耿立柱就没打算要回来。

晓东老练地笑了,说:"要是吃烧烤,爷爷你就亏远了。"

耿立柱不解地望着晓东。

晓东说:"吃烧烤这点钱不够,还要添。"

看着耿立柱犹豫不决的样子,晓东说不如去滨江路走走吧。

他们就来到了滨江路。

两个人像是老朋友,并排走着。晓东问:"爷爷不是在厂里吗?怎么没有上班呢?"

耿立柱苦笑了一下,说:"我辞职了,准备到儿子家带孙子。"他不好意思说因为年纪大了被厂方劝离。

晓东"哦"了一声,说:"我要是你孙子就好了,能天天和你在一起。"

耿立柱说:"你的爸爸妈妈呢?"

晓东摇了摇头,说:"不晓得。"

他告诉耿立柱,自己从记事起,就不知道是哪里人,爸爸妈妈是谁,只知道整天跟着老板在城市里要钱，走了一个城市又一个城市。老板说要带领他们走遍天下，赚遍天下的钱。晓东他们在一起的并不是几个小伙伴，而是一帮人。每一天，他们按时起床，按时吃早饭，然后像工人上班一样，按时到大街上，跪在地上乞讨。每天的收入除了住宾馆、吃饭，每个人还能分一部分，但是大多打到老板指定的账户上了。

耿立柱立刻意识到晓东其实就是一个被拐卖的孩子，被人贩子拿来变成摇钱树了。耿立柱心里想，等一会儿一定给媳妇和儿子打个电话，叫他们好好守着自己的孙子，要是叫人贩子拐走了，像晓东这样，一辈子都不清楚自己是谁，也不知道自己的父母是谁，那实在是太可怜了。听说，还有的人贩子把孩子拐卖来以后，专门卖人体器官，相比之下，晓东能健康地活着，能跪在大街上乞讨，算是幸运的了。

想到这些，耿立柱禁不住一阵阵心惊。他问晓东："咋不跑？"晓东说："能跑到哪里去？尽管老板没有在身边，可是他的眼睛好像就在大家的身边，谁要是偷懒，谁要是三心二意，不到两个小时他就晓得了，就会被不知从哪里冒出来的几个人狠狠揍一顿。"一看耿立柱的眼睛紧张地四处看，晓东笑了笑说："你放心吧，下班时间，没人管的。"

耿立柱说："你们也分上下班呀？"

晓东说："我们这也是叫工作啊。"

耿立柱长出了一口气。悄悄问："你们老板是哪个？住在哪里？"晓东用两个不晓得让耿立柱失去了再往下问的兴趣。

耿立柱很想去晓东住的宾馆看看，可是晓东说什么也不带他去。晓东说："老板很厉害，动不动就打人，拳打脚踢，简直就像是在对付大街上的流浪狗。"耿立柱怕晓东像流浪狗一样被老板打，就放弃了去晓东住的宾馆看看的念头。

两个人默默地走着,都不知道再说什么。要分手的时候,晓东说:"爷爷你是好人,我真想天天和你在一起,可是,过几天,我就要离开这里了。"

耿立柱心里想,其实自己不久也要离开这里了。晓东至少还有下一个城市,还有下一个目标,可是自己呢,唯一能够回去的,就是乡下的老家了。这个城市,不是属于自己的。

就这样,一老一少成了好朋友。

有时候,他们两个就倚在江边的栏杆上,面对长江,久久不说一句话。有时候呢,两个人都有说不完的话,耿立柱就说自己的孙子,一开口就没完没了。说再过几年,自己的孙子就差不多和晓东一样大了,说不定比晓东还要高,还要帅。晓东呢,还比较矮,下巴刚好搭在栏杆的顶端。他年纪虽小,不知什么时候已经学会了感叹,学会了沉思,他说得最多的就是不知自己从哪里来,也不晓得以后到哪里去。缓缓流动的江水,汽笛长鸣的轮船,在浅浅的江水中追逐的情侣,空气中偶尔飘过的花香,蹒跚学步的小孩一个趔趄。随处是生活中的乐趣和不经意,就像是生活本来的样子。可是,就算是近在眼前,仿佛也像是隔了一层纸,触不可及。

几天后的一个晚上,晓东找到耿立柱,显得很神秘,说要请耿立柱吃饭,有事相求。

耿立柱能想到的就是,晓东可能央求自己设法寻找他的父母,这个托付未免显得太沉重和郑重其事。

就算不能答应,就算答应了无法实现,这个话题都能值一顿饭。

耿立柱这回很爽快地接受了晓东的邀请。

坐上桌子的时候,晓东就大方地和服务员打了招呼,这顿饭的钱他来付。

接下来就是开酒,一老一少居然吃得很融洽,在年龄上他们相差了好多个十年,可完全没有代沟。酒到中途,晓东说明了来意。

他说:"爷爷,你可不可以让我去你们那个厂上班?你在那个厂里干了好多年,一定有很多熟人,你能不能给他们说说?"耿立柱一愣,他没有想到晓东会有这种想法。好在晓东还没有成年,厂里有明文规定,严禁招收童工,不得录用未成年人。这多少让耿立柱在回答晓东这个问题的时候不至于那么为难。

耿立柱说不行。

晓东说:"熟人也不行?"在他心里,好像应该是有熟人就没有办不成的事情。

耿立柱说:"厂里不是不想招你,是不敢招你。"

"为啥?"

"国家不准。"

给晓东的解释没有费太大的精力。

反倒是耿立柱自己显得为难起来。他不知道该怎么给晓东说,他实在是想和晓东一起去走遍天下。